겁 많은 사람도 용사가 될 수 있는
일곱 가지 가르침

OKUBYOUNA BOKUDEMO YUUSHA NI NARETA NANATSU NO OSHIE

| Sallim YA Novels |

겁 많은 사람도 용사가 될 수 있는 일곱 가지 가르침

오우키 시즈카 장편소설 | 정은지 옮김

살림Friends

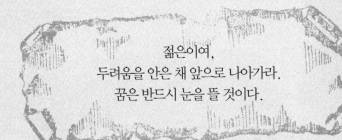

젊은이여,
두려움을 안은 채 앞으로 나아가라.
꿈은 반드시 눈을 뜰 것이다.

차례

프롤로그

몇 개의 바다를 지나면 '흑해'라는 곳이 나온다고 한다. 흑해는 어떤 색을 띤 바다일까?

키라는 엄마 카린이 자신의 머리를 염색해 줄 때 물색 수건을 적시며 흐르는 새까만 물을 보고 생각했다.

흑해에 대해 알게 된 것은 얼마 전 사회 수업 시간이었다.

"흑해는 유럽과 아시아 사이에 끼어 있는 바다야. 호수처럼 보이지만 실은 바다와 이어져 있는 해협이니 엄연히 바다라고 할 수 있지."

'검은색이라서 흑해라는 이름이 붙은 건가요?'

'검은색 바닷속에도 이곳 하야마의 푸른 바다처럼 형형색색의 물고기와 먹음직스러운 미역 그리고 밟으면 따끔따끔한 성게가

살고 있나요?'

'검은색 바다를 바라보며 사는 건 어떤 기분일까요?'

키라는 끊임없이 의문이 솟아났지만 도저히 물어볼 용기가 나지 않았다. 손을 들어 질문하는 모습을 상상하는 것만으로도 온몸이 오그라드는 기분이다. 그것은 곧 자살 행위나 다름없다.

철이 들고부터 가능한 눈에 띄지 않는 '평범한' 아이로 보이는 것이 키라의 지상 최대 과제였다. 엄마가 정기적으로 머리를 염색해 주는 것도 이 때문이다. 키라는 일주일에 한 번, 염색하는 날을 '검은 날'이라고 이름 붙였다.

"키라의 머리색과 눈은 바다가 보내 준 선물이야."

아주 오래전이기는 하지만 엄마가 키라의 머리칼에 입을 맞추며 이런 말을 해 준 적도 있었다. 하지만 언제부터인가 키라의 머리와 눈, 아니 정확히 말해 머리색이 '불길한 징조'처럼 여겨지면서 그대로 놔두면 안 되는 것이 되었다.

원래 키라의 머리색은 짙푸른 청색이다. 마치 남쪽 나라의 맑고 푸른 바다에 여름 하늘의 푸르름이 반사된 것 같은 선명한 블루. 머리색만 아니라면 더할 나위 없이 아름다운 푸른빛이다. 키라가 태어났을 때 키라의 눈이 아빠의 파란 눈을 꼭 빼닮아서 부부는 떨 듯이 기뻤다.

하지만 얼마 지나지 않아 키라에게 파란색 머리칼이 나기 시작하자 기쁨은 충격으로 바뀌었다.

"저러다가 다시 아빠처럼 금발이 되겠지."

처음에는 그렇게 말했던 카린도 키라가 걸음마를 뗄 즈음이 되자 마음이 조급해져 병원을 찾았다. 아빠 '대디'가 미 해군에서 근무하는 군인이라 키라는 그가 근무하는 요코스카 기지 내 병원에서 철저한 검사를 받았다.

온기라고는 전혀 찾아볼 수 없는 검사용 기계를 본 순간에 느꼈던 공포, 자기 팔보다 더 두꺼운 주사기, 간호사를 보며 떨던 엄마의 불안한 눈빛, 그런 모습들이 단편적으로 떠오르며 울부짖는 소리와 함께 오버랩 되었다. 이것이 키라가 자기 인생에서 떠올릴 수 있는 최초의 기억이다.

하지만 검사 결과, 아무런 이상도 발견되지 않았고 머리색의 원인은 끝내 밝혀내지 못했다.

키라가 다섯 살이 되던 무렵이었다.

바다 저편으로 후지 산이 보이는 높은 서양식 건물에 살고 있을 때였다. 가나가와 현 미우라 군 하야마 초에서 요코스카 기지까지는 차로 30분이면 갈 수 있어, 많은 미군들이 이곳에 살았다.

키라가 살던 서양식 집에는 정원이 딸려 있었는데 엄마는 정원 돌보는 일을 좋아했다. 하얀 목제 울타리로 둘러싸인 정원에는 사계절 정취가 묻어나는 갖가지 색깔의 꽃이 피었다 지곤 했다. 허브와 수목은 싱그러운 향기를 내뿜었다.

볕이 잘 드는 거실에는 낮잠 자기 딱 좋은 푹신푹신한 소파와 쿠션이 놓여 있었고, 하와이안 음악이 가득 울려 퍼졌다. 아빠가 연주하는 우쿨렐레 소리에 맞추어 엄마는 수줍은 듯 훌라 댄스를 추었다. 와인의 힘을 빌려 용기를 낸 것이다. 하늘거리는 엄마의 치맛자락에 홀린 듯 키라도 엄마 흉내를 내며 거들었다.

까르륵 까르륵 키라의 웃음소리가 창문을 타고 나와 하늘로 솟아오른다. 너무나 평화롭고 여유로운 풍경이다. 흡사 유럽 남부의 어느 나라에 와 있는 것 같은 정취가 물씬 느껴진다.

엄마는 하얀색 마로 만든 풍성한 드레스를 입고 있었다. 아빠의 해군 제복도 엄청 폼 나고 멋있었다. 키라는 유치원 친구들에게 보여 주고 싶어 아빠가 마중을 와 주길 바랐지만 그는 한 번도 오지 않았다.

'왜 한 번도 오지 않은 걸까?'

키라를 처음 본 사람은 흠칫 놀라 눈을 동그랗게 뜨고 수군거리곤 했다.

왜?

키라와 손을 맞잡고 같이 놀았던 유치원 친구들은 꼭 비누로 손을 씻었다.

왜?

미국에서 온 친할머니와 친할아버지는 키라를 보자마자 절규하면서 안아 줄 생각조차 하지 않았다. 그 후로 두 사람이 하야마를 찾아오는 일은 두 번 다시 없었다. 방문은커녕 매년 보내 주던 크리스마스 선물도 더 이상 보내지 않았다.

도쿄에 사는 외할머니와 외할아버지는 키라가 철이 든 이후 한 번도 만난 적이 없다.

왜?

수도 없이 많은 '왜?'가 키라의 마음속에 자리 잡고 있었다.

그런데 어느 날, 모든 것이 분명해졌다.

폭풍우가 몰아치던 6월 어느 날 밤이었다. 바다 쪽에서 불어오는 비바람을 이기지 못하고 정원에 있던 금계(노란 계수나무) 가지가 심하게 흔들리며 키라가 잠든 방 창문을 거세게 두드렸다.

아직 잠이 덜 깬 키라의 눈에 어두운 창밖으로 하얀 눈이 내리는 모습이 들어왔다. 신기하게도 그 눈은 땅에서 하늘로 올라가고 있었다.

"앗! 눈이다!"

엄마에게 알려야 해! 저 예쁜 눈을 엄마에게 보여 주어야 해! 키라는 허겁지겁 계단을 내려갔다. 하얀 대리석 바닥을 밟을 때 그 시원한 느낌이 좋았다.

"엄마! 밖에 눈이 와!"

거실로 뛰어 들어가려는 순간 비명에 가까운 엄마의 절규가 들려왔다.

"뭐라고요! 당신 지금 뭐라고 했어요?"

"괴물이라고 했어."

"당신…… 어떻게 그런 말을……."

"파란색 머리를 가진 아이 얘기는 들은 적도, 본 적도 없다고. 그러니 괴물이 아니면 뭐겠어?"

순간, 딛고 있던 바닥이 사라지면서 바닥 아래 구멍으로 쑤욱 떨어지는 기분이 들었다. 키라는 조용히 방으로 돌아와 얼음처럼 차가운 바닥에 웅크리고 앉았다. 오한으로 온몸이 덜덜 떨렸다.

키라의 둘도 없는 친구였던 토끼와 곰 인형이 차가운 눈으로 키라를 바라보았다.

'사람들이 나를 꺼리는 이유가……'

파란색 머리를 가진 '괴물'이었기 때문이구나.

마치 날카로운 칼에 베여 시뻘건 피가 끝도 없이 뿜어져 나오는 듯한 감각이 키라를 에워쌌다. 하지만 전혀 아프지 않았다. 단칼에 베인 마음은 그저 '죽은 듯 가만히' 있을 뿐이다. 한 줄기의 빛도 들어오지 않는 깊은 바다처럼 고요하게…….

가슴 저 깊은 곳에서 슬픔이 끓어올라 통곡하고 싶은데 눈물은 단 한 방울도 나오지 않았다.

다음 날 정원에 나가 보니 치자나무 꽃이 모두 지고 하나도 남지 않았다. 눈처럼 보인 것은 엄마가 정성 들여 가꾼 치자나무 꽃잎이었다.

그날, 아빠는 잠수함을 타고 먼 바다로 나갔다. 엄마는 미국과 이라크라는 나라 간의 전쟁이 길어지면서 파병되었을 수도 있다고 말했다.

그런데…… 아빠는 돌아오지 않았다.

그날따라 아빠는 평소에 잘 입지 않는 흰색 제복을 입었다. 그것이 키라가 기억하는 아빠의 마지막 모습이었다.

얼마 지나지 않아 미국의 변호사에게서 연락이 왔다. 아빠가 이혼을 원한다는 것이었다. 전화를 끊은 뒤 엄마는 어두운 얼굴로 땅이 꺼질 듯 큰 한숨을 쉬었다. 그리고 걱정스러운 얼굴로 쳐다보는 키라를 향해 깔깔거리며 웃었다. 키라는 그렇게 요란하게 웃는 엄마를 처음 보았다. 언제나 하프 소리처럼 맑고 고운 소리로 부드럽고 매력적으로 웃던 엄마였는데⋯⋯. 메마르고 무미건조한 엄마의 웃음소리가 키라의 가슴을 파고들었다.

"엄마, 울지 마."

엄마는 웃고 있었는데 왜 그런 생각이 들었는지 모른다. 그 순간 키라는 깨달았다. 사람은 너무 슬프면 그냥 허탈하게 웃어 버린다는 사실을, 울고 싶을 때일수록 더 요란하게 웃는다는 사실을 말이다.

'나 때문에 아빠가 떠나 버린 거야. 그리고 엄마아빠가 이혼을 한 거야.'

나 때문에, 내 파란색 머리 때문에!

내가 괴물이라서, 아빠는 이 가족이 싫어진 거라고.

나만 없다면, 나만 태어나지 않았더라면⋯⋯.

자신의 머리색이 불행을 가져다준다고 깨닫게 된 그날부터 키라의 작은 몸은 더 움츠러들었다. 또래들보다 작은 몸집이 더 작아 보였다.

키라가 맨 처음 머리를 검게 염색한 날은 입학식을 앞둔 전날이었다.

그때는 이미 전에 살던 서양식 건물에서 나와 작은 집으로 이사하고 난 뒤였다. 키라와 엄마는 134호 국도를 따라가다 빨간색 우체통 옆으로 난 좁은 골목으로 조금만 들어가면 나오는 작은 집에 살았다.

키라의 집 주변은 고급 주택들이 둘러싸고 있다. 한 채 한 채, 건축 양식만 보아도 어떤 생활을 하는지 알 수 있을 정도다. 그런 세련된 단독 주택들 사이에서 키라와 카린의 집은 존재감 없이 묻혀 있었다.

근처에 사는 주인아주머니가 정원을 마음대로 써도 괜찮다고 했지만 엄마는 더 이상 꽃을 가꾸지 않았다. 그럴 시간도, 돈도 없었기 때문이다. 새하얗고 풍성한 드레스를 입는 일도 더 이상 없었다.

이혼한 후 엄마는, 학교에 다니지 않는 아이들을 위한 프리스쿨에서 급식 만드는 일을 도왔다. 엄마의 친구가 경영하는 곳이라고 했다.

왜 한 번도 외할머니와 외할아버지를 만나지 못했는지 알게 된 것도 이즈음이다. 외할아버지네 가문은 에도 시대부터 이어져 내려오는 고전 예능의 정통을 잇는 가문으로, 외할아버지는 딸의 행복보다 세상 사람들의 이목을 더 신경 쓰는 분이었다. 키라의 머리색이 파랗다는 것 때문에 절대로 집에 데려오지 못하게 한 것이다. 딸의 이혼 소식을 듣고 키라를 수양아들로 보낼 것을 권했지만 엄마는 절대 그렇게 못한다고 물러서지 않았다. 그래서 부모 자식 간의 인연이 끊기고 말았다.

키라는 몰래 전화를 걸어오는 외할머니와 엄마의 대화를 듣고 그 사실을 알았다. 엄마가 친정의 도움도 받지 못하고 만나지도 못하는 건 전부 자기 때문이었던 것이다.

카린은 일을 끝내고 퇴근하는 길에 황실 별장 앞에 있는 약국에 들러 염색약을 샀다. 탐스런 검은색 머리의 여자아이가 염색약 포장 속에서 환하게 웃고 있다.

"키라, 변신 놀이 해 볼까?"

엄마는 그렇게 말하고 욕실에서 키라의 머리를 염색해 주었다. 포장 안에 들어 있는 비닐장갑을 쓰지 않아서 엄마의 손가락과 손톱도 검게 변했다. 언덕 위 서양식 집에 살 때 엄마의 손톱은 언제나 핑크색이나 베이지색으로 예쁘게 물들어 있었는데……

욕실에서 나온 키라는 거울 속에 비친 사람을 보고 '이 아이는 누구지?' 하는 생각이 들었다. 그 속에는 깡마르고 왜소한, 난생 처음 보는 남자아이가 서 있었다.

고개를 돌려 가며 이리저리 살펴보는데 거울 속에서 엄마와 눈이 마주쳤다. 엄마는 키라와 눈을 피하면서 "머리카락은 검은데 눈이 파란색이니까 좀 이상하네." 하고 얼버무렸다. 그러고는 주섬주섬 작은 주머니를 꺼내더니 그 안에서 하얀색 케이스를 꺼냈다. 케이스를 여니 고양이 눈처럼 생긴 물건이 나왔다.

검은색 콘택트렌즈였다. 렌즈를 끼니 파랗던 눈동자가 검은색으로 바뀌었다. 검은색 머리에 검은색 눈, 그렇게 키라는 '평범한 아이'로 변신했다.

문득 집 안을 둘러보니 아빠의 제복과 요트를 탈 때 입던 파카, 등산화 같은 물건들이 보이지 않았다. 집 안에서 아빠의 흔적을 지운 것이다. 키라의 몸에 있던 아빠의 흔적도 모두 없앴다. 남은 것이라고는 엄마의 왼손 약지에서 빛나는 플루메리아 꽃반지와 반려견 '톤비'뿐이다.

둘만의 결혼식을 올렸던 하와이 마우이 섬에서 아빠가 엄마에게 선물한 하와이안 보석, 플루메리아 꽃을 본뜬 반지 한가운데에는 희귀한 보석인 블루다이아몬드가 박혀 있다. 톤비는 기다랗게 늘어뜨린 귀가 멋있는 골든레트리버종으로 키라네 가족과 다름없는 개다. 성격도 매우 온순하다. 키라는 도무지 이해가 되지 않았다.

'아빠가 나를 싫어한 건 알겠는데 어째서 톤비까지 버리고 간 걸까? 그렇게 귀여워했으면서…….'

아니, 그것보다 더 이해가 되지 않는 건 엄마를 두고 미국으로 가 버린 일이다. 생각하면 생각할수록 머리가 어질어질하다.

엄마에게 아빠는 이 세상에서 가장 소중한 사람이었는데…….
아빠도 엄마를 웃게 만드는 일이 지상 최대의 과제인 것처럼 엄마를 정말로 사랑했는데……. 그런데 어쩜 아무렇지도 않게 엄마를 두고 떠날 수 있었을까? 아빠는 강아지를 버린 것처럼 우리를 버렸다.

'그전까지 아빠가 우리를 얼마나 좋아했었는데…….'

생각이 꼬리에 꼬리를 물고 이어지자 키라는 머리가 아팠다. 아무리 생각해도 결국 답은 하나다.

'내가 '괴물'이기 때문이야.'

엄마는 나를 낳은 죄인이라 벌을 받은 것이다.

그때부터 지금까지 5년 3개월이 지나는 동안 키라는 셀 수 없을 만큼 자주 머리를 염색했다. 셀 수 없이 많은 거짓말을 한 것이나 다름없다.

오늘도 일주일에 한 번 맞이하는 '검은 날'이다. 키라는 욕실 바닥에 흐르는 검은 물을 보며 생각했다.

'나랑 비슷하네…….'

거무칙칙하고 꾀죄죄한 게 꼭 자기 모습을 보는 것 같았다.

다음 날 아침, 키라는 톤비를 산책시키기 위해 바닷가로 향했다. 푸른 하늘과 구름 사이로 하얗고 가느다란 달이 희미하게 떠 있는 게 보였다. 산책을 마치고 집으로 돌아가는 키라의 발걸음이 무거웠다.

학교에 갈 생각을 하니 마음이 편치 않았다. 오늘도 일당들이 무슨 재미있는 일이 없을까 호시탐탐 계략을 꾸미고 있을 게 틀림없다. 눈에 띄지 않으려고, '평범한' 보통 사람처럼 보이려고 수년 동안 얼마나 노력을 했는데 모든 것이 물거품으로 돌아가고 말았다. 키라는 입술을 깨물었다.

머리를 염색하기 시작한 그날부터 아이들 사이에 무난하게 섞이는 것만 생각하며 살았다. 수학에는 자신이 없었지만 그래서 더욱 열심히 공부했다. 꼴찌는 눈에 띄기 마련이니까. 국어는 누워서 떡 먹기로 쉬웠지만 일부러 세 문제 정도 틀리곤 했다. 너무 잘해서 눈에 띄면 곤란하니까. 어떤 일이든 '다른 사람과 비슷한 수준'이 딱 좋다.

그런 키라의 신념을 한층 더 강하게 만든 것은 산과 바닷가에서 이루어지는 미술 수업이었다. 아이들은 바다를 보며 파란 하늘과 바다를 그렸다. 바다 저 너머로 후지 산이 뿌옇게 보였다.

하지만 키라에게 바다는 한 가지 색이 아니다. 총천연색의 표정으로 말을 거는 것처럼 느껴지기 때문이다. 산도 마찬가지다. 학교 뒷동산에는 푸릇푸릇한 수목들이 멋진 자태를 뽐내고 있었다. 키라를 제외한 다른 아이들은 나무를 갈색이나 녹색으로 그렸지만 키라는 나무를 통과해 반사되는 빛이 노란색이나 흰색, 어떤 때는 보라색이나 황금색으로 보였다.

보이는 모습 그대로 도화지에 담은 키라의 그림을 보고 선생님은 경탄을 금치 못했다.

"마치 숲이 춤을 추고 있는 것처럼 생생하구나!"

선생님의 감탄에 아이들이 몰려들었다. 수많은 아이들의 시선이 일제히 키라에게 꽂혔다. 그때 아이들의 눈은 이렇게 말하고 있었다.

'얘 누구야? 우리 반에 이런 애가 있었어?'

그때까지 키라는 누구도 돌아보지 않는, 존재감이 전혀 없는 그림자 같은 아이였다. 최대한 드러내지 않고 살아왔기 때문이다. 그림자가 모습을 드러내서는 안 된다.

아이들은 일제히 소리를 높였다.

"애 그림 좀 봐, 이상해!"

"맞아, 산은 이런 색이 아니야!"

역시 그렇군, 키라는 생각했다. 눈에 띈다는 것은 공격당하는 상황을 자처하는 일이다. 집단 속에서는 누구에게도 들키지 않게 숨죽이고 사는 것만이 안전한 길이다.

그 후로 키라는 보이는 대로 그림을 그리지 않고 다른 사람의 그림을 흉내 내기로 했다. 놀라운 것은 대부분의 아이들이 거의 비슷하게 그림을 그린다는 사실이었다. 바다는 파란색, 산은 녹색, 태양은 황금색으로. 계절과 시간에 따라 형형색색으로 옷을 갈아입는 모습이 다른 아이들에게는 보이지 않는 것 같았다.

키라는 눈앞에서 반짝거리는 바다와 산과 하늘을 그리는 것을 포기하고 아이들이 그리는 대로 따라 그렸다. 키라가 가장 좋아하던 미술 시간은 감성을 닫은 채로 살아야 하는 고문 시간으로 바뀌었다.

땅속에서 사는 두더지처럼 자아를 죽이고 지난 6년 동안 숨죽이며 살았다. 이제 졸업이 코앞으로 다가왔는데……. 그런데 한 달 전쯤, 지금까지의 모든 노력이 물거품으로 변하는 사건이 일어났다.

키라가 다니는 학교에서는 매년 6월이 되면 전교생이 참여하는 구기 대회가 열린다.

5, 6학년의 지정 경기는 반 대항으로 우승을 가리는 소프트볼. 운동신경이 전혀 없는 키라는 웬만하면 빠지고 싶었지만 전원이 참석하지 않는 반은 우승할 수 없다는 규칙이 있어 어쩔 수 없이 연습에 참여해야 했다. 이것도 올해만 하면 마지막이라 생각하고 무거운 짐을 내려놓는다는 심정으로 연습에 참가했다. 그런데 담임 선생님이 문제였다. 구기 스포츠의 열혈한이었던 선생님이 아이들에게 우승을 하면 여름방학 때 바비큐 파티를 시켜 주겠다고 바람을 넣는 바람에 우승을 향한 아이들의 열의가 장난이 아니게 되었다.

매일 수업이 끝나면 특훈이 이어졌다. 키라네 반 선수이자 감독인 리쿠가 중심이 되어 맹연습에 돌입했다.

리쿠는 거무스름하게 탄 피부와 잘 다듬어진 이목구비를 가진 만능 스포츠맨이다. 쭉 뻗은 팔과 다리, 학교에서 가장 큰 키를 자랑하는 늠름한 자태는 벌써부터 청년 같은 분위기를 풍긴다. 여자아이들의 인기투표에서 1등으로 뽑혔다는 사실에 고개가 끄덕여질 정도로 멋진 외모의 소유자다. 성적도 전교 1등이다. 게다가 리틀 야구팀에서는 4번 타자에 에이스 투수를 맡고 있다. 전국 대회 결승까지 올라간 리쿠의 팀이 우승하면 미국에서 열리는 세계 대회에 갈 수 있기 때문에 학교, 아니 지역에서 영웅 대접을 받는 아이다.

그렇게 운동신경이 뛰어난 리쿠가 타격과 수비를 지도해 준 덕분에 아이들의 실력은 하루가 다르게 늘었다. 하지만 키라는 아무리 치기 쉬운 공을 던져 줘도 배트가 공에 스치는 일조차 없었다. 수비도 별반 다르지 않았다. 쉬운 땅볼도 놓쳐서 공이 데굴데굴 굴러가기 일쑤였다. 그래도 리쿠가 열심히 코치해 준 덕분에 그나마 뜬공은 잡을 수 있게 되었다.

　　드디어 시합 당일, 맹연습을 한 보람이 있었는지 키라네 6학년 1반은 무난하게 결승전에 진출했다. 그리고 평소 우승 후보로 꼽히던 4반과 맞붙게 되었다.

　　인생의 갈림길은 갑자기 찾아오는 법인가 보다. 그 일은 7회 말에 벌어졌다.

　　2대 0으로 이기고 있는 상황에서 투 아웃, 리쿠가 벤치에 앉아 있던 키라에게 다가왔다.

　　"키라, 우익수 수비를 좀 봐줘."

　　선수 교체를 선언했다. 투 아웃이라고는 해도 1루와 2루에 주자가 나가 있는 긴박한 상황이다. 언제 자기 순서가 올지 몰라 손에 땀을 쥐던 키라는 드디어 자기 차례가 오자 파랗게 질리고 말았다. 너무 긴장해 벌벌 떨리는 손으로 겨우겨우 글러브를 끼고 나가려는 순간, 그 모습을 본 리쿠가 말했다.

　　"승리의 여신은 우리 편이니까 너무 떨지 마."

　　키라는 리쿠의 얼굴을 말똥말똥 쳐다보았다. 드라마에나 나올 법한 구태의연한 대사가 리쿠의 입에서 나오자 그것마저 어쩐지 신선하고 설득력 있게 느껴졌다.

상대편 감독도 선수 교체를 선언했다. 4반 아이들 가운데 가장 통통하고 귀엽게 생긴 여자애가 핀치 히터로 지명되었다. 키라가 나서는 모습을 보고 전원이 참가해야 한다는 규칙을 기억해 낸 4반 감독이 허둥지둥 출장시킨 것이다. 딱 봐도 운동신경이 전혀 없어 보이는 여자애가 나서자 1반 응원단은 우승은 따 논 당상이라며 흥분을 감추지 못했다.

"마지막 한 명만 잡으면 돼!"

타자는 스트라이크를 두 번 놓쳤다. 이제 마지막 한 개만 잡으면 우승은 1반의 것이다.

"잡아라, 바비큐! 잡아라, 바비큐!"

응원단의 함성이 한층 가열차게 울려 퍼졌다. 드디어 투수가 마지막 공을 던졌다. 타자는 눈을 질끈 감고 배트를 힘껏 휘둘렀다.

따앙!

공은 시원한 소리를 내며 하늘 높아 올라 키라의 머리 위쪽으로 날아왔다.

이거라면 잡을 수 있겠어! 공이 글러브 안으로 들어오는 순간, 키라는 힘껏 점프했다. 그런데 그 반동으로 공이 크게 튀어 올랐고 깜짝 놀랄 만큼 가속도가 붙은 공은 운동장 펜스 옆까지 데굴데굴 굴러갔다.

1반 응원석에서 한탄 같은 비명이 쏟아져 나왔다.

"야! 지금 무슨 배구 하냐?"

누군가가 외쳤다. 순간적으로 공의 방향을 놓친 키라는 허겁지겁 공을 따라갔지만 다리가 뒤엉켜 제대로 뛸 수 없었다. 그사이 두 명의 주자가 모두 홈인했고 타자도 낑낑대며 2루까지 진루했다. 겨우 공을 잡은 키라가 3루를 향해 던졌다. 하지만 공은 자기가 봐도 어이가 없을 정도로 엉뚱한 방향으로 날아갔다. 그사이 주자는 3루를 지나 홈을 향해 달렸다. 4반 응원석이 들끓기 시작했다. 필사적으로 공을 잡은 2루수가 사태를 파악하고 홈을 향해 힘껏 던졌지만 간발의 차이로 세이프가 되었다. 결국 1반은 한 번에 3점을 실점하고 역전패를 당하고 말았다. 1반 응원석에서 실망의 한탄이 터져 나왔고 모두의 차가운 시선이 키라를 향해 쏟아졌다. 키라가 실수만 하지 않았어도 범타로 끝났을 공이 그라운드 홈런이 되고 말았다.

그때부터 키라는 더 이상 그림자처럼 살 수 없게 되었다. 반 아이들 머릿속에 허둥지둥 대는 키라의 우스꽝스러운 몸놀림과 함께 분노와 아쉬움이 깊이 각인되고 말았기 때문이다.

다음 날, 키라의 신발장에서 실내화가 사라졌다. 체육 수업이 끝나고 교실로 돌아오니 책상 서랍에 있던 교과서는 낙서로 범벅이 되어 내팽개쳐져 있었다.

'거지, 바보, 멍청이, 등신⋯⋯.'

키라가 가장 큰 충격을 받은 것은 책가방에 유성 펜으로 쓰인 낙서였다. 민트색을 좋아하는 키라를 위해 엄마가 무리해서 사 준 가방인데⋯⋯. 그런 소중한 가방에 낙서가 되어 있는 것도 상처였지만 그보다 더 큰 충격은 거기에 쓰인 말 때문이었다.

'괴물.'

가방 한가운데에 검은색 유성 펜으로 선명하게 쓰여 있었다.

'역시…… 다들 알고 있었던 거야……. 아무리 머리를 염색해도 '평범한 사람'으로 봐 주지 않는 거야…….'

키라는 속으로 비명을 질렀다. 눈물이 쏟아질 것 같았다. 하지만 필사적으로 참으며 경직된 입가를 억지로 올려 보였다.

울고 싶을 때일수록 웃어야 해. 이렇게 세상을 사는 법은 엄마에게 배웠다.

멀리서 보고 있던 아이들에게는 키라가 어색하게 웃는 것처럼 보였다. 기분 나쁘다는 듯이 돌아서는 아이들 속에 리쿠도 있었다. 리쿠는 키라와 시선이 마주치자 눈을 피하더니 등을 돌린 채 저만치 가 버렸다.

'리쿠가 화를 내고 있어.'

키라는 다른 아이들이 그러는 건 참을 수 있어도 리쿠에게 미움을 받는 것만은 힘들었다. 리쿠가 우승을 위해 얼마나 노력하고 아이들을 지도했는지 너무 잘 알기 때문이다. 그 모습을 보고 리쿠에 대해 경외 비슷한 존경심도 들 정도였다.

바다와 톤비만이 키라의 마음을 받아 주는 유일한 친구였다. 키라는 힘들고 괴로울 때마다 톤비를 데리고 바닷가로 나가 마치 바다와 대화를 하듯 그림을 그렸다. 바다와 톤비는 키라가 어떤 모습이던 있는 그대로 받아 주는 유일한 존재였다. 파도 소리에 감싸여 있을 때가 외로움을 잊을 수 있는 유일한 시간이었다.

하지만 키라는 여느 때처럼 체육복으로 갈아입었다. 그것이 눈에 띄지 않는 방법이다. 다시 '평범한 아이'로 돌아갈 수 있을 거야. 오늘만 지나면 또다시 공기와 같은 존재가 될 수 있을 거야.

하지만 그런 키라의 기대는 여지없이 무너졌다. 다음 날도, 그다음 날도, 별일 아닌 것처럼 보이지만 충분히 키라의 마음을 후벼 파기에 충분한 따돌림이 이어졌다.

아침 일찍 톤비와 해안가 산책을 마치고 집으로 돌아왔다. 낙서가 보이지 않게 숨겨 둔 책가방을 메고 나가려는데 자전거를 끌고 나갔던 엄마가 외출에서 돌아왔다.

"여기, 급식비 가져가."

"엄마, 월급 받았어?"

키라가 놀란 눈으로 급식비가 든 봉투를 받았다. 엄마가 일하는 프리스쿨의 경영 상태가 안 좋아지면서 최근 몇 달 동안 월급이 나오지 않았다. 그래도 엄마는 아이들이 불쌍하다며 급식 만드는 일을 계속했다. 하지만 모아 둔 돈마저 다 떨어지자 할 수 없이 새로운 일자리를 찾아야겠다고 알아보던 참이었다.

키라는 지난번에 엄마가 급식비 봉투를 내밀었을 때 미간 사이로 주름이 생기면서 심각한 표정이 스치던 것을 놓치지 않았다. 우리 집에는 급식비를 낼 돈조차 없었던 거구나.

"키라는 걱정 안 해도 돼."

엄마는 입꼬리를 올리며 생긋 웃었다. 그때 키라는 엄마의 약지에 있던 플루메리아 꽃반지가 없어졌다는 것을 알았다. 엄마는 반지를 팔아 급식비를 마련해 온 게 틀림없다.

뱃속에서 뭔가 뜨거운 것이 끓어올랐다. 하지만 어금니를 꽉 깨물고 삼켰다. 입꼬리를 올려 어떻게든 웃어 보이려고 했지만 무리였다.

키라는 급식비 봉투를 허겁지겁 가방 속에 쑤셔 넣고 도망치듯 집을 나왔다.

'엄마는 그렇게나 아끼던 반지를 팔아 버린 거야! 그건 아빠와의 추억이 가득한 물건인데! 아빠가 데리러 와 줄 걸 기다리고 있는 거 내가 모를까 봐?'

눈물이 뺨을 타고 흘러내렸다.

내가, 파란 머리의 내가 이 세상에 태어나지만 않았어도…….

지금도 엄마는 아빠와 웃고 있었을 텐데…….

저렇게 억지로 웃지 않아도 됐을 텐데…….

하프 소리처럼 고운 목소리로 행복하게 웃었을 텐데…….

키라는 폭발할 것 같은 감정을 안고 나무가 빽빽이 들어선 울창한 산기슭으로 올라갔다. 그리고 길고 높은 담벼락으로 둘러싸인 집들이 늘어선 좁은 골목길을 하염없이 걸었다.

그때 어떤 집 뒤쪽 현관문이 열리더니 그 안에서 가사 도우미 같은 여성의 배웅을 받으며 리쿠가 나오는 모습이 보였다. 그러고 보니 리쿠는 2층 창문에서 바다가 훤히 보이는 해안가 근처에 살고 있다는 말을 들은 적이 있다. 산을 등지고 있으면서 바다가 보이는 이 주변은 별장지로 유명한, 하야마에서도 최고급으로 꼽히는 곳이다.

리쿠에게 들키면 안 된다는 생각에 키라는 얼른 등산로 계단 기둥에 몸을 숨겼다. 그때 산에서 누군가 내려오는 인기척이 들렸다. 헝클어진 머리를 아무렇지 않게 동여매고 안경을 쓴 40대 여성과 잘 다려진 흰색 셔츠를 입은 30대 남자였다.

두 사람은 계단 옆에 서서 대화를 나누었다.

"이쪽이 아닌 것 같은데? 교회에서 올라가는 쪽이야. 여기 하야마 산에 틀림없이 있다니까."

여자가 확신에 찬 목소리로 말했다. 그러자 남자가 의심 가득한 눈빛으로 대답했다.

"그걸 어떻게 믿어요? 성궤(ark, 아크)가 이 산에 있다니 그게 도무지…… 지금까지 세계 도처에서 수도 없이 많은 사람들이 그걸 찾으려고 했지만 결국 못 찾았잖아요. 그 유명한 히틀러도 성궤를 찾으려고 혈안이 됐었다면서요? 그런데도 못 찾았는데 어떻게 이런 데 있겠어요?"

"나도 놀랐다니까. 하지만 정보를 분석해 보면 이곳이라고밖에 생각할 수가 없어. 성궤를 발견하면 어떤 소원이든 이룰 수 있다잖아. 정말 끝내주지 않아?"

"가나모리 교수님, 그 말을 진짜 믿으시는 거예요?"

남자는 콧방귀를 뀌며 도무지 못 믿겠다고 고개를 저었지만 가나모리라는 여자는 아랑곳하지 않고 성궤에 대해 계속 떠들어 댔다. 그 여자의 얼굴을 본 키라는 화들짝 놀랐다. 어디서 많이 본 얼굴이다 했더니 하야마에 살면서 종교사를 연구한다는 대학교수가 아닌가. 키라가 다니는 학교의 특별 수업 강사로도 왔던 적이 있어 그녀의 얼굴을 기억하고 있었다.

생각해 보니 그때 '잃어버린 성궤' 얘기를 했는데 그것은 고대 이스라엘 왕의 '솔로몬의 보물'이며 그 안에는 검과 거울, 구슬이 들어 있다고 했었다. 그 검을 손에 넣은 자는 용사로 인정받고 어떤 소원도 이루어진다는 전설이 있다고, 그 전설을 믿는 세계 도처의 수많은 사람들이 찾아 헤매고 있지만 아직까지 찾지 못했다는 것이다.

키라는 그 수업에서 '선한 마음은 약처럼 다른 사람을 치료한다.'고 했던 솔로몬 왕의 말이 매우 인상적이었다. 그런 멋진 말을 한 왕이 남긴 보물은 어떤 것일까 흥미가 생겼었다.

'잃어버린 성궤는 그야말로 꿈같은 전설이지, 설마 현실에 존재하겠어?' 하고 흘려들었는데 눈앞에서 가나모리 교수가 그 성궤가 이 하야마의 비밀의 숲에 숨겨져 있다고 확신에 찬 어투로 말하고 있는 것이다.

키라는 산으로 가고 싶은 충동이 일었다. 성궤를 손에 넣게 되면 어떤 소원도 이룰 수 있다. 엄마에게 플루메리아 꽃반지를 다시 가져다줄 수 있다! 그런 생각이 들자 가슴이 뛰었다. 검은 머리가 되고 싶다는 생각이 문득 머리를 스쳤지만 키라에게 그것은 품을 수조차 없을 정도로 절망적인 꿈이었다.

한달음에 집으로 달려간 키라는 톤비를 데리고 산으로 향했다.

가나모리 교수가 말한 교회까지는 국도를 따라가는 방법밖에 없다. 학교가 국도에 접해 있기 때문에 그 앞을 지날 때는 행여 선생님이 부를까 봐 조마조마했지만 누구에게도 들키지 않고 한달음에 언덕 위 교회에 도착했다.

교회 옆으로 나 있는 등산로를 따라 산으로 올라갔다. 전에 야외 수업 시간에 와 본 적이 있지만 반 아이들과 함께 왔을 때와는 분위기가 완전히 달랐다. 너무 적막하고 조용해서 산기슭의 민가와 중학교가 바로 보이는데도 으스스한 기분이 들었다.

"이런 데 성궤가 있겠어?"

키라는 적막함을 깨려고 일부러 큰 소리로 말했다. 그때 톤비가 격하게 짖기 시작했다.

"톤비, 갑자기 왜 그래?"

톤비는 맹렬한 속도로 산속을 향해 달리기 시작했다.

"톤비, 기다려!"

어쩐 일인지 평소 말을 잘 듣는 톤비가 멈추지 않았다. 키라도 허둥대며 톤비를 쫓았다. 등에 멘 가방 안에서 교과서와 필통이 달그락거렸다. 온몸이 금방 땀으로 범벅이 되었다. 얼마 가지 않아 바다가 시원하게 펼쳐진 곳에 다다랐다.

숨을 헐떡거리며 얼굴을 들었더니 눈앞에 빨간색 티셔츠 차림으로 등에는 배낭을 메고 손에는 야구 배트 가방을 든 리쿠가 서 있었다.

"앗!"

놀란 키라를 보고 리쿠가 당돌한 말투로 물었다.

"성궤를 찾으러 온 거구나."

"아…… 아니, 그게 아니라…….'

"아니라고?"

"음…… 그게…….'

리쿠는 키라의 말이 채 끝나기도 전에 중얼거리듯 말했다.

"벌써 하야마 산을 샅샅이 뒤져 봤지만 비밀의 숲 같은 건 어디에도 없어."

"너도 그걸 찾고 있어?"

"'너도'라니? 그럼 너도 성궤를 찾고 있었단 말이네?"

"음…… 그게…….'

키라가 어떻게 대답을 해야 할지 몰라 입을 움찔거리는데 톤비가 또다시 맹렬하게 짖었다. 톤비가 짖는 쪽을 돌아보니 기묘하게 생긴 하얀 물체가 있었다.

"이렇게 외진 산에 저런 게 있네?"

키라는 신기한 생각이 들었다. 자세히 보니 높이 50센티미터 정도 되는 개구리 석상이었다.

"개구리?"

개구리를 뚫어지게 쳐다보는 순간, 개구리의 입이 느릿느릿 열리는 게 보였다. 키라는 너무 놀라서 엉덩방아를 찧고 말았다.

"으악!"

"왜 그래?"

리쿠가 어리둥절한 표정으로 물었다.

"저거, 저거 좀 봐!"

"뭐? 개구리? 개구리가 어쨌는데?"

리쿠의 눈에는 개구리의 입이 열리는 게 보이지 않는 듯했다.

"저 크, 크, 큰 입이 열렸어!"

그 말을 들은 리쿠의 눈동자가 순간 번쩍이더니 "비밀의 문이 시작되는 입구는 개구리라고 들은 적이 있어! 어디에 입이 열려 있다는 말이야? 같이 가 보자!"며 흥분했다.

"시, 싫어……."

키라는 무서워 뒷걸음질을 쳤다. 커다랗게 벌어진 입 쪽으로 위협하듯 다가가던 톤비가 갑자기 개구리의 입속으로 빨려 들어갈 것처럼 보였다.

"톤비! 안 돼!"

키라가 소리치며 겨우 톤비의 꼬리를 잡았다. 혼신의 힘을 다해 톤비를 이쪽으로 끌어당기는데 갑자기 리쿠가 등을 떠밀었다.

"으, 으악!"

리쿠와 톤비, 키라는 비명을 지르며 어딘지 모를 암흑 속으로 떨어졌다.

정신을 차려 보니 조금 전까지 있던 산속과는 전혀 다른 분위기의 숲에 와 있었다. 생전 처음 보는 기묘한 모양의 잎이 달린 수목이 울창하게 뻗어 있는 사이로 '새인가?' 착각할 정도로 커다란 나비들이 날아다녔다.

톤비가 홀린 듯 꼬리를 흔들며 나비들을 쫓기 시작했다. 배트 가방을 손에 들고 일어선 리쿠를 향해 키라가 소리를 질렀다.

"야! 왜 밀고 난리야!"

"미안, 손이 미끄러져서."

리쿠가 바로 사과하자 더욱 화가 치밀어 한마디 더하려는 그 순간이었다.

"잘들 왔구먼."

소리가 나는 쪽을 보니 아까 본 석상과 꼭 닮은 개구리가 눈앞에 서 있는 것이 아닌가! 그것도 빨간색 찬찬코(*소매가 없는 아동용 빨간색 웃옷. 노인들이 환갑을 기념해 입기도 한다. -이하 *표시 옮긴이 주)를 입은 채 두 발로 서 있다! 게다가 말도 한다!

생전 처음 보는 개구리 인간이 말을 하자 키라와 리쿠는 벌어진 입을 다물지 못했다. 그런데 어쩐 일인지 톤비는 얌전히 개구리 발밑에 엎드려 있다.

"느그들, 성궤 찾으러 온 거여? 잘 왔구먼. 이렇게 귀엽고 어린 아가들이 오다니. 일본도 아직 희망은 있구먼."

개구리는 귀에 익지 않는 사투리를 썼다. 자세히 보니 영화 〈스타워즈〉에 나오는 '요다'를 닮았다.

리쿠가 긴장이 풀린 듯 한숨을 내쉬더니 "저기, 개구리 아저씨?" 하고 불렀다. 그러자 개구리가 화들짝 놀라 대답했다.

"아녀, 아녀. 개구리 아녀! 개구리라 하믄 개구지단 말 아녀?"

개구리 인간은 두 사람이 웃어 주길 기대하는 눈으로 쳐다보았다. 어떻게 반응해야 할지 몰라 당황한 키라와 달리 리쿠는 서슴없이 말을 이었다.

"어우, 썰렁해라. 근데 개구리 아저씨는 도대체 누구세요?"

단칼에 구닥다리 썰렁 개그를 무시당한 개구리 인간은 본의 아니게 자세를 가다듬고 본인의 소개를 시작했다.

"내가 누구냐 하면 말이여, 라오시라고 혀. 이 숲의 안내인이라고 할 수 있지. 2,000년 전부터 성궤를 찾으러 오는 사람들을 안내하고 있으니까 말이여."

"이 숲에 소원을 들어준다는 검이 진짜 있단 말이네요?"

개구리 인간은 흥분한 목소리로 묻는 리쿠와 너무 긴장해서 금방이라도 쓰러질 것 같은 키라를 번갈아 보았다.

"소원을 들어준다고?"

"네. 그 검을 손에 쥐면 용사로 인정받고 어떤 소원이든 다 이룰 수 있다면서요?"

라오시라는 개구리 인간이 예리한 눈빛으로 두 사람을 쳐다보았다. 그리고 좀 전까지 시시한 썰렁 개그를 던지던 사람이라고는 생각할 수 없을 정도로 위엄에 찬 목소리로 말했다.

"그 검은 말이여, 길이가 1미터 20센티미터나 되고 폭은 60센티미터 정도 되는 거대한 검이여. 네모난 관처럼 생긴 성궤 속에 거울과 구슬도 함께 들어 있당게. 그렇지만 소원을 들어주는 그런 물건은 아녀."

"그게 무슨 말이에요?"

라오시의 목소리가 너무나 긴박하게 들린 나머지 키라는 자기도 모르게 물었다.

"성궤 속에 있는 검과 거울, 구슬은 서로 다른 특별한 힘을 가지고 있다 이 말이여. 검을 손에 넣은 자에게 세상을 지배할 수 있는 힘이 생긴다고 알려져 있재."

"세상을 지배한다고요?"

"그렇다니께. 그러니까 지금까지 로마 교황부터 히틀러까지 세상의 온갖 권력자들이 혈안이 되어 찾아다닌 것이재. 근데도 아무도 발견한 사람이 없다는 것 아니여."

"왜요?"

키라가 묻고 싶었던 것을 리쿠가 먼저 물었다.

"쿠이치픽추(*Kuyichi Picchu, '무지개 봉우리'라는 뜻으로 '쿠이치'는 페루 전통의 무지개의 신.)라 불리는 산속에 성궤가 잠들어 있으니까 그라지."

개구리 인간은 이렇게 대답하면서 서쪽으로 가파르게 솟아 있는 산을 가리켰다.

"그 성궤의 뚜껑을 열 수 있는 사람을 용사라고 허지."

"용사요?"

이번에는 키라가 물었다.

"일곱 개의 돌을 모은 사람을 용사라고 하는 것이여. 저 산으로 들어가려는 사람은 일곱 번 시험을 당하게 되어 있어. 성공한 자들에게만 하나씩 돌이 주어지는 것이재. 그런데 말이여, 그게 지금까지 보면 어떤 사람은 정신이 이상해지기도 허고 또 어떤 사람은 목숨을 잃기도 했당께. 어떤 이는 사나운 짐승으로 모습이 바뀌기도 했어. 느그들, 그래도 갈 참이냐?"

키라가 몸을 부들부들 떨었다.

'엄청난 곳에 와 버렸다. 나와는 전혀 상관없는 세계야. 여기서 나가야 해!'

키라가 그런 생각을 하고 있는데 리쿠는 한 점의 망설임도 없이 "가야지요!" 하고 나섰다.

"그렇다면 내가 쪼까 힘을 빌려주도록 허지."

"고마워요, 라오시."

전부터 친했던 것처럼 이야기를 주고받는 리쿠와 라오시를 보면서 키라가 떨리는 목소리로 말했다.

"저는 돌아갈래요. 어떻게 돌아가야 하나요?"

"노인네 똥 같은 녀석이구먼."

라오시가 키라를 돌아보며 비아냥거렸다.

"노인네…… 똥…… 이라니요?"

무슨 뜻인지 몰라 어리둥절한 키라에게 라오시는 다시 한 번 일침을 가했다.

"뭔 뜻인지 몰러? 약충이란 뜻이여, 약충."

노인네 똥이 약충? 이 개구리가 무슨 말을 하는 거야…….

라오시는 아랑곳하지 않고 말을 이었다.

"도쿠시마 사투리로 그 뜻이여."

'웬 도쿠시마 사투리?'

키라의 마음을 읽었다는 듯 라오시가 말했다.

"도쿠시마의 츠루기 산에 성궤가 감추어져 있다는 소문이 나면서 말이여, 특히 도쿠시마 입구 쪽에서 사람이 많이 왔다는 것 아녀. 그 양반들이 하는 말이 재밌어서 흉내를 내다 보니 나도 바이링궐(*Bilingual, 2개 국어 사용자.)이 되었다, 이 말씀이여."

"그게 무슨 바이링궐이에요? 왜 하필 하야마하고 도쿠시마인데요? 세계 각지에 수많은 사람들이 찾는 거라면서요?"

어이없다는 듯 묻는 리쿠의 모습은 지금부터 험난한 모험을 시작하려는 사람치고는 무척 여유가 넘쳐 보였다.

"입구는 세계 도처에 108개나 있재. 마추픽추, 세도나, 마운트 샤스타, 이집트…… 파워의 상징이라 불리는 곳에는 다 있다 그 말이여. 그런데 하야마 숲 입구는 용사가 될 수 있는 가능성이 높은 자만 찾을 수 있다는 거여. 느그들이 입구를 발견한 게 얼마나 행운인지 모르는 거여? 이런 한심한 녀석 같으니라구."

한심해도 좋고 다 좋으니까 제발 날 보내 달라고요. 키라는 필사적으로 머리를 조아렸다.

"제발 부탁이에요. 나를 원래 있던 세상으로 보내 주세요. 네? 제발요!"

"그건 어렵겄는데."

"왜요?"

"이곳에 같이 들어온 자들은 동시에 같이 나가야지, 그러지 않으면 문이 열리지를 않아. 그니까 말이여, 여기 리쿠하고 톤비도 함께 가야 한다 이 말이여. 그치, 톤비?"

멍멍! 톤비가 꼬리를 흔들며 대답했다.

'톤비 녀석, 나보다 이렇게 요다처럼 생긴 수상한 개구리를 따르다니……'

키라가 마음속으로 욕설을 퍼붓고 있는데 어느새 금방이라도 비가 쏟아질 것처럼 주변이 어두컴컴해졌다. 발밑부터 두려움이 밀려왔다. 눈물이 쏟아질 것 같았지만 겨우 참으면서 리쿠에게 매달렸다.

"우리 그냥 돌아가자. 우리가 저녁때까지 집에 안 가면 엄마들이 걱정하실 거 아냐, 응?"

그러자 라오시가 태연하게 말했다.

"걱정하지 말어. 여기서 3일은 저짝 세상의 하루랑 같으니까. 그러니 3일 안에 돌아가면 엄마가 해 주는 맛있는 저녁을 먹을 수 있을 것이여."

그런 말이 어디 있냐고 반론하려는 순간 라오시는 "젊은이여, 상처받을 각오가 있어야 꿈의 초대를 받을 수 있음을 기억하라!"는 말을 남기고 홀연히 사라졌다.

"너는 여기서 기다려. 나는 반드시 성궤를 찾아 검을 손에 넣고 말 테니까."

리쿠는 이렇게 선언하고 숲속으로 성큼성큼 들어갔다. 어이없는 눈으로 리쿠의 뒷모습을 쳐다보던 키라는 뭘 어떻게 해야 할지 몰라 패닉에 빠졌다.

유일한 내 편이라고 생각했던 톤비마저 리쿠의 뒤를 따라가고 있다. 키라는 눈물이 쏟아지려는 것을 필사적으로 참으며 할 수 없이 리쿠와 톤비를 쫓았다. 혼자 남는 건 정말 싫으니까.

이렇게 음침하고 쓸쓸하고 위험이 도사리는 숲속에서는 더더욱 싫다.

"기다려!"

키라의 소심한 목소리가 으스스할 정도로 나지막하게 숲속에 울려 퍼졌다. 키라는 그런 자기 목소리에 겁을 먹고 부르르 몸을 떨었다.

여기에서는 '평범한 아이처럼 보이고 싶다'는 평소의 소망이 너무 사치스러운 것처럼 느껴졌다.

첫 번째 스톤
'레드'

    리쿠는 성궤가 감춰져 있다고 알려진 삼각형 모양의 산 쿠이치 픽추를 향해 걸어가고 있었다. 자석을 나침반 삼아 방향을 잡았다. 리쿠의 뒤를 따르던 키라가 떨떠름한 표정으로 물었다.

    "너는 성궤가 왜 갖고 싶은데?"

    "리쿠라고 불러."

    "어?"

    "다들 그렇게 부르잖아. 너는 이름이 뭐였더라?"

    "키라."

    "특이한 이름이네."

    "한자로는 빛날 휘(輝)를 쓰고 키라라고 읽어."

    "흠, 그렇군."

리쿠는 잠깐 동안 키라를 뚫어지게 쳐다보았다. 키라는 다른 사람에게 자기 이름에 대해 설명할 때면 어디에라도 숨고 싶은 기분이 들었다. 일본어를 잘했던 아빠가 반짝인다는 뜻의 '키라메쿠'라는 단어에 감동을 받아 자기 아들도 세상에서 반짝반짝 살아가길 바라는 마음으로 지은 이름이다.

이름과는 완전 정반대지? 스스로 그렇게 말하고 싶어질 때도 있다.

"근데 성궤는 왜 찾으려고 하는데?"

리쿠가 물었다.

"음…… 성궤를 꼭 찾겠다는 게 아니라…….."

"거짓말하지 마. 가나모리 교수님의 얘길 듣고 여기를 찾아온 거잖아."

키라는 당황했다. 숨어 있는 걸 리쿠가 다 지켜보고 있었다니.

"그게……."

할 말을 찾지 못해 우물쭈물하는 키라를 보고 리쿠가 관조하듯 말했다.

"흠, 소원이 뭐든 그걸 이루어준다는데 흥미가 생기는 거야 당연한 거 아니겠어?"

"리, 리쿠 너한테도 소원이 있어?"

태어나 처음으로 같은 반 아이의 이름을 불러 보았다. 그것이 얼마나 어색한 일인지 느끼며 키라는 말을 이었다.

"갖고 싶은 건 뭐든 다 가지고 있잖아?"

리쿠가 성궤를 찾으러 왔다는 말을 들은 순간부터 가장 궁금했던 걸 물었다.

리쿠의 아빠는 요코스카에서 가장 큰 병원의 병원장이고 엄마는 그 병원의 의사라는 얘기를 들은 적이 있다. 그리고 하야마에서 제일 비싼 동네의 대저택에 살고 있다. 당연히 부자일 테다. 거기에 만능 스포츠맨이고 공부까지 잘하는데다 얼굴도 연예인처럼 잘생기지 않았는가? 이 이상 무엇이 더 필요할까?

"성궤를 손에 넣으면 무슨 소원을 빌 건데?"

정말 궁금하다는 얼굴로 묻는 키라에게 리쿠는 별걸 다 궁금해한다는 표정을 짓더니 휙 돌아섰다.

"내 소원이 뭐든 너랑 무슨 상관이야?"

키라는 거절당한 것 같은 기분이 들어 씁쓸하게 한숨을 내쉬었지만 이런 건 익숙하다.

앞으로 걸어 나가는 리쿠의 뒷모습을 보며 키라는 "앗!" 소리를 질렀다. 리쿠 주위에 붉은색 안개 같은 것이 짙게 드리워져 있었기 때문이다. 톤비와 주변 나무들 그리고 풀 주변에도 각각 다른 색의 안개가 드리워져 있다.

"저게 뭐지?"

리쿠는 손가락으로 뭔가를 가리키며 묻는 키라를 의아한 얼굴로 바라보았다. 리쿠에게는 그 안개가 보이지 않는 듯했다.

"에너지인가…… 기가 흐르는 건가……."

키라는 머릿속에 떠오른 단어들을 중얼거렸다.

"뭐라고?"

리쿠가 키라를 돌아보며 물었다.

"아니야, 아무것도."

키라는 대답을 하면서도 신기하단 생각이 멈추지 않았다. '에너지'나 '기의 흐름' 같은 단어는 키라가 여태껏 써 본 적도, 들어 본 적도 없는 단어였다. 그런데 그 말이 머릿속에서 떠오르다니, 자기가 떠올린 표현이라고는 도저히 생각할 수 없었다.

쿠이치픽추는 한참 더 서쪽으로 가야 한다. 아무리 생각해도 걸어서 3일은 족히 걸릴 것 같았다. 라오시는 이 숲의 3일은 원래 세상의 하루라고 했다. 3일 안에 돌아오면 다행이지만 만약 돌아오지 못하면 엄마가 엄청 걱정하실 것이다. 그 생각을 하자 키라는 당장에라도 이 모험을 멈추고 싶었다. 리쿠에게 성궤를 왜 찾고 싶은지 물은 것은 어떻게든 이 모험을 그만두게 만들고 싶은 이유도 있었다.

하지만 리쿠는 단 한 순간도 망설이지 않고 한눈도 팔지 않고 계속 앞으로 걸어 나갔다. 톤비도 리쿠 옆에 딱 붙어서 보조를 맞추고 있다. 한참 뒤에서 터벅터벅 걸어오는 키라를 돌아보며 잠깐잠깐 기다려 주면서 말이다. 톤비가 키라와 리쿠의 중간 다리 역할을 하고 있는 것 같았다.

더 깊은 숲으로 들어가자 주변은 저녁처럼 어두컴컴해졌다. 그때였다. 스르륵, 나뭇가지 사이에서 무슨 소리가 들렸다. 키라와 리쿠는 깜짝 놀라 소리가 나는 쪽으로 고개를 돌렸다. 나뭇가지의 흔들림으로 보아 어떤 물체가 이쪽을 향해 다가오는 것이 틀림없다. 두 사람은 숨을 참고 나무 그늘 뒤로 몸을 숨겼다.

그러자 나무들 사이에서 사슴 두 마리가 모습을 드러냈다. 엄마와 새끼 사슴 같았다. 갈색 등에 하얀색 얼룩무늬가 있는 것은 보통 사슴과 똑같았는데 양쪽 귀가 이상하게 컸다. 눈은 옅은 핑크색이었다.

엄마 사슴이 두 사람의 존재를 눈치챈 듯 이쪽을 바라보았다. 키라는 숨을 멈추었다. 마치 마음을 관통당한 것처럼 순진무구한 눈이 키라를 쫓고 있다. 순간 시간이 멈춘 듯했다. 엄마 사슴은 아무 일도 없었다는 듯 시선을 돌려 새끼를 데리고 가 버렸다.

두 사람이 안도의 한숨을 내쉬고 다시 갈 길을 가려는 순간이었다. 사슴이 사라진 방향과 전혀 다른 방향에서 이번에는 기묘하게 생긴 동물이 나타났다! 두 사람은 또다시 숨을 멈추고 몸을 숨겼다. 언뜻 용모는 인간을 닮은 듯했으나 자세히 보니 인간보다는 도마뱀에 가까웠다. 눈은 빨갛고 전신은 녹색 비늘로 덮여 있었다. 예리한 손톱을 가진 손가락은 세 개밖에 없고 이빨도 날카로운 송곳니만 보였다.

두 마리의 도마뱀 인간이 순식간에 키라와 리쿠를 덮쳤다. 키라는 놀라서 필사적으로 도망치려 했지만 두려움에 다리가 굳어서 한 발짝도 움직일 수 없었다.

그때 도마뱀 인간이 날카로운 손톱으로 리쿠를 위협했다. 리쿠는 과감하게 도마뱀 인간의 얼굴을 가격했다. 리쿠의 공격을 받고

나가떨어진 도마뱀 인간의 입에서 징그러운 초록색 액체가 흘러
나왔다. 다른 한 마리도 송곳니를 드러내며 키라를 공격했다. 키
라는 꼼짝도 하지 못하고 눈을 질끈 감았다. 그때 톤비가 "크응!"
소리를 내더니 도마뱀 인간의 발을 꽉 깨물었다.

"으악!"

도마뱀 인간이 괴로운 듯 절규하며 톤비를 떼어 내려고 안간힘
을 쓰는 사이에 리쿠가 키라의 손을 잡아끌었다.

"도망가야 해!"

다행히 키라의 다리가 움직이기 시작했다.

"톤비!"

두 사람은 필사적으로 톤비를 부르며 깊은 풀숲을 향해 전속력
으로 질주했다. 허둥지둥 풀숲에 몸을 숨긴 두 사람의 눈에, 저쪽
에서 도마뱀 인간이 두 사람을 찾고 있는 모습이 보였다.

"저, 저, 저건 뭐지?"

잔뜩 겁을 먹은 키라의 목소리가 다른 때보다 훨씬 더 떨리고
있었다.

"우리 편이 아닌 것만은 확실해. 이건 아닌데……. 이러다가
당하겠어."

리쿠가 심각한 얼굴로 중얼거렸다. 그런 리쿠의 모습을 보고 키
라는 마음속으로 비명을 질렀다.

'이건 뭐지? 나와 같은 초등학생 아니었어? 같은 학교, 같은 반
에서 공부하는 친구인데 마치 모험 영화의 주인공처럼 어쩜 저렇

게 용감할 수 있지? 생전 처음 보는 이상하게 생긴 도마뱀 인간에게 습격을 당하고도 저렇게 이성적이라니! 나는 그냥 평범한 아이인데……. 이건 틀림없이 꿈일 거야. 아까 그 이상한 사투리를 쓰는 개구리도 이 세상에 존재할 리가 없어. 제발 빨리 꿈에서 깨어나게 해 줘!'

키라의 간절한 바람은 아랑곳하지 않고 도마뱀 인간들이 두 사람의 흔적을 발견한 듯 이쪽을 가리키며 돌진해 왔다.

리쿠가 "톤비! 고(go)!" 하며 마치 톤비의 주인인 양 명령을 내렸다. 그러자 톤비는 도마뱀 인간들의 옆을 쏜살같이 지나 반대편 숲을 향해 달렸다. 도마뱀 인간들이 허둥지둥 방향을 바꾸어 톤비를 쫓기 시작했다.

"지금 뭐 하는 짓이야!"

키라는 톤비를 희생양으로 삼은 리쿠에게 불같이 화를 냈다.

"걱정 마. 톤비는 엄청 빠르다고."

리쿠는 키라의 화를 풀어 주려는 듯 배트 가방에서 나무 배트를 척 꺼내 들었다. 보통 리틀 야구 리그에서는 금속 배트를 쓰지만 연습 때에는 힘을 키우기 위해 나무 배트를 쓴다.

"뭘 하려고?"

"톤비를 다시 불러, 얼른."

왼손에 쥔 배트를 휘두르며 리쿠가 재촉했다.

"응?"

키라는 쉽게 대답하지 못했다. 도마뱀 인간들이 톤비를 쫓고 있다. 그런데 톤비를 이쪽으로 다시 오게 만들면 그 무시무시한 놈들도 톤비를 쫓아올 게 아닌가! 망설이는 키라를 보고 리쿠가 소리쳤다.

"너, 언제까지 병아리 같은 짓만 할 거야! 너에게는 목숨을 걸고서라도 지키고 싶은 게 없나?"

키라는 생각했다.

'목숨을 걸고서라도 지키고 싶은 것, 그런 게 있었나? 목숨보다 중요한 건 없다고, 선생님도 그러셨는데.'

키라의 대답을 기다리다 지친 리쿠가 휘파람을 불었다.

휘이익!

톤비가 이쪽을 향해 달려오는 모습이 보였다.

'아아, 톤비다! 살아 있었구나, 톤비!'

키라는 당장 톤비 쪽으로 달려가려고 했으나 등줄기가 갑자기 서늘해졌다. 두 마리의 도마뱀 인간이 톤비의 뒤를 쫓아오는 게 보였기 때문이다. 손에는 커다란 식칼을 들고 있었다!

'이건 또 뭐야? 점점 더 사태가 심각해지고 있잖아!'

키라는 머리를 부여잡고 그 자리에 웅크리고 앉았다. 머리 위로 리쿠의 긴박한 목소리가 날아왔다.

"싸워야 남자가 되는 거야!"

"뭐라고?"

"우리 리틀 야구팀 감독님이 입버릇처럼 하는 말이야. '소년은 싸워야 남자가 되는 거고, 여자는 싸움을 멈춰야 소녀가 되는 거'

라고!"

'괜찮아. 나는 평생 아이로 살아도 괜찮다고.'

키라는 부들부들 떨면서 마음속으로 중얼거렸다. 그러면서도 자기 자신이 점점 더 싫어졌다. 사랑하는 톤비를 지키고자 하는 용기조차 내지 못하는 모습이 싫었다. 무서워서 아무 생각도 나지 않았다.

'나에게는 단 한 조각의 용기조차 없다.'

'노인네 똥'은 평생 '노인네 똥'으로 살다 가야 한다. 용사는 도저히 될 수 없다. 머리를 검게 염색하고도, 눈 색깔을 바꾸고도 평범한 사람이 되지 못하는 내가 용사가 될 수 없는 게 당연하지. 소원을 들어주는 마법의 성궤가 정말 존재한들, 변신할 수 있는 건 리쿠 같은 영웅들의 몫이지, 내가 아니다.

리쿠는 점프를 하더니 쫓아오는 도마뱀 인간들을 향해 배트를 휘둘렀다. 도마뱀 인간들은 커다란 식칼을 휘두르며 이에 응수했다. 탁탁 소리가 나더니 식칼이 배트에 박혔다. 순간 움직임이 둔해진 리쿠의 등 뒤를 다른 한 놈이 습격했다. 리쿠는 배트를 왼손으로 바꿔 쥐고 날렵하게 몸을 피하더니 동시에 킥을 날렸다. 도마뱀 인간이 나가떨어지자 그 순간을 기다렸다는 듯 톤비가 엉덩이를 물었다.

키라는 벌벌 떨며 겨우 머리를 들었다. 제아무리 리쿠가 용감하고 운동신경이 탁월하다고 해도 도마뱀 인간들은 사나운데다 강했다. 무시무시한 식칼이 리쿠의 배를 스치는가 싶더니 리쿠의 윗

도리가 찢어졌다.

톤비에게 엉덩이를 물린 도마뱀 인간은 톤비를 송곳니로 물었다. 톤비는 심하게 저항하며 짖었지만 뒤로 물러날 수밖에 없었다. 도마뱀 인간들은 톤비와 리쿠를 당장이라도 해칠 기세였다. 두 개의 식칼과 날카로운 손톱, 무시무시한 송곳니에 리쿠의 몸이 갈기갈기 찢어질 게 틀림없다.

키라는 그 모습이 너무 무서워 머리를 부여잡고 벌벌 떨기만 했다. 그때였다.

"하라, 하라를 봐!" 하는 소리가 들렸다. 실제로 들렸다기보다 마음속 어딘가에서 솟구쳐 올라오는 감각이었다.

"도마뱀 인간을 보지 말고 하라에 의식을 집중해!"

키라는 솟구쳐 올라오는 감각을 말로 바꿔 리쿠를 향해 정신없이 소리쳤다. 그 메시지는 리쿠에게도 도달할 것이라는 강력한 믿음이 있었다.

"하라가 뭔데?"

배트를 휘두르며 도마뱀 인간에게 저항하던 리쿠가 필사적인 심정으로 물었다.

"단전! 단전을 느끼면서 숨을 깊게 쉬라고!"

키라는 신기하게도 리쿠에게 외치면서 본인도 단전에 의식이 집중됨을 느꼈다. 본인의 의식이 그렇게 하는 것이 아니라 몸이 제멋대로 반응하는 그런 느낌이었다.

배의 중심인 단전에 의식을 모으고 배로 호흡을 한다. 황금색

달걀 모양의 빛이 키라의 몸을 감쌌다. 동시에 그 빛이 '라이트 볼'이라는 확신이, 어떤 설명과 과정도 없이 자연스럽게 이해가 되었다.

그 순간 도마뱀 인간들의 격렬한 공격과 톤비의 처절한 울음이 난무하는 가운데에서, 위험한 상황이라는 현실은 아무것도 변한 것이 없는데도 신기하게 마음이 편안해졌다.

저 황금색 라이트 볼 속에서는 패닉 상태 같던 마음이 가라앉고 호흡도 깊어지고 편안해진다.

'호흡하는 걸 잊지 마.' 하는 감각이 찾아와 키라는 또다시 깊은 숨을 들이쉬고 내뱉기를 반복했다.

"리쿠! 몸 주위로 달걀 모양의 빛이 너를 감싸고 있다는 이미지를 떠올려 봐!"

키라가 리쿠에게 라이트 볼을 만들라고 외치던 바로 그때였다. 키라는 리쿠를 공격하는 도마뱀 인간들의 다음 행동이 손에 잡힐 듯 눈에 보인다는 사실을 깨달았다.

"이번엔 왼쪽! 왼쪽에서 공격해 올 거야!"

"뭐, 뭐라고?"

리쿠가 무슨 말을 하는지 모르겠다며 물었다.

"저놈들의 움직임이 내 눈에 보인다고! 내 말을 믿어! 다음은 오른쪽이야! 그다음에는 발을 조심해!"

리쿠는 키라의 말을 믿어야 할지 말아야 할지 당혹해하면서도 키라의 지시대로 배트를 휘둘렀다. 그러자 신기하게도 도마뱀 인간들은 키라가 말한 위치에서 공격해 왔다.

"키라, 공격을 읽을 수 있다면 틈새도 보일 것 아냐? 언제 공격하면 좋을지도 알려 주라고!"

리쿠는 도마뱀 인간의 공격을 막으며 키라를 향해 외쳤다.

"그러면 수비가 안 되잖아!"

"수비만 하면 이기지 못한다고! 이기지 못할 싸움이 무슨 의미가 있어!"

키라는 눈을 감았다. 도마뱀 인간들은 더욱 거세게 리쿠를 공격했다.

"리쿠, 오른쪽 위에서 날아올 거야. 그러니까 왼쪽 아래를 공격해!"

리쿠는 키라의 지시대로 날렵하게 움직였다. 오른쪽 머리 위에서 왔다 갔다 하던 식칼을 피하면서 동시에 왼쪽에 있던 도마뱀 인간의 배를 향해 배트를 휘둘렀다. 그리고 곧바로 오른쪽에 있던 도마뱀 인간의 어깨를 향해 배트를 내리쳤다.

두 마리의 도마뱀 인간들은 엄청난 괴성과 함께 쓰러졌고 땅바닥에 내팽개쳐진 그들의 몸은 조금씩 녹아내리더니 흔적도 없이 사라졌다.

"리쿠, 괜찮아?"

키라는 어깨를 들썩거리며 헉헉거리는 리쿠에게 달려갔다.

"살았다. 고마워, 키라."

리쿠가 키라를 올려다보았다.

키라는 "응? 아, 내가 뭘…….."하며 부끄러운 듯 시선을 피했다. 태어나서 처음으로 다정하게 이름을 불러 주는 친구 앞에서 당혹함을 금치 못했다. 리쿠가 다시 물었다.

"아까 말한 달걀 모양의 빛이 뭐야?"

"나도 잘 몰라…… 하지만 그 빛에 감싸여 있다는 건 너도 느껴지지?"

키라는 자신을 감싸고 있는 라이트 볼을 가리켰다.

"무슨 빛? 아무것도 안 보이는데?"

라이트 볼은 키라의 눈에만 보이는 것 같았다. 키라는 리쿠에게 달걀 모양의 빛이 라이트 볼 같다는 느낌 그리고 그 속에 있으면 마음이 편해진다는 것을 알려 주기 위해 이미지를 만들어 보라고 설득했다.

리쿠는 키라의 이상한 제안에 당황하면서도 키라가 유도하는 대로 단전에 의식을 집중했다. 그리고 거기에서 빛이 사방으로 펼쳐지면서 확산되고 몸 전체를 감싸는 이미지를 그려 보았다. 달걀 모양의 빛 속에 내가 있다…….

"헉, 진짜 마음이 편안해지는데."

리쿠는 크게 숨을 쉬고는 말했다. 호흡을 한 번 할 때마다 불필요한 힘이 빠지고 점점 편안해지는 기분, 그러면서 어떤 강인한 에너지가 몸 안쪽에서부터 솟아오르는 기분. 신뢰라는 커다란 온기 속에 있는 느낌이랄까?

키라는 눈에 보이지 않는 에너지(기)의 위력을 깨닫고 가슴이 두근거렸다. 이런 간단한 이미지만으로 마음이 편안해진다면 두렵고 긴장될 때마다 얼마나 큰 도움이 될까?

그때 하늘에서 무엇인가가 반짝거리며 떨어졌다.

선명하게 빛나는 물체를 눈으로 따라가니 점점 키라 쪽으로 다가오고 있는 것이 보였다. 자세히 보니 그것은 둥글고 빨간 돌이었는데 마치 의지를 가진 생물처럼 키라를 향해 다가왔다. 이윽고 손바닥 위에 살포시 떨어졌다.

키라가 손에 쥔 빨간색 돌에는 '두려움'이라는 글자가 새겨져 있었다.

"이거 혹시 일곱 개 스톤 중 하나가 아닐까?"

리쿠가 들뜬 목소리로 말했지만 키라는 너무 당혹스러웠다.

'난 아무것도 한 게 없는데…….'

"그것이 첫 번째 스톤 '두려움'이여. 키라 너는 이제 두려움을 극복한 거여."

어디선가 라오시가 나타났다.

"첫 번째 레드 스톤은 생명력을 활성화시키는 효과가 있재."

라오시는 키라를 응시하며 말했다.

"키라, 너는 단전에 의식을 집중해 하라를 느끼며 호흡했어. 그것은 마음속에 의식을 집중하는 아주 간단한 방법 중 하나재. 일본에서 '도(道)'라 불리는 것은 정신 통일을 목적으로 하는 것이여. 무도, 차도, 서도, 여기서 말하는 도는 모두 내면에 의식을 집중하는 수행이라 그 말이여. 인류는 모두 잠재의식으로 이어져 있는 것이여. 그러니 내면에 의식을 집중하면 잠재의식으로 이어져 있는 상대방의 생각과 의도를 다 알 수 있는 법이재. 키라, 너는 아까 그놈들의 행동을 읽었잖아? 옛날에 미야모토 무사시(*에도 시대의 전설적인 검술가이자 화가.)가 눈을 감고 있으면서도 요시오카 일족 일흔 명을 모조리 벨 수 있었던 것도 바로 이런 원리여. '마음의 눈'으로 적을 볼 수 있었던 것이재."

"말소리가 들리는 것 같은 감각은 뭔데요?"

키라가 물었다.

"'미나모토'의 소리지. 엄청 큰 소리였지? 그건 인스피레이션(inspiration) 또는 영감이라고 부르기도 하고 때로는 아이디어라는 형태로 나타나기도 혀. 자기 내면으로 의식을 향함으로써 미나모토로부터 메시지를 받을 수 있는 거여."

"미나모토요?"

"그려. 모든 것의 근본이라고 해석할 수 있겠네. 어떤 때는 '우주' 또는 '위대한 그 무엇'이라고 불리기도 하재. 이 세상의 삼라만상, 인간이나 사물, 현상과 같은 모든 것이 바로 여기에서 시작되었다가 사라지는 것이여. 나도, 느그들도 모두 미나모토에서 온 거여."

"네? 무슨 뜻인지 잘 모르겠어요."

리쿠가 퉁명스럽게 되물었다.

"다들 그리 말하지. 한마디로 미나모토는 큰 바다여. 나도, 느그들도, 동물도, 산도, 바다도, 건물들 같은 것조차 모두 큰 바다의 물방울 하나에 지나지 않는 것이여."

"큰 바다의 물방울이라고요?"

키라는 점점 더 이해가 되지 않았다.

"그라재. 모두 다 같은 데서 왔다는 말이여. 모두 자기 혼자 태어나 존재하는 줄 착각하지만 그것이 아니여. 원래는 모두 다 '하나'였당께."

"나와 키라, 라오시 할아버지까지 일심동체라고요? 기분이 나빠지려고 하는데요?"

리쿠가 얼굴을 찡그리며 말했다.

"하하하! 일심동체, 그 말도 괜안쿠만. 느그들이 괜찮다면 말이여. 원래는 일심동체였던 우리가 육체라는 것을 갖게 되믄서 나눠진 것처럼 착각을 하게 됐다, 이 말이여. 바다에 속해 있는 물방울은 바다의 일부라는 걸 알면서 정작 그 사실을 잊고 산다 이 말이재. 위대한 미나모토의 분신이지만 그걸 잊고 괴로워하며 사는 게 바로 인간이여."

'우리가 원래는 하나였고 일심동체라면……'

나와 리쿠가, 우리와 아까 그 도마뱀 인간들이, 그밖에 모든 것이 '하나'라면…….

이 세상에서 싸움은 사라지겠지.

따돌림도 없어질 거야. 왜냐하면 누구를 괴롭히는 일은 곧 자기를 아프게 하는 일이니까.

아니, 세계가 그냥 '하나'인 채로 있었다면…… 나는 이 세상에서 사라진다.

리쿠도 사라진다.

엄마도 사라진다.

톤비도 사라지고 바다도, 산도 사라진다.

나와 리쿠 그리고 엄마와 톤비, 바다, 산 그리고 그 도마뱀 인간 들까지 녹아 합쳐져서 하나가 된다면…… 그건 도대체 어떤 기분 일까?

흠, 잘 모르겠다.

키라는 생각을 던져 버렸다. 너무 헷갈려 어질어질하다.

분명한 것은 인간은 '하나'에서 분리되어 '혼자'가 되었다. 외롭 고 고독한 존재가 되었다. 비교하고 줄 세우고, 잘나고 못나고 그 런 걸 따지고, 다름을 인정하지 않는 존재가 되었다. 타인의 물건 과 자기 물건을 두고 서로 싸우게 되었다. 그것이 원인이 되어 전 쟁을 벌이고 서로 죽이고 결국에는 피폐해졌다.

'인간은 결국 '분리 게임'을 하고 있는 거구나.'

이런 말이 키라의 머릿속에 떠올랐다. 이 또한 미나모토가 보낸 메시지일까? 싸우고 서로 물어뜯고 할퀴고 죽이는 일은 분리되지 않은 '하나'라는 상태에서는 일어나지 않으니까?

'하나'라는 것을 잊고 어리석은 경쟁과 전쟁을 벌이는 것이 분 리 게임이라면 왜 미나모토는 애초부터 그런 게임을 시작했을까? '하나'인 채로 있었다면 일어나지 않았을 끝없는 게임을 통해 미 나모토는 무엇을 하려는 걸까? 이런 슬픈 게임을 왜 만들었을까?

키라는 울고 싶을 정도로 절망적인 기분이 되어 미나모토에게 묻고 싶었다.

'내가 당신의 분신이라면 왜 이렇게 슬픈 일을 겪게 하나요? 나는 왜 괴물로 태어났나요? 엄마는 왜 플루메리아 꽃반지를 팔아야 할 정도로 가난하고 일자리도 구하지 못하나요?'

왜?

나는 왜 이 세상에 태어났나요? 나의 생명은 무엇을 위해 존재하는 걸까요?

키라가 꽉 움켜쥐고 있는 빨간색 돌이 반짝반짝 빛을 발했다.

"느그들, 정말로 성궤를 손에 넣고 싶다면 말이여. 절대 엉뚱한 길로 새면 안 되는 것이여."

라오시는 긴박한 표정으로 말했다.

"드디어 시련의 시간이 다가왔구먼. 어둠의 장군 타마스가 이 숲에 왔다 그 말이여. 아까 그 도마뱀 인간들은 타마스의 부하들이여."

"타마스요?"

리쿠가 물었다.

"악독한 짓으로 세상의 부를 거머쥐고 있는 재벌의 앞잡이라고나 할까? 세상의 경제는 타마스 일당이 마음먹은 대로 움직이재. 세상의 돈이 그 일당에게 다 모여 있는데 그것으로도 모자라 세계 정복을 꿈꾸면서 성궤를 노리는 놈이여."

키라는 자기가 싸워야 할 상대가 그냥 단순한 요괴가 아니라 현실사회에서도 힘을 가진 악당의 하수인이라는 사실을 알고 당혹스러움을 감추지 못했다.

"성궤가 타마스의 손에 들어가면 정말 큰일이 난다니께."

"어떻게 되는데요?"

리쿠가 놀란 토끼 눈을 하고 물었다.

"세상의 가치관이 역전되겠지. 지금까지 악으로 치부되던 것들이 좋은 것이 되고 선이라고 여겨지던 것들을 꺼려하게 된다 이말이여."

"그…… 그게 무슨 뜻이에요?"

키라도 둘의 대화에 끼어들었다.

"예를 들자면 말이여, 착한 마음씨보다 남을 못살게 굴고 교활하고 간사한 사람이 칭찬받고 인정받는다는 거지. 키라, 느그 엄마 직장에서도 말이여. 엄마를 못살게 구는 마음씨 못된 아줌마가 있지 않았어? 그런 아줌마는 기세가 등등해지고 느그 엄마 같은 사람은 그런 사람의 말을 다 들어야 하는 그런 사태가 벌어진다이거여."

"그런 뜻이에요?"

"그려. 지금까지 불합리하고 도리에 어긋난다고 여겨지던 일이 상식이 된다 그거여. 도둑놈이 부자가 되고 거짓말쟁이가 칭송을 받고 살인자가 영웅이 되믄 이 세상이 어찌 되겠냐? 타마스 일당 같은 악의 무리가 세상의 주인이 되믄 세상은 혼란으로부터 사회를 통제한다는 대의명분을 내세워 인간을 노예처럼 지배하고 효

율 지상주의 사회를 만들 게 빤하지 않겠어?"

"그런 걸 누가 용서하겠어요?"

"그렇게 생각하는 게 당연허지. 글치만 말이다, 사람들의 의식이 어떤 것을 선택하느냐에 따라 사회는 변하기 마련이여. 주위를 둘러봐. 사회의 격차가 심해지고 분노와 절망을 안고 있는 사람이 얼마나 많으냐? 그라믄 그런 사람들이 결국은 어찌 되겄냐?"

"답답하고 불안한 마음을 결국 어딘가에는 쏟아 놓는다는 말인가요?"

"바로 그거여. 자기의 불행과 불운을 사회의 탓으로 돌리고 분노의 창끝을 어딘가로 향하게 되어 있다 이거여. 그것이 바로 따돌림의 구조인 거지."

라오시는 키라를 응시하며 말했다. 키라가 따돌림을 당한다는 사실을 다 알고 있다는 것처럼. 키라는 라오시의 눈을 똑바로 바라보지 못했다. 따돌림을 당하는 일은 키라에게 '부끄러운' 일이다. 누구에게도 알리고 싶지 않다. 따돌림을 주도하는 사람 앞에서는 더욱더 기억하기 싫은 법이다.

라오시는 계속 말을 이어 갔다.

"타마스 일당은 성궤의 힘으로 선한 사람의 마음을 악하게 만들어 세상을 지배하려고 한다니께."

"정말 그렇게 되면……."

리쿠가 진지하게 물었다.

"세상에서 진선미(眞善美)가 사라지게 될지도 모를 일이재."

"'진, 선, 미'요?"

키라가 무엇을 궁금해하는지 알겠다는 듯 라오시는 설명을 이었다.

"진, 선, 미란 입선이라는 궁도의 최고 목표로, 원래는 고대 그리스의 철학자였던 플라톤이 제창한 것이여. 이 세상에 나타나는 최고로 이상적인 모습이재."

그 말을 들은 키라는 도저히 상상이 되지 않았다. 진, 선, 미가 사라지면 이 세상은 얼마나 황폐하고 추악해질까? 이 세상에서 태양이 사라진 것과 같은 상황이 되지 않을까?

그런 생각이 들자 갑자기 키라의 눈앞에 지금껏 본 적 없는 새까만 바다가 보였다. 기름처럼 끈적끈적한 액체가 바다를 덮고 있었다. 수많은 물고기가 뒤집어진 채로 바다 위를 떠다녔다.

숲이 망가지는 모습이 보였다. 원숭이와 멧돼지, 곰들이 갈 곳을 잃고 마을을 습격한다. 마치 영화의 한 부분처럼 장면이 바뀌자 이번에는 마을에서 폭동이 일어나고 있다. 도마뱀 인간들이 마을 사람들을 습격해 쓰러뜨린 뒤 짐짝처럼 화물차에 태운다. 평화와 자유를 외치며 저항하는 사람들은 모조리 끌려가고 있다. 아이들은 잡혀간 부모들을 돌려 달라며 울부짖고, 그런 아이들을 상대로 돈을 뺏는 파렴치한들이 이곳저곳을 누빈다.

키라는 몸을 떨었다. 이것은 미나모토에게서 온 메시지일까? 어둠의 장군 타마스가 지배하는 세상을 보여 주는 걸까?

키라는 고통에서 벗어나기 위해 라이트 볼을 이미지 하며 깊은 심호흡을 했다. 조금씩 안도의 한숨을 내쉴 수 있었다.

"미나모토와의 소통 방법을 깨달은 것 같은데? 호흡이야말로 미나모토와 이어질 수 있는 가장 빠른 방법이여."

"미나모토와 이어진다고요?"

키라가 질문을 던지자 레드 스톤은 더욱 반짝이며 밝은 빛을 내뿜었다.

"나는 말이여, 느그들이 성궤를 찾았으면 좋겠어. 이렇게 쬐맨한 것들이 그 도마뱀 인간들과 맞서 싸웠다는 거 아녀? 이리 순수한 마음을 가진 용사 지원자는 처음이다 이 말이지."

"라오시, 당신은 미나모토와 친구가 아닌가요? 그러면 타마스를 저지할 수 있는 것 아니에요?"

"맞아요. 아까도 우릴 구해 줄 수 있었잖아요?"

항의하는 리쿠와 함께 키라도 라오시를 몰아붙였다.

"그건 안 될 말이여. 그리는 못한당께. 미나모토에게는 선도, 악도 없어. 항상 중립이재. 성궤를 손에 넣으려면 말이여, 어떤 시련을 만나도 스스로 헤쳐 나가야 하는 것이여. 내가 할 수 있는 것은 용사가 되는 지혜를 알려 주는 것 정도여."

"나 같은 사람도 용사가 될 수 있나요?"

키라가 움찔거리며 물었다. 용사가 된다니, 도저히 생각할 수 없는 일이지만 악에게 지배를 당하는 세상만큼은 절대로 만들고 싶지 않다. 미나모토는 키라에게 지금껏 한 번도 느껴 보지 못한 어떤 파워를 선사해 준 것이 분명하다. 키라는 라이트 볼 안에서 호흡할 때의 평온함을 떠올리자 자신의 존재가 훨씬 커진 것 같은 기분이 들며 용기가 끓어올랐다.

"그거야 네가 어찌 하느냐에 달려 있재. 되겠다고 마음먹지 않는 자에게 길은 열리지 않아. 일단 마음을 먹는 게 중요하지. 꿈은 보라고 있는 것이 아니여. 꿈은 살아 숨 쉬는 것이여."

"나, 용사가 되고 말겠어요!"

키라가 불쑥 의지를 표명했다. 곰곰이 생각하고 던진 말이 아니라 어떤 강한 힘에 이끌려 불쑥 튀어나왔다는 표현이 맞을 것 같다. 그런데도 오래전부터 정해놓은 것처럼 자연스럽게 느껴지는 게 신기할 정도다.

하지만 말을 던진 순간 '용사가 될 수 있을 리가 없지.' 하는 전혀 다른 생각도 강렬하게 들었다. 톤비를 지키기 위해 싸우는 것조차 망설이던 자신이었기에 도마뱀 인간들이 다시 나타나면 또 도망치지 않는다는 보장도 없는 것이다.

라오시는 슈웅 하늘을 날아오르며 말했다.

"좋아! 꿈에 생명력을 불어넣는 첫걸음은 선언하는 것이여! 마음속으로 정한 일을 입 밖으로 내뱉는 그 순간, 동시에 꿈의 실현을 저해하는 생각이나 감정이 나타나기도 허지. 그 부정적인 감각에 주도권을 뺏겨서는 안 돼. 끊임없이 선언하고 마음을 다져야 하는 거여. '나는 할 수 없어. 안 돼.' 하는 부정적인 생각이 들 때마다 몇 배나 더 강하게 '할 수 있다! 아이 캔 두 잇(I can do it)!'을 외치는 거여. 자기 뇌를 세뇌시키는 것이재.

자기가 하고 싶은 일을 '돈이 없다, 시간이 없다, 지금은 때가 아니다' 등 갖가지 이유를 대면서 하지 않는데 말이여. 그건 일단 행동으로 옮기면 많든 적든 일이 꼬이고 어떤 때는 상처를 받게 된다는 걸 알고 있기 때문이여. 행동을 한다는 것은 실패의 두려움과 맞선다는 말도 되니께. 상처받을 각오를 해야 혀. 코딱지만 한 용기만 가지고 일단 한 발을 내딛으면 상처를 아물게 만들어 주고도 남는 큰 보람이 찾아오는 법인데 그걸 모른단 말이여. 그니께 한 발을 내딛을 줄 아는 사람만이 계속 앞으로 나아갈 수 있는 거지. 한 발조차 내딛지 못한 인간은 평생 그냥 그 자리에 머물 수밖에 없어. 적은 내 안에 있는 거지, 밖에 있는 게 아녀. 내면을 잘 들여다보고 먼저 자기 자신을 이겨야 혀."

라오시의 말에 응수하듯 키라가 본인의 끓어오르는 감정을 피력했다.

"저, 용사가 되겠어요. 용사가 되어 착한 사람들이 평화롭게 살 수 있도록 검을 이용하겠어요! 그리고 엄마의 반지도 꼭 되찾아 줄 거예요."

그 이야기를 하는 순간 용기가 불안을 제압한 기분이 들었다. 레드 스톤을 손에 넣은 기쁨이 서서히 밀려들었다. 다시 한 번 선언을 하려는 키라의 말을 리쿠가 막았다.

"용사가 될 사람은 바로 나라고!"

키라가 리쿠를 쳐다보자 리쿠도 도전적인 눈매로 응수했다.

"타마스 따위에게 세상을 넘겨줄 줄 알고! 나는 이 세상에서 꼭 하고 싶은 일이 있다고."

리쿠도 강력한 의지를 담아 눈을 치켜뜨며 선언했다.

휴웅.

라오시가 휘파람을 불었다.

"느그들, 참으로 훌륭허다. 노인네 똥은 이제 졸업이여."

그리고 키라의 머리를 통통 두드리며 말을 이었다.

"그런데 으쩌냐, 용사가 될 수 있는 건 단 한 사람뿐이여. 성궤를 손에 넣을 수 있는 사람은 선택받은 단 한 사람의 용사뿐이다 이 말이여."

라오시는 키라가 쥐고 있는 레드 스톤을 쳐다보았다.

"만약에 말이여, 좌절해서 포기하고 이 숲에서 나가게 되믄 이 스톤도 사라지니까 그리 알더라고."

키라는 리쿠가 돌을 가만히 응시하는 모습을 보더니 허겁지겁 돌을 주머니에 넣었다.

"키라, 너 혼자서 성궤를 찾으러 갈 수 있겠어?"

리쿠가 차가운 말투로 물었다.

"뭐라고?"

"그렇잖아? 아무리 노력해도 용사가 될 자격이 없다면 계속 할 이유가 없잖아. 네가 그 돌을 혼자서 독점할 거라면 나는 포기하겠어."

리쿠의 말을 듣자 키라의 마음속에 두려움이 밀려왔다. 레드 스톤이 키라의 손에 떨어진 건 분명하지만 리쿠가 용감하게 싸워 줬기 때문에 라이트 볼도 볼 수 있었고 미나모토의 메시지도 들을 수 있었다. 혼자 이 모험을 계속한다는 건 도무지 생각할 수 없다.

키라의 마음을 꿰뚫은 것처럼 리쿠가 말을 이었다.

"너에게는 나에게 없는 힘이 있잖아. 신기한 걸 보고 듣는 힘. 난 너에게는 없는 전투력이 있고 말이야. 우리 둘이 힘을 합해 성궤를 손에 넣는 게 어때?"

"그런데 성궤를 소유할 수 있는 사람은 한 사람뿐이라고 아까 라오시가……."

어떻게 하면 좋을지 망설이는 키라를 향해 리쿠가 쐐기를 박았다.

"그럼 너 혼자 가든가."

그러자 당황한 키라는 "알았어. 같이 가…… 이 스톤은 우리 두 사람 거야……." 하고 대답했다. 이 모습을 지켜보던 라오시는 흐뭇하게 웃었다.

"젊은이여, 코딱지만 한 용기가 원대한 꿈을 꽃피우는 법!"

두 번째 스톤
'오렌지'

　안으로 들어갈수록 숲은 정글에 가까워졌다. 햇빛이 수목에 가려 어두컴컴한 것이 으스스 한기마저 느껴졌다. 이상한 모양의 식물이 빼곡히 늘어선 숲에서 원숭이와 다람쥐가 나타나면 귀여워서 쳐다보다가도 몸길이가 5미터가 넘는 뱀이 눈앞에서 횡단할 때면 키라는 자기가 왜 용사가 되겠다고 큰소리를 쳤는지 절절히 후회했다.

　"도마뱀에, 뱀에, 왜 파충류만 따라다니느냐고. 세상에서 제일 깨끗한 나한테 말이야. 미나모토한테 무슨 말 좀 해 봐! 키라, 네가 텔레파시를 보내면 되잖아! 눈앞에 나타나기만 해 봐, 한 방 날려 줄 테니까!"

　천하의 리쿠도 무척 놀랐는지 흥분하며 미나모토에게 악담을 퍼부었다.

키라의 생각에 미나모토라는 존재는 항의를 한다거나 한 방 날려 준다거나 할 수 있는 차원의 존재가 아닌 것 같은데, 리쿠는 그저 라오시의 상사쯤 되는 거대한 개구리로 여기는 것 같았다.

나무 사이를 헤집고 나아가자 빛이 들어오는 공간이 나타났다. 키라는 햇살이 얼마나 고마운 존재인지 다시 한 번 절실히 깨달았다. 톤비도 기뻐서 빙글빙글 돌았다.

"아, 배고파. 밥이나 먹자."

리쿠는 바위 위에 걸터앉더니 배낭에서 도시락을 꺼냈다. 키라는 먹음직스러운 주먹밥을 보니 군침이 돌았다. 하지만 곧 고개를 떨어뜨렸다.

"너, 식량 안 가져왔지?"

리쿠가 어이없다는 듯 물었다.

"그러면서 용사가 되겠다고 잘도 큰소리를 쳤네."

키라는 아무 대답도 하지 못했다. 리쿠가 처음부터 모험에 나설 작정이었다는 것을, 그의 배낭 속에 들어 있는 비스킷이며 초콜릿을 보고 알았다. 키라의 가방 속에는 아무 짝에도 쓸모없는 책과 필통, 그림을 그릴 때 쓰는 스케치북과 크레용뿐이었다. 도저히 모험을 하려고 나선 사람의 짐이 아니었다.

"자, 먹어."

리쿠는 키라에게 주먹밥을 건넸다.

"왜……."

이상하다, 리쿠는 내가 원망스러울 텐데. 구기 대회에서 그 꼴이 되고 나서 리쿠와 아이들은 키라를 무시하고 따돌렸다.

"네가 쓰러지면 그것도 민폐라고. 그리고 안타깝게도 미나모토와 소통할 수 있는 사람은 너밖에 없으니까."

"리쿠, 너도 들을 수 있어. 마음의 소리에 의식을 집중하면."

"뭐, 딱히 못 들어도 그만이고."

그러면서 주먹밥을 던지듯 건넸다.

"고마워."

"톤비!"

저쪽에서 거대한 날개를 펄럭이는 나비를 따라 빙빙 돌던 톤비가 맹렬한 기세로 달려왔다. 리쿠는 남은 주먹밥 한 개를 톤비에게 던져 주었다.

"이름이 왜 톤비야? 특이한 이름이네."

'톤비'라는 이름은 아빠가 붙여 준 것이다. 키라는 엄마에게서 들은 이야기를 리쿠에게 들려주었다.

톤비를 처음 집에 데리고 왔을 때는 어린 강아지였다. 하루는 아빠와 엄마가 해안가로 산책을 나갔다가 점심으로 가지고 간 샌드위치를 먹으려고 꺼냈는데 갑자기 솔개가 날아와 샌드위치를 낚아채 가 버렸다. 놀란 엄마가 "앗, 솔개!" 하고 외쳤다. 그러자 옆에 있던 강아지가 "멍멍!" 짖으며 꼬리를 흔들었다. 아빠는 그 모습이 무척 재미있었는지 "좋아, 오늘부터 네 이름은 톤비(솔개)다!" 하고 이름을 지어 줬다고 한다.

키라는 이야기를 하면서 가슴이 저리는 것을 느꼈다. 아빠와 엄마가 즐거워하던 순간을 떠올리면 갑자기 숨이 막히고 울음이 쏟아질 것만 같다.

"너희 아빠, 미국 사람이야?"

"응……."

"요코스카 기지에서 근무하시겠네. 미군들 엄청 멋있잖아. 너희 아빠도 멋지시겠다."

"음…… 그게, 나도 잘 몰라. 아마 지금은 미국에 계실걸."

"아빠가 어디에 있는지 왜 몰라?"

의아한 표정으로 리쿠가 물었다.

"엄마와 이혼했거든. 지금은 연락을 안 하니까."

"흠…… 그렇군."

리쿠는 더 이상 질문하지 않았다. 키라는 분위기가 어색해지자 자리에서 일어나 뛰기 시작했다.

"야! 어디 가!"

리쿠가 불렀지만 키라는 멈추지 않았다. 부모님의 이혼을 누군가한테 이야기한 건 이번이 처음이다. 지금은 누구에게도 얼굴을 보여 주고 싶지 않다. 정신없이 주먹밥을 먹던 톤비가 키라를 쫓아왔다. 키라는 울창한 숲속을 계속 달렸다. 나뭇가지가 얼굴을 찔렀지만 그 느낌이 좋았다. 괴로움이 좀 가시는 기분이었다.

그때 나무들의 와삭거리는 소리와 함께 인기척이 느껴졌다. 키라는 얼른 나무 뒤로 몸을 숨겼다. 숨을 참고 살그머니 인기척이 나는 쪽으로 다가가니 절벽이 나타났다. 인기척은 절벽 아래에서 나는 것 같았다. 키라는 조심조심 벼랑 아래를 내려다보았다. 벼랑 아래에 광장이 펼쳐져 있었는데 그곳에 수십, 아니 수백 명에 달하는 사람들이 서 있었다.

"뭐지, 저 사람들은?"

키라는 상체를 내밀어 자세히 보았다. 순간, 키라의 몸이 얼어붙고 말았다.

그것은 무장한 도마뱀 인간들이었다. 무시무시한 식칼을 휘두르는 것은 물론 기관총을 어깨에 멘 놈도 있었다. 어느새 키라의 등 뒤로 다가온 리쿠도 키라처럼 새파랗게 질린 얼굴로 그 모습을 쳐다보았다.

"이거, 장난 아니겠는데?"

"저것들을 모두 상대해야 한다는 건가……."

키라가 떨리는 목소리로 중얼거렸다. 설마, 아닐 거야. 누가 좀 이렇게 말해 주면 좋겠다. 그런데 리쿠의 입에서 그런 실낱같은 희망을 여지없이 깨는 것도 모자라 더 충격적인 말이 나왔다.

"저놈들이 노리는 게 성궤라면 그걸 열 수 있는 열쇠 가운데 하나인 스톤을 가진 키라, 너를 먼저 노릴 게 틀림없어."

새파랗게 질린 키라의 얼굴이 더욱 창백해졌다.

"도망가야 해!"

리쿠와 키라는 전속력으로 내달렸다. 리쿠는 역시 발이 빨랐다. 키라는 리쿠를 필사적으로 쫓아갔다.

두 사람이 도마뱀 군단으로부터 제법 떨어진 곳까지 도망갔을 무렵 갑자기 눈앞에 라오시가 나타났다.

"아, 깜짝이야! 진짜 쫄았다구요."

리쿠가 라오시에게 투덜거렸다. 키라는 말은커녕 숨 쉬기만도 벅차 헉헉거릴 뿐이었다.

"느그들에게 여유는 단 한순간도 없다니께. 좀 이르긴 허지만 중요한 걸 가르쳐 줄 테니까 잘 들어."

라오시는 천천히 말을 이어 갔다.

"무시무시한 도마뱀 군단을 보니까 무섭쟈?"

키라와 리쿠는 동시에 고개를 끄덕였다.

"그렇지만 말이여, 그것은 느그들 마음이 만들어 낸 것이여."

"마음이 만들어 냈다고요?"

"그려. 이 세상에 나타나는 모든 현실은 말이여, 인간들 마음이 만들어 내는 거여. 마음, 다시 말해서 생각이나 기분이 먼저 존재 하고, 생각한 것이 현실이 되어 눈앞에 펼쳐진다 이 말이지. 그걸 인간들은 '체험'하면서 '살아가는' 것이여."

키라와 리쿠는 라오시가 하는 이야기를 도통 알아들을 수 없어 서로 마주 본 채 고개만 갸웃거렸다.

"생각한 것이 나타난다니…… 그럼 내가 도마뱀 인간을 생각 했기 때문에 도마뱀 군단이 나타났다는 말이에요?"

키라가 묻자 이번에는 리쿠가 반항적인 말투로 거들었다.

"헐, 됐거든요! 저런 징그러운 도마뱀 인간들을 우리가 만들긴 왜 만들어요?"

라오시는 두 사람의 반응에 아랑곳하지 않고 설명을 이어 갔다.

"믿지 못하겠지만 이 세상은 느그들이 무엇을 믿느냐에 따라 현실이 달라지는 것이여. 영화를 볼 때 어뗘? 스크린에 영상이 비치잖어? 그 영상이 느그들의 현실이라고. 영사기 필름이 바로 마음인 것이고. 마음이 무엇을 생각하고 느끼는지에 따라 그것이 현실로 나타난다 이 말이여. 다시 말하믄 느그들은 느그들 자신이 생각한 것을 체험하고 있는 것뿐이다, 이 말이여."

"그 말은…… 생각을 어떻게 하느냐에 따라 현실이 달라진다는 뜻이에요?"

"그라지."

라오시는 확신에 찬 어투로 고개를 끄덕였다. 그리고 키라를 가만히 쳐다보았다.

"키라, 너는 어떤 기분이었냐? 그 빨간 돌이 손에 쥐어졌을 때 말이여."

"무서웠어요. 하지만 그런 기분은 잠시뿐이었죠. 지금까지 나는 아무것도 못하는 바보 같은 인간이라고 생각했었거든요. 그런데 태어나서 처음으로 나도 어쩌면 잘하는 일이 있지 않을까 하는 생각이 들었어요."

키라는 레드 스톤을 움켜쥐며 대답했다. 라오시가 이번에는 리쿠를 돌아보았다.

"리쿠, 너는 어땠어? 키라가 저 돌을 가졌을 때 말이여."

"나는……."

리쿠는 키라의 시선을 피하면서 말을 이었다.

"두 번째 스톤은 반드시 내가 차지하겠다고 결심했어요."

"분했구먼?"

"뭐, 분한 것까지는 아니고요."

정색하는 리쿠의 목소리에 날이 서 있다.

키라는 깨달았다. 리쿠는 화가 나 있다. 숨어서 벌벌 떨던 겁쟁이가 첫 번째 스톤을 차지했고, 용감하게 맞서 싸운 자신에게는 주어지지 않아서 억울한 것이다.

라오시는 말을 이었다.

"지금 네가 느끼는 그 분노와 억울함이 스톤을 손에 넣지 못한 현실을 만들어 낸 것이여."

"아니에요! 손에 넣지 못했으니까 그런 마음이 드는 거잖아요! 순서가 반대라고요!"

리쿠가 거세게 반발했다.

"안타깝지만 오히려 그 반대여. 다들 착각하고 있는 것이여. 스톤을 손에 넣지 못해 '억울하고, 화나는' 마음이 든다고 착각하고 있다 이 말이지. 하지만 진실은 그 반대여. 아까 내가 뭐라고 했냐? 너의 그 마음이 영사기 필름이고 그것이 현실이라는 스크린에 투영된 것이라 했지?"

"모든 일이 그렇다고요?"

키라는 도무지 이해가 되지 않았다.

"그라지, 세상의 모든 일이 다 그런 것이여. 이 세상에서 나타나는 모든 현실은 생각이 그 앞에 있는 것이랑께. 마음에 품고 있는 것, 의식하는 것이 현실로 나타나는 거여. 이 사실을 알고 있는 자만이 용사가 될 수 있는 것이여."

리쿠는 도무지 이해할 수 없다는 표정으로 인상을 썼지만 더 이상 말을 하지는 않았다. 키라 역시 혼란스러웠다.

'모든 현실을 마음이 만들어 내는 것이라고 한다면 아빠와 이혼한 것도 엄마가 만들어 낸 마음이란 말인가? 엄마는 엄청 슬퍼하고 있는데 그 슬픔이 먼저 있었기 때문에 이혼이 현실이 된 거라고? 내가 애들한테 따돌림을 받는 것도 '괴롭다, 힘들다, 화난다, 나는 역시 안 돼, 비참하다' 등등…… 셀 수 없이 많은 부정적인 마음이 앞에 있었기 때문이라고?'

"절대 그럴 리 없어요!"

키라는 지금까지와는 달리 강한 어투로 반박했다.

"나는, 나에게 일어난 그런 일들을 바란 적이 단 한 번도 없다고요! 생각한 적도 없는데 어떻게 바라겠어요?"

"나도 마찬가지예요! 나도 바란 적 없다고요! 도마뱀 인간들에 대해 절대로 생각한 적 없다니까요!"

리쿠도 합세해 소리쳤다.

"바라지는 않았지만 걱정은 했잖여? 키라, 너는 말이여. 이대로 가난하게 살면서 엄마가 불행해지면 어쩌나 걱정을 달고 살지 않았어?"

라오시가 키라를 쳐다보았다.

"리쿠, 너도 마찬가지여. 경기에서 지면 어쩌나 늘 불안을 안고 지내지 않았나?"

라오시가 이번에는 리쿠를 쳐다보며 물었다.

키라와 리쿠는 마음속에 숨겨 두었던 그늘이 눈앞으로 끄집어져 나온 것 같아 당황했다.

"바라는 것만이 생각이 아녀. 걱정도, 고민도 다 생각이지 뭐여? 그것이 현실로 나타나느냐 아니냐는 그 '총량'으로 결정되는 것이여. 느그들이 가장 생각을 많이 한 것이 현실로 나타나는 것이여."

라오시의 말투는 지금까지 이런 설명을 수천 번, 아니 수만 번은 한 사람처럼 익숙했다.

"그런데 말이여, 자기가 무슨 생각을 하는지조차 모르고 지나갈 때가 많아. 그건 말이여, 의식이 스스로 인식할 수 있는 현재의식과 인식하지 못하는 잠재의식으로 이루어져 있기 때문이재. 심리학자 융이 해명한 것처럼 말이여, 의식 속에서 자각할 수 있는 현재의식을 빙산에 비유한다믄 그것은 바다 위에 얼굴을 내밀고 있는 일부분에 지나지 않아. 나머지 잠재의식은 바닷속에 숨어 있는 거지. 다시 말하믄, 현재의식은 3%도 안 된다 이 말이여. 현재의식으로 내가 아무리 멋지다고 생각해도 나머지 97%의 잠재의식이 '나는 안 돼, 안 돼.'라고 생각하믄 안 되는 증거만 모이게 된다 이 말이재. 그러니 그런 현실이 나타나는 것이고. 거기다가 말이여, 니들이 사는 물리적 세상에서는 사고가 현실로 나타나는 데 시간이 무지 걸리기 때문에 모두들 자기 생각이 현실을 만들었다고는 깨닫지 못하는 것이여."

"그렇다면 뭘 해도 소용없다는 말이잖아요? 내가 지는 걸 불안해했기 때문에 실제로 키라에게 졌고 그래서 스톤을 손에 넣지 못했다면 말이에요."

"맞아요. 내가 가난을 걱정하고 엄마가 불쌍하다고 여겼기 때문에 엄마가 반지를 팔았다는 얘기잖아요."

키라도 풀이 죽은 말투로 중얼거렸다. 라오시는 두 사람을 타이르듯 대했다.

"이제 알았으니께 다시 선택을 하면 될 것 아녀."

"선택을 다시 한다고요?"

"그려, 생각을 다시 선택하는 거지. 걱정과 불안 대신 되고 싶은 현실을 자꾸자꾸 떠올리는 거여. 꿈이 이루어졌다고 생각하는 양을 늘리는 것이재. 현실을 보면 스스로도 몰랐던 사고가 무엇인지 알게 되지. 만약 바라지 않는 현실을 만들어 내는 부정적인 생각을 하고 있다믄 다시 바꾸는 것이여. 사고를 바꾸면 뭣이 변하느냐 하면 느그들의 '주파수'가 바뀌는 거여."

"주파수요?"

"물질이나 공간을 구성하는 최소 단위를 소립자라고 하는디, 이 세상에 존재하는 모든 생물체나 물질은 모두 소립자의 진동을 통해 만들어지는 것이여. 주파수가 뭣이냐 하면, 소립자의 움직임을 수치화한 진동수를 말하는 거여. 모든 물질에는 각자 고유의 주파수가 있고 그 주파수에 맞춰서 진동하는 것이재. 예를 들면 말이여, 도시와 시골은 다르게 느껴지잖아? 그건 말이여, 땅의 주파수가 다르기 때문이여. 라디오의 전파는 주파수에 의해 채널이 바뀐다는 것은 알고 있지? 그와 마찬가지로 느그들 인간에게도 각자 다른 주파수가 있어. 그때그때마다 나오는 주파수가 다 다른 거여. 느그들에게서 나오는 바이브레이션(vibration)이 기쁨으로 가득 차 있느냐, 두려움으로 차 있느냐에 따라 나타나는 현실이 달라진다 그거여. 느그들에게는 현실을 만들어 내는 파워가 있다, 이 말씀이여. 그러니 본인이 어떤 주파수를 가지고 있는지, 어떤 바이브레이션을 방출하는지 자세히 들여다볼 줄 알아야 혀."

"현실을 만들어 내는 파워요?"

그 말에 키라의 마음이 밝아졌다. 힘들고 괴로운 현실을 내가 만들었다는 것처럼 이야기해서 화도 나고 도무지 믿을 수 없다고 생각했는데, 만약 정말로 나의 마음과 생각을 바꾸는 것만으로 현실을 바꿀 수 있다면⋯⋯ 행복해질 수 있는 힘이 내게 있다는 말이 된다.

'나'라는 존재가 그렇게 파워풀한 존재였나?

키라는 반신반의하면서도 내가 무한한 힘을 가지고 있다면 그것을 믿고 싶다는 생각이 들었다. 생각만으로도 희망이 생기는 것 같았다.

리쿠는 생전 처음 듣는 난해한 설명에 난감했다. 그것은 지금까지 믿어 온 개념과 시각을 근본부터 뒤집는 발상이었다. 그냥 순수하게 받아들여질 리 없다. 지금 일어난 현실은 내가 만든 것이라니, 결코 있을 수 없는 일이라고 강한 반발심이 일었다.

그렇지만…… 리쿠도 생각을 달리해 보았다. 잘 알지도 못하는 일을 경험하지 않고 판단한들 아무것도 달라지지 않는다. 라오시가 하는 말이 진짜인지 아닌지 실제로 경험해 보면 알 일이다. 그래서 잘되면 그 또한 행운이다. 성궤를 손에 넣으려면 라오시의 힘이 절대적으로 필요하다는 것은 틀림없는 사실이다. 리쿠는 성궤를 손에 넣기 위해 무슨 일이든 할 각오가 되어 있다.

라오시는 지금까지 보여 주지 않았던 신묘한 얼굴을 하고 두 사람을 바라보았다.

"이 숲에서는 원래 세상보다 사고가 현실로 나타나는 것이 빠르니까 주의를 바싹 기울여야 혀. 어둠의 장군 타마스가 보낸 도마뱀 군단을 봤지? 그놈들 탓에 느그들은 그전에 도전했던 사람들보다 더 가혹한 시련을 겪게 될 게 불 보듯 빤하니까 말이여. 어쩔 거여? 계속할 거여? 아니믄 여기서 포기하고 돌아갈 거여? 느그들이 원한다면 지금이라도 원래 세상으로 보내 줄라니께."

"나는 계속할 거야."

"나도…… 계속할 거예요."

키라는 지금까지 도망치고 싶은 마음으로 꽉 차 있었다. 하지만 라오시의 가르침을 들을수록 나 같은 겁쟁이도 달라질 수 있다는 확신이 생기기 시작했다. 지금 여기서 멈춘다면 어쩌면 평생 '노인네 똥'으로 살아야 할지도 모른다.

"처음 한 발자국을 내딛을 때가 젤로 겁나는 법이여. 보이지 않는 다리를 건널 때처럼 용기가 필요하니까 말이여. 그렇지만 말이여, 힘껏 내디딘 발밑에 다리가 떡하니 버티고 있잖아. 나중에 올 사람들을 위해 다리를 만들어 주는 거, 그것이 바로 용사의 사명이여."

라오시의 가르침은 두 사람의 마음속 깊은 곳의 무언가를 크게 흔들었다. 그걸 알고 있는 듯 라오시가 외쳤다.

"젊은이여, 겁쟁이여도 괜찮으니까 꿈을 잡아라! 노인네 똥 용사여!"

그러고는 나타났을 때처럼 홀연히 사라졌다. 키라와 리쿠는 다시 쿠이치픽추를 향해 발걸음을 옮겼다.

성큼성큼 길을 나선 두 사람 앞에 험난해 보이는 오르막길이 나타났다. 오르막을 넘는 게 쉽지 않을 것 같았지만 이 오르막이 지름길이라는 강한 느낌이 들었다. 키라의 생각을 읽었다는 듯 리쿠가 제안했다.

"나중에 추격해 올 타마스 수하들에게도 이 오르막은 큰 장해물이 될 거야. 그러니 넘어가자."

키라는 고개를 끄덕였다. 그리고 톤비를 데리고 필사적으로 오르막을 오르기 시작했다. 운동신경이 뛰어난 리쿠조차 쉽지 않은 오르막이었다. 수없이 미끄러지고 넘어지면서 키라의 온몸은 상처투성이가 되었다.

오르막 위에서 기다리고 있던 리쿠가 땀을 뻘뻘 흘리며 올라오는 키라를 보고 의아하다는 듯 입을 열었다.

"너, 아까 검을 손에 넣으면 엄마 반지를 되찾아 주는 게 소원이라고 했지?"

"응, 그런데 왜?"

"왜 네 문제를 얘기 안 하는데? 너희 엄마보다 네가 더 큰일 아니야? 학교에서도 그렇고?"

"나는 괜찮아."

"왜?"

리쿠가 정색을 하고 거듭 물었다.

"왜냐하면 나는…… 어쩔 수 없잖아. 나 때문에 구기 대회에서 진 것도 맞는 말이고. 애들이 화내는 것도 당연하다고 생각해."

"너 바보 아니야?"

리쿠가 어이없다는 듯 말했다.

"아까 라오시 할아버지가 말했잖아. 마음, 생각이 현실로 나타나는 거라고. 따돌림을 당해도 싸다고 생각하니까 그런 일이 벌어진 거 아냐!"

"맞아, 나도 그렇게 생각해."

"맞긴 뭐가 맞아? 너를 보고 있으면 그냥 막 짜증이 난다니까."

"미안해."

"사과는 왜 하는데? 그게 짜증 난다고! 잘못한 것도 없는데 너

스스로 잘못했다고 생각하는 거잖아?"

"내가 잘못한 건 맞잖아."

"아니야. 구기 대회 때 진 건 네가 허둥대다 그런 것도 있지만 감독인 내 책임도 있는 거야. 팀이 점수를 더 많이 따 놓았다면 너 하나 실수했다고 그런 식으로 지지 않았을 거야. 그런데 왜 너 혼자만 '이 시합에 진 책임은 저에게 있습니다'란 얼굴을 하고 있냐고? 그런 거, 어찌 보면 오만일 수도 있어."

"왜? 왜 내가 오만한 거야?"

"'내가 다 잘못했습니다' 하는 얼굴로 위축되고 주눅 들어 있으니까 따돌림을 당하는 거라고."

'그게 왜 오만이야? 네가 따돌림을 주도한 장본인이면서 그런 말이 어디 있어!'

키라는 이렇게 반격해 주고 싶은 충동이 목구멍까지 올라왔다. 하지만 입 밖으로 나오기 바로 직전에 삼켰다. 키라는 항상 그렇다. 자기 생각을 드러내고 부딪혀 본 적이 없다.

입을 다문 채 걷고 있는데 두 갈래로 나누어진 갈림길이 나왔다. 오른쪽 길은 또다시 오르막이 시작되고 있었다. 왼쪽 길은 평탄하고 나무도 그다지 빽빽하지 않아 햇빛이 드는 곳이 많았다.

"이쪽으로 가자."

리쿠가 왼쪽 길을 가리켰다. 키라는 그 자리에 멈춰 섰다. 왠지 모르게 좋지 않은 예감이 들었다.

"왜 그래?"

리쿠가 돌아보았다.

"오른쪽 길이 나을 것 같은 예감이 들어."

"왜?"

"이유는 모르겠지만 그냥 그래."

"미나모토로부터의 메시지?"

"그건 아닌데 오른쪽으로 가는 걸 생각하면 몸이 가벼워지는 느낌이랄까…… 너도 한번 느껴 봐."

리쿠는 잠깐 동안 오른쪽 길과 왼쪽 길을 번갈아 보았다.

"오른쪽은 오르막이 험해 보이는데? 너, 또 아까처럼 넘어지고 막 그럴 것 같아."

그 말에 키라는 아무 대꾸도 하지 않았다. 그리고 리쿠의 뒤를 쫓아 왼쪽 길로 들어섰다. 얼마를 걸어가자 가파른 벼랑이 나왔다. 두 사람은 나뭇가지를 양손으로 붙잡고 신중하게 한 발 한 발 조심히 내딛었다. 그때 갑자기 키라의 발밑에 있던 바위가 무너졌다. 허겁지겁 가지를 잡으려고 했지만 손은 허공에서 버둥거릴 뿐이었다.

"키라!"

리쿠가 조심하라고 당부한 보람도 없이 키라는 낭떠러지 아래로 떨어지고 말았다. 톤비가 격렬하게 짖어 댔다.

정신을 차린 키라는 벼랑 아래 구덩이에 있었다. 올려다보니 벼랑 끝이 어딘지 보이지도 않는다. '이렇게 높은 데서 떨어졌는데 잘도 무사하네.' 하는 생각이 들 정도였다. 나뭇가지가 쿠션 역할을 해 주어 구사일생으로 살아남은 것 같았다.

"리쿠! 톤비!"

아무리 불러도 대답이 없다.

"라오시, 좀 나와 주세요! 라오시!"

키라는 너무 무서워서 비명에 가까운 소리로 라오시를 불렀다. 하지만 라오시가 나타날 기미는 보이지 않았다. 세상에 홀로 남겨져 이렇게 사라지나 보다…… 무서울 정도의 적막만이 주위를 감싸고 있었다.

키라는 눈을 감고 단전으로 깊은 호흡을 했다.

'라이트 볼을 이미지 하자.'

하지만 아무리 기다려도 미나모토로부터 메시지는 오지 않았다. 그러는 사이에 날은 저물고 밤의 장막이 드리워지기 시작했다. 공포와 두려움으로 머리가 어떻게 될 것만 같았다. 등 뒤에서 바스락 소리가 나기에 홱 돌아보니 빨간색 눈동자 몇 개가 이쪽을 바라보고 있다.

도마뱀 인간들에게 발각되었나? 오싹한 기운이 돌았지만 다행히 무리를 지어 다니는 늑대들이었다. 이곳은 늑대들의 서식지임에 틀림없다. 너무 무서워서 입이 바싹바싹 마르고 소름이 돋았다. 키라는 후들거리는 다리로 뒷걸음질 치면서 필사적으로 그곳에서 벗어났다. 그리고 가방 주머니에 매달린 키홀더에 있던 **LED** 조명과 달빛에 의지해 쿠이치픽추 방향으로 발걸음을 재촉했다.

낮에도 어두컴컴했던 숲은 밤이 되자 암흑 그 자체가 되었다. 무서워서 다리가 자꾸만 엉켰지만 가만히 서 있는 게 더 무서웠다. 정신을 바짝 차리지 않으면 큰 소리로 울 것만 같았다.

또르르 뺨을 타고 흘러내리는 눈물을 훔치며 온 힘을 다해 걷다 보니 어느새 정글은 끝났고 달빛이 통하는 곳에 도달했다. 잠깐 안도하는 사이에 또다시 갈림길이 나타났다. 키라는 어느 쪽으로 가야 할지 몰라 그 자리에 우뚝 섰다. 오른쪽은 울퉁불퉁한 내리막길, 왼쪽은 초원이 펼쳐져 있다. 순간, 오른쪽 길로 가는 게 좋겠다는 느낌이 들었다. 오른쪽 길로 간다고 생각하니 몸이 가벼워졌다. 마음은 그랬지만 머리가 투덜대기 시작했다.

'내리막길은 미끄러지기 쉽잖아. 거기다 바위투성이이고. 또 넘어지고 깨지다가 이상한 곳에 떨어지면 어쩌려고?'

키라는 잠시 망설이다가 왼쪽 길로 들어섰다.

강이 흐르고 있다. 수면에 반사된 달빛이 어쩐지 구슬펐다. 점점 쓸쓸함이 밀려왔다. 하지만 키라에게 쓸쓸함은 익숙하고 친숙한 감정이다. 엄마가 일을 나가고 혼자 집에 있을 때도 그랬지만 학교에서 아이들 사이에 있을 때가 더 쓸쓸했다. 쓸쓸한 바람이 온몸을 관통하는 느낌이랄까? 지금까지도 끊임없이 외로움과 사투를 벌여 온 키라였지만 이때 처음으로 깨달았다. 외로움이 너무 심하게 부풀어 오르면 자포자기의 심정으로 발전한다는 것을.

'이렇게 처절한 외로움에서 벗어날 수 없다면 차라리 죽는 게 낫겠어……'

그런 생각을 하고 있을 때였다. 전방의 하늘에서 수백 마리의 까마귀 떼가 날아오더니 키라를 습격하기 시작했다. 뾰족한 부리에 눈이 찔릴까 봐 무서워 얼굴을 옆으로 돌렸더니 뺨을 사정없이 쪼아 댔다. 키라는 그 자리에 주저앉고 말았다. 까마귀 떼는 키라의 얼굴을 감싼 양손을 인정사정없이 공격했다.

'이제 더 이상 안 되겠어. 역시 나는 뭘 해도 안 되는구나⋯⋯.'

생각해 보니 라오시도 그렇게 말하지 않았는가? 이 숲에서는 생각이 현실로 이루어지는 게 빠르니까 사고에 주의를 기울이라고⋯⋯. 죽는 편이 낫겠다는 생각이 이런 현실을 가져다준 것인가⋯⋯.

같은 시각, 리쿠와 톤비는 키라를 찾아 헤매다가 너무 지쳐서 주저앉았다. 여름이었음에도 불구하고 숲속에는 아직 서늘하고 썰렁한 기운이 감돌았다. 리쿠가 땔감을 모으기 시작했다.

"미안해, 톤비. 키라를 찾지 못해서⋯⋯."

톤비는 가만히 있지 못하고 계속 주위를 어슬렁거리며 키라를 기다렸다.

"오늘은 일단 철수하자. 더 어두워지면 위험하니까."

리쿠는 배낭에서 멜론 빵을 꺼냈다. 그리고 톤비에게 나누어 주면서 머리를 쓰다듬었다.

"안 돼, 그건! 나한테도 줘야지!"

갑자기 나타난 라오시가 멜론 빵에 달려들었다.

"라오시, 왜 이제 나타나는 거예요? 얼마나 찾았는데요!"

"이 멜론 빵 말이여. 내가 이 세상에서 젤로 좋아하는 음식이여. 먹어도 먹어도 맛있단 말이지, 요놈이."

라오시의 태연한 말투에 리쿠는 화가 나 대들었다.

"키라가 낭떠러지에서 떨어졌어요! 그런데 지금까지 어디서 뭘하다 이제 나타난 거예요!"

"다 알아, 키라는 지금 목숨이 위태로운 지경이드만."

"그걸 알면서도 그냥 놔둔 거예요?"

"나는 도와주고 싶어도 도와줄 수가 없어. 만약 그랬다가는 키라는 용사가 될 자격을 잃게 될 거여."

"그래도 죽을 위기에 처했으면 구하러 가야지요!"

리쿠는 당장이라도 라오시의 목덜미를 잡고 흔들 것 같은 기세였다.

"자기가 하고 싶은 일을 못하게 됐을 때 어떤 기분인지, 그 고통이 어떤지 너는 잘 알 텐데?"

라오시가 리쿠의 눈을 가만히 응시하며 말했다. 리쿠는 깜짝 놀랐다. 라오시가 모든 걸 알고 있다…….

라오시는 짐짓 시치미를 떼고 말을 이었다.

"자기가 그만두겠다고 말하지 않는 이상, 나는 손을 내밀지 않을 것이여."

"그럼 어떻게 하라고 조언이라도 좀 해 주든가요!"

라오시는 고개를 좌우로 흔들었다.

"키라는 말여, 지금 자기 내면의 소리를 들을 필요가 있어."

"내면의 소리요?"

"그려. 리쿠 너는 야구를 잘하지? 공을 던질 때 말여. 어떤 구질을 던질지 어떻게 정하냐?"

"포수하고 사인을 주고받다가 결국은 내가 정하지요."

"그때 뭘 보고 결정하는디?"

"그건…… 잘 모르겠지만 순간의 느낌이랄까? 커브를 던지고 싶지 않은데 무리해서 던지면 결과가 좋지 않더라고요."

"바로 그거여. 너는 니 내면의 소리를 듣고 결정한 거여. 거기에 따른 거지."

"키라는 미나모토의 메시지를 들을 수 있잖아요?"

"미나모토로부터 오는 위대한 소리와는 또 다른 거여. 내면의 소리는 몸이 보내는 사인, 마음의 울림 같은 것이재. 직감이라고 표현하기도 허지. 리쿠, 너는 역시 훌륭한 야구 선수여. 내면의 소리를 듣고 행동할 줄 알잖아. 그런데 키라는 아녀. 지금까지 다른 사람 눈치만 살피면서 살아왔으니까 말여. 자기가 어떻게 하고 싶다는 것보다는 다른 사람이 그렇게 하니까 흉내 내면서 살아온 것이재. 그렇게 살다가 보믄 말여, 내면의 소리를 듣는 능력을 잃게 되는 것이여. 키라는 지금 그 능력을 되찾느냐, 죽음을 선택하느냐 그 갈림길에 서 있는 것이여."

"그런 말이 어딨어요? 어떻게 좀 해 봐요! 라오시가 못하겠다면 나라도 할 테니까, 어떻게 하면 되는지 알려 달라고요!"

"안타깝지만 말이여. 키라의 운명을 바꿀 수 있는 사람은 키라 자신뿐이여."

"키라 녀석, 겁쟁이에다가 몸도 약하단 말이에요! 미나모토에게서 메시지를 못 받으면 정말 큰일 난다구요!"

라오시가 날카로운 눈매로 리쿠를 응시했다. 그 매서움에 리쿠는 흠칫 놀라 한 발자국 뒤로 물러섰다.

"사고가 현실이 되는 거여. 리쿠, 너의 생각이 키라에게 도움이 될 수도 있지만 방해가 될 수도 있다는 걸 명심혀."

"내가 걱정하는 게 키라를 더 힘들게 만들 수도 있다고요?"

"'두려움'에서 비롯된 걱정은 키라가 부정적인 현실을 만드는 데 일조할 수 있으니까 말이여. 하지만 키라가 무사하길 바라는 마음으로 하는 행동은 '사랑'에서 오는 거여. 소망은 걱정을 긍정적인 에너지로 승화시킬 수 있어. 긍정적인 생각이 강해지믄 소망이 되는 것이여."

라오시는 이 말을 남기고 멜론 빵을 품은 채 홀연히 사라졌다. 리쿠는 어이가 없었지만 라오시의 말이 무슨 뜻일까 생각하며 눈을 감았다.

톤비가 "끄응!" 소리를 내며 꼬리를 흔들었다.

의식이 점점 멀어진다.

이대로 죽는 건가? 키라의 뇌리에 그런 생각이 스쳤다.

외롭다…… 엄마…… 엄마, 보고 싶어…….

강물이 반짝반짝 빛나고 있다. 달빛이 반사되어 그런가? 그런 생각을 하는데 수면 위로 엄마 카린의 모습이 비쳤다. 카린은 슈퍼마켓에서 일하고자 면접을 보고 있다. 이력서를 훑어보던 아저씨가 능글맞은 웃음을 흘리며 말한다.

"보아 하니까, 혼자서 애 하나 키우고 있는 것 같은데 저녁에도 일할 수 있어요? 저녁 때 캐셔가 모자라거든."

아저씨의 끈적끈적한 시선이 엄마의 목줄기를 따라 내려가고 있다.

"구인 광고에는 낮에 사람을 구한다고 써 있었는데요?"

"그래서요?"

아저씨는 짜증스럽다는 듯 퉁명스럽게 반응한다.

"죄송합니다. 아이가 아직 초등학생이라 저녁에는 좀⋯⋯."

아저씨의 노골적인 시선에 당황하면서 엄마가 대답한다. 아저씨는 보란 듯 '쳇!' 혀를 찼다.

"거 봐, 이러니까 애 엄마들은 안 된다니까. 일을 우습게 보니 어디 되겠어요? 이혼은 왜 했는데요? 혹시 이게 생긴 것 아닌가?" 하며 왼손 새끼손가락을 들어 보인다.

"아니에요⋯⋯."

"참, 불쌍도 하구만. 아줌마처럼 미인을 버리는 남자 마음을 나는 모르겠네."

엄마가 당황하면 할수록 아저씨의 얼굴은 더 번들거렸다. 그러면서 무슨 선심이라도 쓰는 양 말을 이었다.

"좋아, 특별히 채용하도록 할게요. 혼자서 애 키우는 것도 안쓰럽고. 밤에도 혼자서 얼마나 외롭겠어요?"

"아니에요, 제게는 아이가 있는데요."

엄마가 반론을 하면 할수록 아저씨는 재미있어 했다. 그러다가 갑자기 심각한 표정으로 덧붙였다.

"당신 같은 사람들이 있어서 곤란하다니까. 잔업은 하기 싫다, 애가 아프니까 쉬겠다, 그런 것만 당연한 권리인줄 안다니까."

"당연한 권리라고 생각한 적 없어요……."

"도대체 일하는 거랑 자식이랑 어느 쪽이 더 중요하다고 생각합니까?"

엄마는 등을 똑바로 펴고 자세를 고쳐 앉았다.

"일은 물론 중요합니다. 하지만 자식과 비교할 바는 아니지요. 일을 마치고 집에 돌아가 아이의 얼굴을 보면 몸이 가뿐해지면서 힘든 걸 다 잊을 수 있으니까요. 아이가 제게 열심히 일할 수 있는 힘을 주는 거라고 생각해요. 그리고 일이 있으니까 안심하고 아이를 키울 수 있는 거구요. 어느 쪽을 희생한다는 건 말이 안 되는 것 같아요."

아저씨는 같잖다는 듯 흥! 콧방귀를 뀌었다.

"뭐, 아줌마야 미인이니까 무슨 말을 해도 괜찮다고 해 둡시다. 기가 좀 세 보이기는 하지만 아름다운 꽃에도 가시가 있어야 더 가치가 있는 거니까. 그럼 오늘부터 일할 수 있어요?"

이제는 눈치도 보지 않고 엄마의 가슴 언저리에 시선을 고정시킨 채 눈을 희번덕거렸다. 아저씨의 몸에서 시커먼 연기 같은 게 뿜어져 나왔다. 그 연기는 당장이라도 엄마에게서 뿜어져 나오는 핑크색 연기를 집어삼킬 듯했다.

키라는 문득 생각했다.

'이게 바로 암흑의 장군 타마스가 성궤를 손에 넣었을 때 벌어지는 일들이구나.'

저런 뻔뻔한 인간이 점점 번식하고 엄마처럼 마음이 깨끗하고 착한 사람이 저런 인간들에게 물들어 간다면…… 그건…… 그건 정말 싫어!

나를 키우기 위해서 열심히 사는 우리 엄마. 나 때문에 엄마는 사랑하는 아빠와 이혼하게 되었다.

나는 무엇을 위해 이 세상에 태어났을까?

지금 여기서 죽는다면…… 나는 파란색 머리칼 때문에 미움을 받고 따돌림을 당하고 다른 사람을 불행하게 만드는 존재밖에 되지 않아! 그런 건 정말 싫다고! 기회가 주어진다면, 나는 정말 달라지고 싶어!

키라는 주머니에서 레드 스톤을 꺼내어 지긋이 바라보았다. '두려움'이라는 글자가 달빛을 받아 반짝거렸다.

아무것도 하지 못하던 내가 이 돌을 손에 쥐었다. 그때 느꼈던 기쁨, 그것은 도전한 자만이 느낄 수 있는 특별한 기쁨이다. 그런 생각이 키라를 다시 일으켜 세웠다. 몸이 비틀거렸지만 힘을 내어 다시 걷기 시작했다.

어느새 새벽이 찾아왔다. 산등성이가 어슴푸레하게 물들어 있다. 뺨에 전해지는 통증은 나아지지 않았지만 그래도 처절한 아픔으로 다가왔던 외로움은 많이 가셨다. 햇살은 언제나 키라의 편이었다. 아무리 외롭고 힘든 날에도 키라를 지켜 주려는 듯 따스하게 내리쬐어 주었다. 그런 생각이 들자 몸속 깊은 곳에서 감사의 마음이 흘러나왔다.

고마워요, 해님. 키라는 문득 또 한 가지 사실을 깨달았다. 어제도 달님이 길을 비추어 주었다. 아무리 가혹한 상황이라도 따뜻하게 내밀어 주는 손길이 있다. 그런 것은 전혀 모른 채 깊은 외로움과 사투를 벌였다. 그런 눈으로 세상을 보자 나무들도 키라에게 말을 거는 것 같은 느낌이 들었다. 어제는 그렇게 쌀쌀맞고 나를 더 외롭게 만든다고 느꼈던 숲이 지금은 마치 나를 가족처럼 맞이해 주는 느낌마저 들었다.

얼마나 걸었을까? 또다시 두 갈래의 길이 나왔다. 오른쪽은 울창한 정글 같은 숲, 왼쪽은 초원.

키라는 눈을 감았다. 라이트 볼 속에서 심호흡을 한다.

어느 쪽으로 갈까? 스스로에게 물어본다. 오른쪽 길로 가는 이미지를 떠올리니 몸이 가벼워짐을 느꼈다.

머릿속에 또 이런저런 생각이 떠올랐다. 오른쪽 길은 정글인데…… 또 뱀이 나오면 어쩌려고…….

키라는 가만히 서서 왼쪽으로 가는 것을 상상해 본다. 이유는 잘 모르겠지만 몸이 묵직해지는 느낌이 전해져 온다. 다시 한 번

오른쪽 길로 가는 상상을 하자 가슴이 뛰기 시작했다.

어쩌지…… 망설이는 키라의 머릿속에 엄마가 했던 말이 떠올랐다.

"아이 얼굴을 보면 몸이 가뿐해지면서 힘든 걸 다 잊을 수 있으니까요."

몸이 가뿐해지는 건 좋은 일이다. 좋아, 그럼 그 감각을 믿어 보는 거야.

놀랍게도 정글 안으로 들어가면 들어갈수록 몸은 점점 더 가벼워졌다. 너무 가볍고 신이 나서 통통 튀는 느낌이 들 정도였다.

얼마를 가다 보니 또다시 갈림길이 나타났다. 이번에는 별로 망설이지 않고 선택했다. 오른쪽으로 가는 상상만 해도 신이 나 몸이 튀어오를 것만 같았다.

조금 더 나아가니 눈앞에 시원한 호수가 펼쳐졌다. 후우! 키라는 크게 숨을 내쉬었다. 다시 살아온 것처럼 생명력이 불끈 솟아오른다.

"리쿠, 톤비!"

"키라!"

멍멍! 멍멍!

키라는 달려 나갔다. 키라를 발견한 톤비는, 저러다가 찢어지는 게 아닐까 걱정될 정도로 세차게 꼬리를 흔들며 전속력으로 달려와 안겼다.

리쿠도 펄쩍거리며 단숨에 달려왔다.

"왜 이렇게 늦었어!"

"걱정시켜서 미안해."

"누가 네 걱정을 했다고 그래? 스톤을 잃어버릴까 봐 걱정한 것뿐이야."

그렇게 말하면서 리쿠는 생각했다. 걱정이 아니라 무사히 돌아오기를 기원했다고. 신이 꼭 하느님만 있는 건 아니잖아. 아마테라스, 가네샤(*예지와 장애를 관장하는 인도의 신. 코끼리의 머리를 가지고 사람의 몸을 하고 있으며 흔히 쥐와 함께 그려진다.), 천사, 알라, 부처님 등등 어젯밤 내내 세상의 모든 신에게 빌었다고.

리쿠의 눈은 수면 부족 때문에 빨간 토끼 눈을 하고 있었다. 키라는 대답했다.

"나 있잖아, 어느 쪽으로 가야 할지 망설여질 때 가슴이 뛰는 쪽을 선택했어. 그랬더니 그게 다 맞더라고!"

"'**Don't think, Feel!**' 그거였네?"

"응?"

"생각하지 말고 느끼라는 말이잖아. 브루스 리(이소룡의 영어 이름.)가 한 말이야."

"브루스 리?"

"브루스 리를 몰라? 케이블 채널을 보면 맨날 영화에서 나오잖아. 쿵푸로 유명한 영화배우. 아쵸!"

리쿠가 작은 나뭇가지를 꺾어 쌍절곤 흉내를 내자 키라도 따라 했다. 신기하게도 흉내만 내는 데도 뭔가 힘이 세진 느낌이다.

"아쵸! 아쵸!"

리쿠가 키라에게 한판 붙자는 시늉을 했다. 키라는 기다리던 바라며 응수했다. 그렇게 놀다 보니 즐거워서 몸에 점점 탄성이 생겼다.

벅차서 가슴이 뛰었다.

그때 라오시가 나타났다. 한 손에 멜론 빵을 든 채로.

"라오시, 그걸 아직도 안 먹었어요?"

"이 아까운 것을 어찌 한 번에 다 먹는다냐. 아껴 묵어야재."

그러더니 갑자기 키라를 꼭 껴안았다.

"두근두근 나침반이 움직이기 시작했구먼."

"두근두근…… 나침반이요?"

"그려. 누구나 다 가지고 있재. 진실을 선택하면 몸이 가벼워지고 탄력이 생기는 법이여. 가슴이 두근거리고 설레니까 그게 바로 두근두근 나침반이여."

"맞아요. 설레고 두근거리는 쪽을 택해 여기까지 올 수 있었어요! 아까 그걸 무시하고 다른 길로 갔다가 벼랑에서 떨어져 큰일 날 뻔했어요."

"지금까지 다른 사람한테 맞추기에만 급급했으니까 나침반이 둔해진 것이여. 두근두근과 콩닥콩닥은 같은 에너지인 겨. 기쁨을 통해 느끼면 두근두근이 되고 불안과 공포를 통해 느끼면 콩닥콩닥이 되는 거라 이 말이재."

"그래서였구나!"

이제 알았다는 듯 키라가 소리쳤다.

"길을 선택할 때 말이에요. 처음에는 몸이 가벼웠는데 불안해지니까 가슴이 콩닥거리고 망설여졌거든요."

"뭐든 연습이 필요한 거여. 처음에는 작은 일부터 조금씩 느껴가는 거지. '바닐라와 딸기 중에 어떤 아이스크림을 먹을래?' 했을 때 가슴이 뛰고 기분이 좋아지는 걸 고르는 겨. 가끔 실패할 때도 있겠지. 실패는 도전한 자만이 얻을 수 있는 지혜인 것이여."

"실패가 지혜라고요?"

"실패할 때마다 경험치가 올라가지 않겠냐? 월트 디즈니는 이미지네이션(imagination)이 없다고 신문사에서 잘렸어. 아인슈타인은 대학 시험에서 떨어지기도 했지."

라오시는 멜론 빵을 한입 베어 물고는 기쁜 듯 "엑스터시!"라고 외쳤다.

참 이상한 개구리다. '평범'과는 완전히 거리가 멀다. 하지만 다르면 어때, 뭐. 키라는 라오시를 보면서 생각했다.

그때 하늘에서 오렌지색 돌이 날아오더니 키라의 손에 살포시 내려앉았다. 자세히 보니 '외로움'이라는 글자가 빛을 발하고 있었다.

"두 번째 스톤은 '외로움'이여. 이 오렌지색 스톤이 주어지면 인생의 기쁨과 행복을 깊이 맛볼 수 있는 힘이 생기재."

라오시가 말했다.

"또 키라에게 떨어진 거예요? 정말 너무하네!"

리쿠가 분개했다. 라오시는 동요하지 않고 말을 이었다.

"두근두근이 이어지면 외로움은 치유되는 법이여. 외로울 때는 마음이 끌리는 일을 하면 되지. 그라믄 외로움이 싹 가실 거여."

"나는 처음부터 극복해야 할 '외로움' 따위는 없다구요! 그렇다고 저 돌을 손에 쥘 수 없다는 건 말이 안 되잖아요!"

"정말 그럴까? 진정한 도전은 눈에 보이지 않는 곳에 있는 법이여."

큰 소리로 외치는 리쿠를 바라보며 라오시는 의미심장한 말을 던지고 미소를 지었다.

"젊은이여, 두려운 채로 나아가라. 두려움은 꿈을 방해하지 않는다!"

라오시는 이 말을 남기고 홀연히 사라졌다.

키라는 손바닥 위에 놓인 오렌지 스톤을 꼭 움켜쥐었다. 그러자 성취했다는 달성감 그리고 기쁨보다 깊은 감사의 마음이 끓어올랐다.

세 번째 스톤
'옐로'

　호수 저 너머로 쿠이치픽추가 보였다. 호수는 산기슭까지 광대하게 펼쳐져 있었다.

　키라와 리쿠는 호수 옆을 가로질러 가는 게 빠르다고 판단하고 나무를 모아 뗏목을 만들기로 했다. 나무를 휘감고 있는 덩굴을 떼어 내 엮어서 튼튼한 끈을 만들었다. 그리고 모아 온 나무와 나무를 엮었다. 크고 질긴 나뭇잎을 몇 장 겹쳐 단단히 묶어 노를 만들었다. 어느 것 하나 쉬운 작업이 없었다. 정말 뗏목이 만들어지긴 하는 건가 반신반의했는데 뗏목이 호수 위에 떴을 때는 너무 기뻐서 환호성이 터져 나왔다.

　하지만 리쿠는 어정쩡하게 만든 뗏목이 언제 가라앉을지 모를 일이니 중량을 조금이라도 줄이자며 가방을 놓고 가자고 키라를 설득했다.

'싫다'고 딱 부러지게 말하지 못하는 키라는 가방을 등에 멘 채 고개를 가로저었다.

"왜 싫은데? 안에 있는 건 모두 쓸모없는 것들이잖아? 내가 가지고 있던 식량도 많이 줄었고. 뗏목을 타고 가면 물고기도 잡을 수 있어."

리쿠가 나뭇가지를 칼로 깎아 작살을 만들며 말했다. 키라는 애원하듯 대답했다.

"이거, 엄마가 무리해서 사 준 거란 말이야······."

"그건 알겠는데 우린 지금 짐을 조금이라도 줄여야 한단 말이야. 그래야 배가 빨리 가지. 호수 위는 시야를 막는 게 없기 때문에 타마스 일당의 눈에 띨 위험이 크단 말이야."

"왜 뗏목을 타고 가야 하는데? 가방은 못 버려······."

키라는 거절의 의미를 담아 가방 벨트를 힘껏 조였다. 엄마에게 받은 소중한 가방이기도 했지만 가방에 쓰인 '괴물'이라는 글자를 리쿠에게 보여 주고 싶지 않았다. 비록 그게 리쿠가 쓴 것일지라도 눈앞에서 보이기는 싫었다.

"아무튼 고집도····· 할 수 없지. 가는 데까지 가 보는 수밖에."

리쿠는 포기했다는 듯 뗏목에 올라탔다. 키라와 톤비까지 타자 뗏목은 금방이라도 가라앉을 것 같았다. 둘이서 어찌어찌 균형을 잡아 겨우 강기슭에서 호수까지 노를 저어 나아갔다.

다행히 바람 한 점 없어 물살은 온화했다. 두 사람은 이런 상태라면 어리바리 뗏목으로도 얼마 동안은 견딜 수 있을 것 같다는 생각으로 열심히 노를 저었다. 그때 갑자기 리쿠가 노를 젓던 손을 놓았다. 그리고 왼손을 오른쪽 어깨에 갖다 대며 괴로운 표정을 지었다.

"왜 그래? 어디 아파?"

키라가 말을 마친 순간 뗏목 위에 라오시가 나타났다. 톤비가 꼬리를 흔들며 반가움을 표현했다. 라오시를 자기와 같은 동종으로 착각하고 있나 보다.

"이 뗏목은 2인용이라고요. 셋이 타면 가라앉아요."

"괜찮아, 괜찮아. 가라앉으면 헤엄치면 되지."

"그런 문제가 아니라고요!"

"알았어, 거 빡빡하기는!"

라오시는 투덜대면서 공중으로 떠올랐다. 손에는 아직도 멜론 빵이 들려 있다.

"타마스의 수하, 도마뱀 인간들이 대거 이 숲으로 몰려든 것 같아. 어찌된 영문인지 타마스는 아무도 들어올 수 없도록 숲의 입구를 막는 봉인을 푼 것 같단 말이재. 이 숲에도 타마스의 어둠의 파워 때문에 불온한 기운이 감돌고 있어. 느그들 중에 한 명이 빨리 성궤를 손에 넣어야지, 안 그러믄 사태가 심각해질 거 같다."

라오시는 심각한 얼굴로 말했지만 어쩐지 손에 들고 있는 멜론 빵과 분위기가 매치되지 않았다. 덕분에 어딘가 조금 모자란 사람처럼 느껴졌다.

"이 숲에서 타마스가 세력을 갖게 되면 저쪽 세상에서도 영향력을 발휘하게 된다 이 말이여. 그러면 느그들 가족들도 험한 꼴을 당하게 될 것이여."

키라는 엄마가 걱정되었다. 하지만 리쿠는 그게 나랑 무슨 상관이냐는 식으로 흥! 콧방귀를 뀌었다. 라오시는 별로 개의치 않고 말을 이었다.

"느그들이 용사가 되는 데 필요한 강력한 지혜를 주겠어."

"어떤 지혜요?"

"지난번에 말이여, 현실은 생각을 반영하는 것이고 주파수로 현실을 비추는 것이라고 말한 것 기억나재?"

키라와 리쿠는 고개를 끄덕이며 다음 말을 기다렸다.

"꿈을 이루고 싶다믄 말이지. 그렇게 되었을 때의 주파수를 미리 선점하면 되는 거여."

"주파수를 선점한다고요?"

"그려. 느그들이 원하는 꿈을 토대로 라이프 시나리오를 쓰는 거여. 그리고 그 주인공이 되어 사는 것이재."

"그걸 어떻게 쓰는데요?"

"우선 '라이프 로그라인'이라는 걸 만들어. 라이프 로그라인이 뭐냐 하면 본인의 인생을 단적으로 표현하는 한 줄의 글이여. 예를 들어 코코 샤넬이라는 사람 알재? 그 양반을 '부모에게 버림받고 고아원에서 불쌍하게 자랐지만 디자이너로 대성공을 거두어 여성들의 자립에 공헌한 인생' 요로코롬 표현한다 이 말이재. 한 줄로 표현하면 이 개념을 잠재의식에 깊이 새기기가 쉽거든. 그걸 끊임없이 되뇌고 스스로에게 들려주는 거여. 느그들 인생을 한 줄로 표현한다면 뭐가 좋을까나?"

"나는……."

어떤 질문에도 고개가 끄덕여지는 대답을 척척 하던 리쿠가 이번에는 어쩐 일인지 입을 다물었다.

"키라, 네는 어떤데?"

"저는……."

"꿈꾸는 것이 뭣이 그리 어렵다고. '겁쟁이에 퍼런 머리 콤플렉스 덩어리였던 소년이 용사가 되어 미나모토의 존재를 깨닫고 그 덕분에 좋아하는 일을 하면서 살게 되었다.' 이거 어떠냐?"

키라는 놀란 눈으로 라오시를 올려다보았다. 라오시는 키라의 머리가 파란색이라는 것 그리고 그것 때문에 괴로워한다는 사실을 알고 있다.

"머리가 파랗다는 게 뭐야?"

키라는 당혹스러웠다. 리쿠가 자기 머리 색깔의 비밀을 알게 되었다고 생각하자 너무 겁이 나서 참을 수가 없었다. 리쿠의 신경을 딴 데로 돌리려고 필사적으로 말을 찾았다.

"용사가 되면, 용사가 되면…… 그다음엔……."

하지만 더 이상 말이 나오지 않았다. 라오시는 "용사가 되어 자신감을 갖게 된 행복한 인생."이라고 중얼거렸다.

"뭐…… 그 비슷한 거예요."

키라는 입술을 실룩거렸다. 당연히 무리겠지 하는 마음이 들어 거짓말을 한 것 같아 마음이 편하지 않았다.

"저번에도 이야기했지만 그런 불편한 마음이 부정적인 신념을 만들어 내는 것이여. 네 맘속 깊이 뿌리박혀 있는 그것 말이여. '나는 안 된다', '나는 바보다', '나 같은 사람은 태어나지 않는 게 좋았다'는 그런 마음……."

라오시가 시선을 리쿠에게 돌리자 키라는 그제야 겨우 안도의 한숨을 쉬었다. 어쩐지 라오시는 모든 것을 다 꿰뚫어 보고 있는 것 같았다.

"그런 부정적인 신념을 타파하는 방법은 바로 나만의 캐릭터를 만들어 완전히 변모하는 것이여. 용사로 변모하는 거지. 용사라면 어떤 선택을 할까? 어떤 발언을 할까? 어떤 행동을 할까? 어떤 음식을 먹을까? 어떤 친구들을 사귈까? 용사로 변신해 살아 보는 거여. 배우가 주어진 배역에 맞추어 변신하는 것처럼 말이여. 하고 싶은 역할에 완전히 몰입하는 것이재. 그라믄 그 주파수가 되는 것이여. 노인네 똥에는 노인네 똥의 주파수가 있고 용사에게는 용사만의 주파수가 있어. 하지만 주파수를 바꾸면 노인네 똥도 용사가 될 수 있는 것이여. 상처투성이의 주인공이 다시 씩씩해지는 것도 물론 가능하지."

라오시는 키라와 리쿠를 번갈아 쳐다보며 말을 이었다.

"주파수를 바꾸기 위해선 말이여, 생각을 바꾸는 것도 좋지만 행동을 바꾸고 입에서 나오는 말을 바꾸는 게 제일로 효과가 빠르다니께."

"행동을 바꾼다고요?"

"그려, 부자가 되고 싶으면 부자들이 입는 옷을 입어 보는 거여. 비싸면 빌려서라도 한번 입어 보는 거지. 그래서 입었을 때 느낌을 내 것으로 하는 거여. 가수가 되고자 하면 가수들이 서는 무대 위에 올라가 보는 거여. 멋진 집에 살고 싶으면 모델하우스에 가서 그런 집에서 사는 기분을 느껴 보는 것도 좋은 방법이재. 결혼해서 아이를 원하면 아이를 낳아 기르는 사람들을 친구로 만드는 거여. 이런 식으로 주파수를 선점하는 거여. 그것만으로도 현실을 바꾸는 데 엄청난 파워가 생긴다니께. 용사는 어떤 언동을 할 거라고 생각하냐? '난 안 돼', '못해' 이런 말을 할 거 같으냐? 안 할 거 같지 않아?"

키라는 라오시의 가르침이 꼭 소꿉장난 같아 재미있게 느껴졌다. 그 마음을 읽은 듯 라오시가 말을 이었다.

"주파수가 물질로 나타나는 것은 지구가 3차원으로 되어 있기 때문이여. 지구라는 행성은 물질화 게임을 할 수 있는 원더랜드 같은 곳이여. 무슨 생각을 하고 어떤 행동을 하느냐에 따라 자기가 내뿜는 바이브레이션의 주파수가 달라지니까 말이여. 주파수가 달라지면 나타나는 현실이 완전히 달라지지. 자신이 정한 라이프 로그라인을 지침으로 삼아 하루하루 두근두근을 선택하며 사는 거여. 그라믄 라이프 시나리오대로 가슴 설레는 미래를 맞이하게 되어 있어."

키라와 리쿠의 마음에 새겨진 라이프 로그라인을 확인하듯 라오시는 두 사람을 지그시 쳐다보았다.

"젊은이여, 가슴 설레는 미지의 꿈을 끌어당겨라!"

그러고는 언제나처럼 홀연히 사라졌다.

키라는 굳게 결심했다. 용사가 되어 살아 보는 거야. 연기하는 것처럼 어색할지도 모르지만, 가짜처럼 느껴질지도 모르지만 그래도 해 보는 거야. 지금처럼 겁쟁이로 있는 것보다는 훨씬 나으니까.

"리쿠, 점심으로 물고기라도 잡아먹을까?"

"응……."

어쩐지 말수가 적어진 리쿠가 눈을 감은 채 대답했다.

키라는 가방을 내려놓고 벗어 놓은 티셔츠로 덮었다. 그리고 작살을 들고 뗏목이 전복되지 않도록 조심스럽게 균형을 잡으면서 일어섰다.

"물고기를 잡아 올게."

"키라 너, 작살로 물고기를 잡아 본 적 없다고, 자신 없다고 했었잖아?"

눈을 뜬 리쿠가 의아하다는 듯 물었다. 키라는 여느 때와 달리 작은 어깨와 가슴을 당당히 펴고 용사가 된 것처럼 위엄 있는 목소리로 대답했다.

"할 수 있다고 믿어. 나는 물고기를 잡을 수 있어."

"헐, 용사로 변신했군. 단순한 녀석."

어이없다는 듯 리쿠가 말했다. 하지만 키라는 기죽지 않으려고 마음을 다잡았다. 명색이 용사가 이 정도 야유로 태도를 돌변하면 안 되지.

키라는 턱을 들어 리쿠를 내려다보며 "맛있는 물고기를 잡아다가 자네에게 선물해 주지." 하고 으쓱거렸다. 그러고는 첨벙! 호수로 뛰어들었다.

키라는 생각했다. 참 건방진 말투군. 하지만 재미있는걸. 용사 '역할'을 한다고 생각하니 어떤 말이든 할 수 있을 것만 같았다. 아니, 어떤 행동도 할 수 있을 것 같았다.

호수 물은 차갑고 탁해서 시야가 좋지 않았다. 등짝으로 오한이 스며들었다. 그만둘까 하는 충동이 일었지만 이를 악물고 스스로에게 외쳤다.

"용사는 모험을 두려워하지 않아!"

배 위에서 볼 때는 여기저기 펄쩍거렸던 물고기가 물속에서는 한 마리도 보이지 않았다. 한 번 튀어 오른 놈은 잽싸게 더 깊은 물속으로 가라앉았다.

그때 저쪽에서 반짝반짝 빛을 내며 출렁이는 물체가 보였다.

저게 뭐지? 가까이 다가가 보았다. 그 순간 출렁이던 물체가 첨벙하고 움직였다. 꼬리처럼 생긴 길다란 물체였다. 놀란 키라는 온힘을 다해 허겁지겁 배 위로 올라왔다.

"이상한 게 있어! 거대한 뱀처럼 생긴 이상한 생물이야!"

파랗게 질려 있는 키라를 보고 리쿠가 놀리듯 말했다.

"무슨 용사가 뱀을 보고 그렇게 호들갑을 떠냐? 헤라클레스는 애기 때 습격해 온 독사를 웃으면서 목 졸라 죽였다잖아."

"빨리 강가로 배를 돌려야 해! 꼬리에 한 번 맞으면 이런 뗏목 따위는 바로 작살난다고!"

키라는 다시 그전으로 돌아가 겁쟁이처럼 부들부들 떨며 리쿠에게 의지하고 싶었지만 그런 마음을 억지로 참았다. 지금 약한 모습을 보이면 평생 변할 수 없을 것 같았기 때문이다. 그 짧은 시간 동안 용사를 흉내 낸 것이 그만큼 효과가 컸던 것이다. 처음에는 그런 척만 해도 상관없다. 그냥 연기해 보는 것이다.

어이없다는 표정으로 허둥지둥 노를 젓는 키라를 바라보며 리쿠도 거들기 시작했다.

"라오시가 말한 게 진짜라고 믿어?"

키라는 너무나 진지하게 묻는 리쿠를 가만히 쳐다보았다.

"그 캐릭터를 연기하기만 해도 그렇게 될 수 있다는데 그걸 어떻게 믿냐? 그렇게 간단한 일이면 누가 고생을 하겠어?"

"진짠지 아닌지는 모르겠지만 나는 한번 해 보려고."

"어떻게 그렇게 쉽게 그 말을 믿는 거야?"

"그건…… 나에게는 아무것도 없으니까. 리쿠, 너처럼 야구를 잘하는 것도 아니고 애들한테 인기가 많은 것도 아니고. 이 숲에 오지 않았다면 나는 앞으로도 쭉 그저 그런 겁쟁이로 살았을 거야. 해 봤는데 아무 성과가 없더라도 손해는 아니잖아."

키라는 스스로 놀랐다. 지금까지 이런 식으로 자기 의견을 말해본 적이 없었기 때문이다. 자기가 느끼고 생각하는 일에 자신이 없어서 늘 말을 삼키기만 했다. 키라는 그런 자신의 변화가 너무 기뻐서 점점 용기가 솟아오르는 기분이었다.

'표현한다'는 것은 이렇게 생동감 넘치는 일이구나. '행동'이나 '발언'도 모두 표현의 한 가지다. 긍정적인 표현을 하면 내면에서 파워가 배가되는 느낌이 들었다. 표현하는 일은 라오시가 말한 바이브레이션을 강하게 만들어 주는 효과가 있을지도 모른다.

강기슭에 도착한 키라는 가방에서 스케치북과 크레용을 꺼내 그림을 그리기 시작했다. 표현하고 싶은 충동이 끓어올라 도저히 참을 수 없었다. 용사가 되어 검을 쥔 본인과 반지를 끼고 있는 엄마, 톤비가 하얀 도화지 위에 차례로 나타났다. 물론 용사 키라의 머리칼은 검은색이다. 용사가 파란색 머리를 한 이상한 괴물이면 말이 안 되지, 키라는 마음속으로 중얼거렸다.

그때 갑자기 '비전(vision)'이라는 단어가 영감으로 떠올랐다. 그러면서 동시에 망고가 먹고 싶어졌다. 키라는 무엇에 홀리기라도 한 듯 먹음직스러운 망고가 주렁주렁 달린 나무를 그렸다.

그러자 어떻게 되었을까? 위를 올려다보니 그림과 똑같이 생긴 나무에 망고가 열려 있는 것이 아닌가! 그러고 보니 라오시가 이 숲에서는 사고의 현실화가 매우 빨리 이루어진다고 했었다.

"리쿠, 저것 좀 봐!"

키라는 망고를 가리키며 호들갑을 떨었다. 그리고 미나모토로부터의 지혜를 리쿠와 나누고 싶었다. 하지만 그림을 본 리쿠가 나직이 중얼거렸다.

"우연이겠지."

"응, 뭐라고?"

"스톤 두 개를 손에 쥐었다고 엄청 들뜨더니. 너 같은 겁쟁이가 용사가 된다면 내 꿈은 간단히 이루어지겠다."

"맞아, 나도 그렇게 생각해!"

리쿠가 비아냥거리는 걸 아는지 모르는지, 키라는 눈을 반짝이며 말했다.

"당연하지! 생각이, 마음이 현실을 만드는 거야. 리쿠가 마음먹은 일은 반드시 이루어져!"

"라오시의 열혈 신자가 됐구먼."

키라는 상관없다는 얼굴로 제안을 했다.

"해 보자, 리쿠! 너의 라이프 시나리오는 어떻게 쓸래? 라이프 로그라인은 어떤 거야? 의사 아들로 태어났지만 야구에 더 뛰어난 재능을 보인 프로야구 선수?"

"그만둬!"

리쿠가 큰 소리로 짜증을 내는 바람에 키라는 움찔하고 말았다.

"그냥 좀 조용히 있어. 내 일은 내가 알아서 한다고!"

리쿠가 등을 돌리며 말했다. 그때 키라는 리쿠의 등이 너무 작아 보여 깜짝 놀랐다.

무엇이든 키라보다 월등히 잘하는 리쿠였기에 아무런 문제도 없을 줄 알았는데…… 그런 리쿠가 어쩐 일인지 괴로워하고 있다. 말을 걸고 싶었지만 어떤 식으로 말을 걸면 좋을지 판단이 서질 않았다.

키라는 망고를 따기 시작했다. 리쿠도 말없이 거들었다. 망고를 가방과 배낭에 한가득 넣었지만 아직도 많이 달려 있다.

"신기하다. 그저 생각만 했는데 이렇게 진짜 과일을 딸 수 있게 되다니."

감동한 키라를 향해 리쿠가 찬물을 끼얹듯 말했다.

"나는 그런 말은 못 믿겠어. 생각을 바꾼다고 한들 전혀 효과도 없고."

키라는 고개를 갸웃거리며 골똘히 생각했다. 나도 리쿠가 믿을 수 있는 기적을 일으키고 싶다. 그러면 나 스스로도 완전하게 확신할 수 있을 것이다. 키라는 다시 스케치북을 펼쳐 그림을 그리기 시작했다. 가방이 로켓으로 변신해 키라가 그것을 타고 하늘을 나는 그림이다.

그림을 본 리쿠가 콧방귀를 뀌었다.

"그런 허황된 동화 같은 일이 어떻게 실제로 벌어지냐?"

"빵빵한 멜론 빵을 좀 그려 보그라."

다시 라오시가 나타났다.

"원하는 바를 그림으로 그리고 뇌에 각인시키는 것은 생각을 현실화하는 데 아주 좋은 방법이여."

"라오시, 당신은 미나모토의 부하 아니에요? 신과 비슷한 존재가 아니냔 말이에요! 키라한테 부탁하지 않아도 멜론 빵 정도는 만들어 낼 수 있잖아요!"

"아녀, 나는 못해……."

라오시는 정말 슬픈 표정으로 한탄했다.

"파워는 본인의 욕망을 위해서는 못 쓰는 거여."

"흠, 그런 제한이 있군요. 근데 정말 효과가 있긴 있는 거예요? 키라가 연기해도 아무 일도 안 일어나잖아요."

리쿠는 불만이 가득한 표정으로 물었다.

"어깨 말이구만."

라오시가 미간을 찌푸렸다. 리쿠는 라오시의 시선을 외면했다.

키라는 깨달았다. 리쿠는 오른쪽 어깨를 다친 것이다. 오른손잡이면서 배트를 왼손으로 휘두르고 노도 왼손으로 저은 건 그 때문이다.

"어깨가 낫는 비전은 생각해 봤어?"

키라의 입에서 뜻밖의 말이 나왔다.

"그래! 생각해 봤어! 라이프 시나리오도 쓰고 라이프 로그라인도 만들었다고. 어깨가 나은 것처럼도 행동해 봤다고! 하라는 건 다 했단 말이야! 그런데 그러면 뭐 하냐고, 하나도 좋아지지 않는데……. 이 상태로는 전국 대회 우승은 글렀다고!"

리쿠의 팀은 결승전을 눈앞에 두고 있다. 이기면 미국 펜실베이니아 주 윌리엄스 포트에서 열리는 세계 대회에 출전할 수 있다. 리쿠의 활약으로 무난히 결승까지 올랐다. 리쿠의 부상은 팀의 패

배를 의미한다.

"리쿠, 지금 너의 어깨 상태는 네가 젤 잘 알 텐데."

라오시가 여느 때와 달리 엄한 목소리로 말하자 리쿠가 고개를 떨어뜨렸다. 그러고는 한참 동안 말이 없었다.

"어깨를 무리하면 정말 큰일 나는 거, 너도 잘 알잖어. 얼른 검사 받아야 한다고 선생님이 이야기했을 텐데."

"알아요, 안다구요! 내 어깨 상태가 장난 아닌 건 나도 안다고! 이대로 두면 팔을 잘라 내야 한다는 것도! 그런데 이게 알려지면 나는 선발에서 떨어진단 말이에요! 그런 게 어디 있냐고! 라오시가 말했잖아요, 현실은 자기 마음이 투영되어 나타나는 거라면서요! 그런데 나는 이렇게 되라고 한 번도 바란 적이 없다고요! 내 꿈은 프로야구 선수예요! 어릴 때부터 다른 건 다 버리고 야구만 했단 말이에요! 그런데 이런 법이 어디 있냐고요!"

꾹 참았던 감정이 폭발했다.

라오시가 눈을 가늘게 뜨고 리쿠를 쳐다보았다. 엄격함에 자상함이 묻어나는 복잡한 표정이었다.

"리쿠, 너는 지금 어깨가 낫지 않는 편이 더 나은 거 아녀?"

"그런 말이 어딨어요? 그러면 모든 걸 잃게 된다구요!"

"생각이 현실로 나타나지 않는 것은 하지 않는 게 더 낫기 때문이여. 아니면 시기가 맞지 않든가, 그 일 자체가 진실이 아니든가 그중 하나여. 낫지 않는 편이 너의 타마시(혼)에 도움이 된다고 미나모토가 판단한 거여."

"무슨 도움이요? 그런 거 필요 없어요!"

"지금은 모를 수도 있어. 그치만 말이여, 흔히 세상에서 말하는 '불행'은 '행복'으로 가는 길이요, '행복'은 '불행'의 얼굴을 하고 나타나는 법이재. 너의 영혼은 큰 깨달음을 얻어 네가 상상하는 것보다 훨씬 더 높은 곳으로 데려가 줄 것이여. 나중에 돌아봤을 때 '그때 그 일이 없었다면 지금의 나는 없다'고 감사할 정도로 말이여."

"그런 거 필요 없다니까요! 야구만 할 수 있으면 돼요! 그 이상의 행복을 준다고 해도 싫어요!"

리쿠는 화가 난 얼굴로 라오시를 노려보았다. 키라는 리쿠를 위해 뭔가 도움이 되는 말을 하고 싶었다. 하지만 라오시는 늘 그렇듯 한마디를 남기고 또다시 홀연히 사라졌다.

"젊은이여, 두려움을 안은 채 앞으로 나아가라. 꿈은 반드시 눈을 뜰 것이다."

"웃기셔!"

리쿠는 왼손에 들고 있던 망고를 힘껏 땅으로 내던졌다. 부드럽고 통통한 망고가 산산조각이 났다. 산산조각 난 망고를 보며 키라는 리쿠의 마음도 저것과 비슷할 것이라는 생각이 들었다.

"나 좀 혼자 있다가 올게."

리쿠는 키라를 쳐다보지도 않고 숲을 향해 성큼성큼 걸어갔다. 톤비가 '크응!' 하며 리쿠의 뒷모습을 지켜보고 있다. 키라도 단단히 화가 난 리쿠를 그저 지켜볼 수밖에 없었다.

키라는 스케치북을 펼쳐 또다시 그림을 그리기 시작했다.

리쿠는 도저히 마음을 억누르지 못하고 숲을 이리저리 왔다 갔다 하며 서성거렸다. 지금까지 동년배 누구에게도 어느 것 하나 꿀리는 게 없었다. 그런데 이 숲에서는 지금까지 하던 방법은 통하지 않는 모양이다. 저 어리바리한 키라에게 스톤을 벌써 두 개나 뺏기고 말았다. 이대로 가다간 성궤도 빼앗길지 모른다는 초조함이 밀려왔다.

리쿠는 쭈그리고 앉아 머리를 감싸 쥐었다. 고요하고 적막한 숲속 공기가 몸 안으로 깊이 스며들었다.

돌아가서 야구를 하고 싶은 생각이 간절해졌다. 웅성웅성, 시끌시끌한 그라운드가 그리웠다. 하지만 성궤를 손에 넣지 못하면 야구를 계속할 수 있는 미래도 없다. 점점 심해지는 어깨 통증이 그걸 말해 주고 있다.

어깨에 커다란 멍울이 생긴 것을 알게 된 때는 2주 전이었다. 꽤 오래전부터 통증이 있었는데 투구 수가 늘어 무리한 탓이라고 별로 대수롭지 않게 생각했다. 그런데 콩알만 하던 멍울은 놀라운 속도로 커졌다. 부모님이 경영하는 병원을 피해 일부러 고속버스를 타고 요코하마까지 가서 진찰을 받았다. 부모님이 알아선 절대로 안 된다.

그저께 결과가 나왔다. 멍울은 종양으로 발전해 있었다. 의사는 어두운 표정으로 흔하지 않은 병이라며 병명을 알려줬는데 기억이 나지 않는다.

"얼른 부모님께 연락해서 모시고 와. 이대로 두면 종양이 점점 커지니까 하루라도 빨리 수술을 해야 해."

의사는 반 협박조로 말했다. 물론 야구는 절대 안 된다고 했다. 하지만 리쿠는 죽는 한이 있어도 시합에 나가겠다고 결심했다. 리틀 리그 전국 대회에서 우승해 세계 대회에 출전하면 야구를 반대하던 부모님의 마음도 바꿀 수 있으리라 믿었다. 그만큼 이번 세계 대회는 프로 스카우터들도 주목하고 있는, 꿈을 향해 한 발자국 성큼 나아갈 수 있는 큰 기회인 것이다.

그런데 과연 이런 어깨로 던질 수 있을까?

문득 인기척이 느껴져 고개를 드니 검은색 망토를 입은 사람이 눈앞에 서 있었다. 얼굴의 절반을 흰색 가면이 덮고 있다. 소름이 끼칠 정도로 차가운 눈이 가면 속 구멍을 통해 이쪽을 응시하고 있다. 가면의 입언저리가 움직이기 시작했다.

"리쿠, 너를 데리러 왔다."

"당신은 누구야?"

"나는 타마스다."

"타마스라면 어둠의 장군?"

"그렇게 부르는 자들이 있기도 하지."

"나한테 무슨 볼일인데? 당신과 나는 성궤를 쟁취하려는 경쟁자가 아닌가?"

될 대로 되라는 심정인 탓인지 리쿠는 세계를 호령한다는 암흑 세계의 장군을 눈앞에 두고서도 전혀 기죽지 않고 맞섰다.

"너는 적이 아니다. 우리 편에 서 있는 사람이다."

"뭐라고? 나는 악에 전혀 흥미가 없는데?"

"정말로 그럴까? 원망하고 미워하고 빼앗고, 네가 늘 하는 일일 텐데."

"그게 무슨 말이야?"

"이기고 싶다, 인정받고 싶다, 굴복시키고 싶다, 네가 늘 품고 바라는 일이 아니던가? 너는 그걸 에너지 삼아 야구도, 공부도 해 왔던 게 아닌가?"

"웃기는 소리하지 마셔. 당신이 그렇게 말하니까 그런 노력마저 악한 일처럼 들리네."

"욕망을 향한 악이 왜 잘못인 거지? 욕망은 보다 높은 곳으로 데려다주는 엔진 같은 거야. 거기에 충실히 따른 자야말로 빨리 성공을 거머쥐는 거고. 어때? 나와 함께 가는 건? 우리의 힘을 나누어 주지. 너의 실력을 발휘하는 데 큰 도움이 될 거야. 야구를 통해 사람들의 마음을 정복하는 건 시간문제라고."

"도대체 왜 나 같이 어린애한테 이러는 거야? 정말 그 이유를 모르겠는데?"

"다른 한 사람이 가지고 있는 스톤을 빼앗아 오기만 하면 돼."

"본인이 하면 되지 않나? 내가 왜 당신의 하수인이 되어야 하지? 그럴 마음도 없고."

"잘 들어. 너는 이대로 가다가는 네 형의 그림자…… 아니, 야구를 영원히 못하게 될걸. 그렇게 되면 너는 너희 집안의 수치가 될 거야."

"무슨 헛소리를 하는 거야! 당신이 뭘 안다고!"

키라가 망고를 잔뜩 넣은 가방을 안고 리쿠를 찾으러 왔다. 리쿠가 검은 망토를 입은 자를 향해 씩씩거리고 있는 게 보였다. 굳은 표정의 리쿠를 보고 키라는 발을 멈추었다.

망토 너머로 낮은 목소리가 들려왔다.

"나는 모든 걸 알고 있다. 너의 그 증오심이 나를 부른 것이다."

"증오심이라고?"

"그렇다. 모든 면에서 뛰어난 형에 비해 열등한 동생이여."

"지금 뭐라고 했어?"

"내가 한 말이 아니다. 너의 부모들이 늘 너에게 하는 말이잖아. '형을 좀 보고 배워라, 형은 이런 걸 잘하는데 리쿠 너는 왜 못하니? 형은 의대에 가서 의사가 될 거란 말이야. 너는 야구를 도대체 어디에 써먹을래? 형은 너만 할 때 이랬다, 저랬다. 형은, 형은…….'"

"그만해!"

리쿠는 귀를 막으며 소리쳤다.

"네가 야구에 집착하는 건 형을 이길 수 있는 유일한 길이기 때문이지. 부모가 바라는 대로 의사가 될 거라는 데 의심의 여지가 없는 형, 명문 고등학교에서 최고 성적을 유지하는 형에게 대항하려면 어떻게 해서든 야구로 최고가 되어야 했던 것 아니냐? 나와 힘을 합하면 시시한 형과의 경쟁을 간단히 끝낼 수 있다니까. 네 형과 너를 사랑하지 않는 부모에게 벌을 줄 수 있어. 그게 네가 바라는 바가 아닌가?"

리쿠가 고개를 들어 타마스를 노려보았다. 어느새 리쿠의 눈이 빨갛게 충혈되었다.

"형을 이기겠다고 생각해 본 적 없어."

부정하는 리쿠의 눈을 가면 속에서 반짝이는 타마스의 눈이 뚫어져라 응시했다.

"생각해 본 적 없다고? 형을 질투해서 그 어둠의 불꽃으로 형을 태워 죽이고 싶다고 생각한 적이 없단 말인가?"

리쿠의 얼굴은 죽는 한이 있어도 숨기고 싶었던 비밀을 폭로당한 사람처럼 굳었다.

리쿠를 비웃듯 가면의 입언저리가 씰룩거렸다.

"나는…… 나는…… 형을……."

"형을 좋아한다고?"

타마스는 더 이상 말을 잇지 못하는 리쿠를 날카롭게 추궁했다.

"너는 더욱더 인정을 받아야 마땅한 인간이야. 내가 너를 이끌어 주지."

"나는……."

"잘 들어. 이대로 그냥 있다간 너는 평생 형의 들러리로밖에 살지 못해."

리쿠의 얼굴이 벌게지며 분노로 일그러졌다. 그러고는 주먹을 불끈 쥐었다. 타마스는 그 순간을 놓치지 않았다. 리쿠의 손을 자신의 양손으로 감싸 쥐었다.

"자, 가자."

지금까지의 무서운 모습이 거짓이었던 것처럼 부드러운 말투로 리쿠를 일으켜 세우더니 함께 가자고 부추겼다.

"리쿠!"

리쿠가 돌아보니 키라가 무서운 기세로 뛰어오는 모습이 보였다. 타마스는 안주머니에서 권총을 꺼내어 한 치의 망설임도 없이 키라를 향해 방아쇠를 당겼다.

탕!

키라는 그 자리에서 쓰러지고 말았다.

"키라!"

뛰어가려는 리쿠의 팔을 타마스가 잡고 놓아주지 않았다. 가느다란 팔에서 어떻게 그런 힘이 나오는지 무쇠 같은 힘으로 리쿠를 끌고 가려고 안간힘을 썼다.

"거기 서!"

키라가 일어났다. 총알이 가방 버클에 맞은 덕에 키라는 무사할 수 있었다.

그때 갑자기 가방의 바닥 부분에서 거대한 힘이 뿜어져 나오더니 하늘 위로 솟아올랐다. 키라는 놀라서 가방에서 손을 뗄 뻔했지만 그대로 부여잡고 놓지 않았다. 아까 스케치북에 그린 모습 그대로였다. 가방에서 떨어지지 않으려고 발버둥치는 키라를 향해 타마스가 또다시 총을 쏘았다.

"그만둬! 키라가 맞으면 죽는단 말이야!"

리쿠가 소리치자 타마스가 그의 귀에 대고 속삭였다.

"죽으면 좋지 않나? 죽으면 스톤은 너의 것이 된다. 너야말로 용사가 될 자격이 있는 몸이라고."

"그만둬!"

리쿠는 혼신의 힘을 다해 타마스의 팔을 쥐고 흔들었다. 타마스의 낮고 괴기스런 목소리를 계속 듣고 있자니 머리가 이상해질 것만 같았다.

"역시 위선자군."

냉철한 눈빛의 타마스가 이번에는 리쿠를 향해 총구를 겨누었다. 가방에 타고 있던 키라는 하늘에서 있는 힘껏 망고를 던졌다. 망고는 가면 위로 뭉개지면서 타마스의 눈에 흘러들었다.

탕!

맹렬한 총성이 귀를 찢는 듯했지만 다행히 총알은 리쿠를 비껴갔다. 리쿠는 잽싸게 숲속으로 도망쳤다. 키라는 계속해서 망고를 던졌다.

"네 이놈! 절대 용서하지 않겠다!"

타마스가 소리쳤다. 그때 천둥소리와 함께 번쩍하며 번개가 일었다. 바로 옆의 나무에 낙뢰한 것이다. 동시에 억수같은 비가 쏟아졌다. 거센 바람이 불고 폭풍우가 몰아쳤다.

"봐라, 이것은 나에게 감동한 폭풍우가 아니더냐! 나를 노하게 하면 세상이 멸망할 것이다! 기억해! 절대 물러나지 않을 테니!"

타마스가 분노에 차 이글거리는 눈으로 외쳤다. 그러더니 어디선가 달려온 사륜구동 자동차에 몸을 실었다.

키라는 도망을 치면서도 이쪽을 노려보는 타마스와 눈길이 마주쳤다. 증오로 가득 찬 눈을 보니 등줄기가 서늘해졌다.

키라의 다리는 여기저기 총알 파편이 박혀 피투성이가 되었다.

"으으……"

고통으로 얼굴을 찌푸리는 키라의 주위를 톤비가 걱정스러운 듯 맴돌았다. 그때 리쿠가 나타났다.

"설마 다친 거야?"

"응, 그런 거 같아."

고통을 참으며 애써 미소를 지어 보이는 키라. 리쿠는 '괴물'이라고 쓰인 곳을 힐끔 보면서 가방을 집어 들었다. 그리고는 "자, 업혀." 하고 자신의 등을 가리켰다.

"응?"

당황하는 키라를 보며 리쿠가 말했다.

"업어 줄게."

순간 키라는 망설였다. 같은 반 아이에게 이렇게 친절한 대우를 받는 게 처음이었기 때문이다. 그리고 마음속으로 자문해 보았다. 용사라면 어떻게 했을까?

'용사는 도움을 주려는 사람을 외면하지 않고 순수하게 받아들이겠지.'

키라의 마음이 그렇게 말하고 있었다.

키라는 리쿠의 등에 업혔다. 키라를 등에 업은 리쿠는 걷기 시작했다. 폭풍우는 점점 더 거세지고 있었다. 하지만 키라의 마음은 점점 더 따뜻해졌다. 다른 사람의 도움을 받는 것은 이렇게 마음이 따뜻해지는 일이구나 하는 생각이 들었다.

길을 안내해 주듯 짖어 대던 톤비를 따라가니 어느 동굴 앞에 이르렀다.

다행히 땔감으로 안성맞춤인 마른 장작들이 여기저기 굴러다니고 있었다. 리쿠가 능숙한 솜씨로 불을 피웠고 흠뻑 젖은 옷을 벗어 말려 주었다. 그러고는 배낭 속 필통에서 핀셋을 꺼냈다.

"총알 파편을 빼내야 하니까, 아프더라도 좀 참아."

키라는 하얗게 질린 얼굴로 고개를 끄덕였다.

"아깐 진짜 깜짝 놀랐어."

리쿠가 신중한 손놀림으로 조심스럽게 파편을 빼내며 중얼거리듯 말했다.

"진짜로 가방이 발사될 줄이야. 마법의 숲에서도 있을 수 없는 일이라고 생각했거든."

"나도 놀랐어. 그래도 덕분에 살았잖아……."

키라는 무릎에 대고 있던 가방을 쓰다듬으며 대답했다.

"나를 왜 구해 줬어……?"

리쿠가 총알 파편에 시선을 고정한 채 물었다.

"네가 죽을 수도 있는데 왜……?"

"이유 같은 건 없어. 그냥 도와줘야겠다는 생각이 드니까 몸이 저절로 움직였어."

"무섭지 않았어?"

"그게 참 이상해……."

키라는 정말 신기하다는 듯 말을 이었다.

"필사적인 심정이 되면 그렇게 변하는 건가? 하나도 무섭지 않더라고."

"이제 더 이상 노인네 똥이 아니네."

"뭐라고?"

"라오시가 겁쟁이를 노인네 똥이라고 했었잖아."

"정말이네! 난 이제 더 이상 노인네 똥이 아니야!"

키라와 리쿠는 서로를 쳐다보다가 리쿠가 "큭!" 먼저 웃음을 터뜨렸다. 키라도 따라 웃었다. 두 사람은 의미도 없이 배를 움켜잡고 깔깔거리며 웃었다. 웃는 데 정신이 팔려서 다친 다리가 땅에 닿는지도 몰랐다.

"앗! 따가워!"

키라가 인상을 찌푸렸다. 그런데 그 모습이 더 웃겨서 두 사람은 또다시 웃음보를 터뜨렸다. 너무 긴박하고 드라마틱한 상황에서 해방되니 나사가 풀린 것 같았다.

"키라, 너는 다리가 다 나은 그림을 그려. 그림으로 그리면 더 빨리 현실화가 된다며? 나는 이미지를 할 테니까."

"리쿠……?"

"비전이라고 했나? 그런 건 혼자 하는 것보다 둘이 같이하는
게 훨씬 더 효과가 좋을 것 같은데."

"응, 금방 나을 거야. 나는 알 수 있어."

"너도 참 단순하다."

그러더니 말투를 바꾸어 이번에는 진지한 목소리로 나직하게
말했다.

"그러니까 너한테는 바로 효과가 나타난 건가 보다."

"응? 그게 무슨 뜻이야?"

"너는 그냥 단순하게 믿잖아? 그러니까 효과가 크겠다는 말이
야. 생각한 대로 현실에 나타난다면 의심을 품는 것보다 100% 확
실히 믿는 게 훨씬 파워가 크지 않겠어?"

"맞아! 리쿠, 네 말이 맞아! 나는 100% 믿는다고!"

키라는 그렇게 말하고 스케치북을 펼쳐 보였다. 리쿠가 혼자 있
고 싶다며 숲으로 들어간 다음에 그린 그림이다. 거기에는 리쿠의
모습이 그려져 있었다. 윌리엄즈 포트에서 열리는 세계 대회에서
공을 던지는 리쿠. 그의 어깨는 강속구를 던지기에 아무 문제가
없다. 어깨 부상이 있었다는 흔적은 조금도 남아 있지 않다.

"키라 너……."

리쿠의 목소리가 갈라졌다.

"이게 뭐야, 이런 거 하지 마……. 네가 이러면 나는……."

리쿠는 키라에게 들키지 않으려고 얼굴을 돌렸다. 당장이라도

눈물이 쏟아질 것 같았기 때문이다.

상황을 모면하려는 듯 열심히 모닥불에 장작을 쑤셔 넣는 리쿠. 모닥불이 활활 타올랐다. 타오르는 불꽃을 보며 리쿠가 말했다.

"키라, 네 실내화를 감추고…… 가방에 이상한 낙서한 거…… 내가 한 일이라고 생각했지?"

갑작스런 질문에 놀란 키라는 아무 대답도 하지 못했다. 침묵은 긍정을 의미하고 있었다.

"내가 한 건 아니야. 그렇지만……."

그러더니 키라 앞에 정좌를 하고 앉아 고개를 숙였다.

"미안해. 나는 방관자였어. 막지 않은 것은 직접 한 거랑 똑같은 거야. 나는 완전히 못된 놈이라고. 정말 미안해."

키라는 목이 메어 아무 말도 나오지 않았다. 땅에 닿을 정도로 깊이 고개 숙인 리쿠의 머리가 뿌옇게 보였다. 키라는 쓱쓱 눈을 비볐다. 무슨 말인가 하려고 했지만 눈물이 쏟아질 것만 같아 차마 하지 못했다. 톤비가 뭔가를 감지했는지 키라와 리쿠의 얼굴을 번갈아 핥아 댔다.

리쿠는 손수건을 꺼내더니 커터 칼로 찢어 붕대를 만들었다. 그리고 키라의 다친 다리에 둘둘 말아 주었다. 키라의 다리는 군데군데 찢겨져 있었다.

"이렇게나…… 엄청 아플 거 같은데……."

리쿠는 자기가 아픈 것처럼 어금니를 꽉 깨물며 말했다. 키라는 리쿠의 마음이 고마워서 통증이 가시는 기분이 들었다.

"이거 미안하게 됐구먼."

소리가 나는 쪽을 보니 어느새 라오시가 와 있었다. 평소처럼 시니컬하게 등장한 라오시를 향해 리쿠가 거친 말투로 퍼부었다.

"뭐 하다 이제 오는 거예요, 할아버지!"

"어허, 자꾸 할아버지라니. 이래 봬도 미나모토의 참모라니께, 내가."

"하마터면 키라가 죽을 뻔했단 말이에요! 타마스가 쏜 총에 맞았다구요!"

"다 알아."

"다 안다고요? 그런데 그냥 보고만 있었어요?"

"그라재."

"왜요? 구하러 와 줬으면 키라가 이렇게 다치진 않았을 거 아니에요!"

"지난번에도 이야기했지만 내가 도와주면 느그들이 용사가 될 자격을 잃는다니께."

리쿠는 금방이라도 터질 것 같은 분노를 가까스로 삼켰다. 라오시가 말을 이었다.

"나는 타마스와 같은 공간에 있을 수가 없어."

"왜요?"

키라가 의아하다는 듯 물었다.

"타마스의 주파수가 너무나 널뛰기를 한단 말이여. 내 것은 섬세한디. 너무나 다른 주파수를 가진 자와는 함께 있을 수가 없는 것이여."

"하지만 우리는 타마스와 만났잖아요."

"느그들에게는 타마스에게 동조하는 주파수가 있잖여. 미움, 원망, 지배욕 그런 것들 말이여."

키라와 리쿠는 입을 다물었다. 그것은 부정할 수 없는 사실이기 때문이었다. 자기들 마음속에는 분명히 라오시가 지적하는 부정적인 감정의 소용돌이가 있다. 깨끗한 마음만 있는 게 아니다.

"그러니까 주파수라는 게 무지 중요한 것이여. 악의 주파수가 강렬한 자와 함께 있으면 자기 마음속의 악한 마음이 끄집어져 나와 증폭되는 거여. 그 반대도 마찬가지지. 착하고 선한 사람과 함께 있으믄 자기 마음속의 선한 마음이 진동을 일으키는 것이여. 물리적인 것도 마찬가지야. 물질적으로 풍요로운 사람은 독특한 주파수를 가지고 있어. 물질적으로 풍요로워지고 싶으면 그런 사람과 함께 있으면 되는 거여. 그럼 같은 주파수가 되거든. 자기에게서 나오는 진동 주파수가 그런 현실을 가져다준다 그 말이여. 오늘 아침에 갈쳐줬던 캐릭터 연기와 일맥상통하는 야그지."

라오시는 단숨에 설명을 마치고 숨이 차다는 듯 휴우! 크게 숨을 내쉬었다. 리쿠가 자리에서 벌떡 일어났다.

"라오시에게 도움을 받을 수 없다는 건 이해했어요. 그렇다면 내가 타마스로부터 성궤를 지키겠어요. 저런 놈들이 세상을 지배하게 둘 순 없어요. 생각만 해도 소름이 끼쳐요. 사람의 약점과 욕망에 들러붙어 조종하려고 하다니! 절대 그냥 두고 볼 수 없어요!

내가 모두 행복하게 살 수 있는 세상을 만들겠어요!"

키라는 가슴을 펴고 당당하게 말하는 리쿠의 모습이 멋있다는 생각이 들었다. 용기로 가득 찬 멋진 모습이다.

'용사의 주파수'가 있다면 지금의 리쿠 같은 모습이 아닐까?

"이제야 제 모습을 찾았구만."

라오시가 눈을 가늘게 뜨고 말했다.

그때 하늘에서 노란색 돌이 둥실둥실 떠다니다가 빨려 들듯 리쿠의 손에 사뿐히 내려앉았다. 놀란 리쿠가 손바닥을 펼쳐 보니 옐로 스톤에 새겨진 '분노'라는 글자가 반짝이며 떠올랐다.

"이게…… 무슨 뜻이에요?"

"세 번째 스톤인 '분노'야. 리쿠, 너는 분노의 본질을 바꾸었던 거여."

"본질을 바꿨다고요?"

"그것을 변용이라고 허지. 분노를 원동력으로 삼는 법을 깨달은 거여. 분노라는 감정을 보통 사람들은 부정적으로 생각하지. 그 감정 때문에 다른 사람에게 상처를 주기도 허고 말이여. 하지만 그 에너지를 잘 사용하믄 그 무엇보다도 강인하게 목적을 이룰 수 있는 무기가 된단 말이여. 세 번째 옐로 스톤은 다른 사람과 나 자신에 대한 신뢰를 회복시켜 주는 효과가 있어."

리쿠는 깜짝 놀라 라오시를 쳐다보았다.

"그럼 이제 나의 분노가 다른 사람에게 상처를 주지 않는다는 말인가요? 혹시라도 폭발하면 어쩌나 늘 걱정하고 있었거든요……."

"리쿠, 너는 이제 분노를 조절하는 기술을 깨달았어. 그 에너지를 억제할 필요는 없어진 거여. 억지로 참으니까 폭발하는 거여. 제대로 변용시키믄 어디서고 폭발하지 않아."

'아, 다행이다…….'

리쿠는 속으로 안도의 한숨을 내쉬었다.

"형이랑 비교하는 부모님도, 나를 가끔 바보 취급하는 형한테도 정말 화가 날 때가 많아서…… 나도 상처를 주게 될 거 같아서…… 어떡하면 좋을지 몰라서 나 자신이 무서웠거든요."

키라는 리쿠가 그런 걱정을 하고 있었다는 사실에 가슴이 아팠다. 그리고 절실히 깨달았다. 완벽해 보이던 리쿠도 형에 대한 열등감을 안고 있었구나. 부모님이 너무 차별 대우를 해서서 그랬겠지. 비교당하면서 열등감에 빠지면 '나는 안 돼' 하는 낙인을 스스로에게 찍는 거구나.

만약 세상 모든 사람들의 머리색이 파란색이었다면, 아니 일본 사람 가운데 삼분의 일만이라도 그랬다면…….

아빠는 파란색 머리를 가진 나를 싫어하지 않았을지도 모른다.

그랬으면 나도 나를 좋아했을까?

'나는 내가 좋아.'

마음속에서 솟아오르는 이 말에 키라는 전율을 느꼈다. 이런 생각은 지금껏 단 한 번도 해 본 적이 없었다. 지금까지 다른 사람은 나를 싫어한다고 생각했고 나조차도 나 자신을 싫어했으니까.

모험은 키라를 완전히 다른 사람으로 바꾸어 놓았다. 그리고 리쿠를 더 강한 사람으로 만들어 주었다.

두 사람을 성장시키고 있는 것이다. 한창 키가 클 무렵에 심한 '성장통'을 겪듯이…….

키라에게 어떤 예감이 그렇게 속삭이고 있었다.

네 번째 스톤
'그린'

　폭풍우가 찾아들자 마치 기적처럼 키라의 다리 상처는 말끔히 나았다. 이 숲에서는 생각이 현실로 이루어지는 게 빠르긴 무척 빠른 것 같다.

　키라의 다리가 다 나은 걸 보고 리쿠는 뛸 듯이 기뻐했다. 하지만 자기 어깨를 돌려 보고는 이내 표정이 어두워졌다. 리쿠의 어깨에는 기적이 일어나지 않았다. 라오시의 말처럼 리쿠의 어깨는 아직 낫지 않는 편이 나은 건가? 그런 말을 들었다 해도 납득이 가지 않는 건 사실이다. 인간은 누구나 괴롭고 힘든 일에서 가능한 한 빨리 벗어나고 싶은 법이다.

　"'고통'을 '성장을 위한 양식'이라고 받아들일 각오가 되어 있으면 고통의 반은 사라지는 거여."

이런 라오시의 조언도 지금의 리쿠에게는 위로가 되지 않을 거라고 키라는 생각했다.

키라와 리쿠 그리고 톤비는 쿠이치픽추를 향해 다시 걷기 시작했다.

거리는 가까워졌지만 길은 더 험난해졌다. 숲속으로 들어갈수록 길이 조금씩 사라지고 있었다.

두 사람은 나뭇가지를 헤치고 또 헤치며 정글 속을 나아갔다. 너무 힘들어 말수가 줄어들 무렵, 어두침침하고 빛이라고는 전혀 들지 않는 습기로 가득 찬 숲을 지나자 넓은 들판이 나타났다. 불그스름한 평야가 끝도 없이 펼쳐진 모습을 보고 두 사람은 벌어진 입을 다물 수 없었다.

기묘하게도 눈이 닿는 곳곳마다 거친 바위, 기둥처럼 생긴 기다란 직육면체 돌과 콘크리트 더미, 철제로 된 거대한 구형 물체가 늘어서 있었다. 돌이나 바위처럼 천연 물질이 있는 건 그렇다 치고 콘크리트나 철제처럼 인공적인 물체는 도대체 누가 옮겨 놓은 것인지, 도무지 상상이 되지 않았다.

도대체 누가? 왜? 무엇을 위해?

키라와 리쿠는 고개를 갸웃거렸다. 그때였다. 저 멀리서 여자의 비명이 들려왔다.

톤비가 달리기 시작했다. 톤비를 쫓아 키라와 리쿠도 함께 달렸다. 갈색 머리를 한 열네다섯 살쯤으로 보이는 백인 소녀가 도마뱀 인간 다섯에게 둘러싸여 있었다. 소녀는 녀석들에게 팔까지 물린 것 같았다.

"**Aiuto**(도와줘)!"

두 사람을 발견한 소녀는 이탈리아 어로 소리쳤다.

"그 여자애를 놔줘!"

리쿠가 배트를 휘두르며 도마뱀 인간들 사이로 돌진했다. 톤비도 이빨을 드러내고 도마뱀 인간을 공격했다. 하지만 녀석들은 집요했다. 소녀를 납치하듯 끌고 갔다.

도마뱀 인간들은 커다란 식칼을 휘두르고 있었다. 리쿠는 자기몸 지키기만도 벅차 소녀에게 다가갈 엄두조차 내지 못했다. 아무런 무기도 가지고 있지 않은 키라는 황급히 스케치북을 꺼내 펼친 뒤 도마뱀 인간들을 향해 기관총을 쏘고 있는 모습을 그렸다. 하지만 아무리 기다려도 기관총은 나타나지 않았다.

'왜?'

지금까지 그림으로 그려서 실현되지 않은 것은 리쿠의 어깨 문제뿐이다. 다른 것들은 다 이루어졌는데! 갑자기 뇌리에 라오시의 말이 떠올랐다.

"생각이 현실로 나타나지 않는 것은 하지 않는 게 더 낫기 때문이여. 아니면 시기가 맞지 않든가 그 일 자체가 진실이 아니든가 그중 하나여."

기관총이 지금의 나에겐 진실이 아니라는 말인가? 하기야 총으로 누군가를 쏘는 건 생각만으로도 소름이 끼치는 일이긴 하다.

키라는 눈을 감았다. 눈앞에 펼쳐진 리얼한 현실에 영향을 받아 마음이 조급해지는 것을 피하기 위해서다.

라이트 볼을 이미지 하며 단전으로 깊게 심호흡을 했다.

내면의 고요함을 마주한다. 그리고 스스로에게 묻는다.

어떻게 할까? 용사라면 이럴 때 어떻게 할까?

도마뱀 인간이 휘두른 식칼이 슝! 슝! 살벌한 굉음을 내며 키라의 머리 위에서 왔다 갔다 했다.

그 순간 눈이 번쩍 뜨였다.

식칼이 챙! 챙! 소리를 내며 키라가 앉아 있던 바위를 내려쳤다. 바위는 산산이 부서졌고 파편이 사방으로 흩어졌다. 키라는 간발의 차이로 가방을 분사시켜 하늘로 날아올랐다.

아래를 내려다보니 도마뱀 인간과 격투를 벌이는 리쿠의 등 뒤에서 또 다른 도마뱀 인간이 당장이라도 공격할 태세였다. 키라는 도마뱀 인간의 머리를 향해 전속력으로 하강했다! 도마뱀 인간을 향해 가방으로 내리꽂기를 시도한 것이다!

"으윽!"

도마뱀 인간은 쇳소리가 섞인 이상한 신음을 내며 쓰러졌다. 리쿠도 지지 않으려고 도마뱀 인간의 등을 배트로 힘껏 가격했다. 톤비는 필사적으로 발을 물고 늘어졌다.

키라는 계속해서 도마뱀 인간들을 상대로 박치기 공격을 이어 갔다. 하늘에서 맹렬한 속도로 날아드는 가방 공격에 겁먹은 도마뱀 인간들은 뿔뿔이 흩어져 도망가기에 바빴다.

도마뱀 인간들에게서 벗어나 긴장이 풀린 탓인지 소녀는 기력을 잃고 금방이라도 쓰러질 것 같았다. 키라는 얼른 달려가 소녀를 부축했다.

창백해진 소녀는 키라의 얼굴을 정면으로 응시했다. 두려움에 몸을 떨면서도 눈동자에서는 강인함이 느껴졌다. 그렇게 무서운 경험을 하고 난 직후였지만 턱을 들고 등을 꼿꼿이 펴고 서 있는 모습에서 강한 정신력의 소유자임을 알 수 있었다.

"괜찮아?"

소녀는 고개를 끄덕이며 "**Tutto bene, Grazie.**"라고 말한 뒤 유창한 일본어로 말을 이었다. "도와줘서 고마워. 너희들의 용맹함에 존경을 표하고 싶어." 하며 여왕처럼 위엄 있는 자세로 고개를 숙였다. 리쿠도 톤비를 데리고 소녀에게 다가왔다.

"왜 도마뱀 인간들이 너를 납치하려고 한 거지?"

"성궤가 어디에 있는지 내가 알고 있다고 생각한 것 같아."

"네가? 정말 알고 있어?"

키라가 묻자 소녀는 고개를 끄덕였다.

"응. 2년 동안 성궤에 대해서 조사를 했거든. 너희도 성궤를 찾으러 온 거지?"

"응. 설마 넌 혼자서?"

리쿠와 키라는 이런 여자아이가 혼자 힘으로 자기들처럼 위험한 모험을 하기 위해 왔나 싶어 놀란 토끼 눈이 되어 서로를 쳐다보았다.

"어제 뉴욕의 센트럴 파크 입구를 찾았어. 찾기까지 몇 달이 걸렸나 몰라."

"뉴욕에서 왔다고?"

키라는 반색을 하며 물었다. 뉴욕은 아빠의 고향이다. 짧은 순간 가슴이 바늘에 찔린 것처럼 따끔한 통증이 지나갔다. 아빠가 떠난 후 벌써 몇 년이 지났지만 아직도 아빠와 관련된 이야기를 들으면 마음이 아프다.

"이탈리아에서 뉴욕에 있는 중학교로 전학을 갔어. 내 이름은 에리카라고 해. 잘 부탁해, 얘들아."

에리카는 자기소개를 하며 고개를 끄덕였다. 짙은 눈썹에 오똑 솟은 콧날 그리고 보기 좋게 자리 잡은 턱이 매력적인 눈을 한결 더 돋보이게 했다.

"이탈리아 사람인데 일본말을 잘하네?"

에리카는 고개를 끄덕이며 대답했다.

"어학을 좋아하거든. 센노리큐(*센고쿠 시대와 아즈치·모모야마 시대에 활동한 다인. 일본 다도의 한 양식인 '와비차'를 완성시켰다.)에 관심이 많아서 공부했어."

"나는 리쿠."

"나는 키라라고 해."

두 사람도 자기소개를 했다. 에리카는 키라의 가방을 한참 보더니 물었다.

"네 가방, 엄청나던데? 그런 걸 어디에서 샀어?"

에리카가 너무 빤히 쳐다보는 바람에 키라는 자기도 모르게 시선을 돌렸다. 감히 접근하기 힘들 정도로 화려하면서도 왠지 친근함이 느껴지는 매력이 함께 공존하는 것 같았다. 그 의외의 격차가 마음을 설레게 했다.

"그림을 그렸더니 현실에 진짜로 나타난 거야."

키라는 너무 긴장해서 말이 잘 나오지 않았다. 리쿠가 키라를 도와주려고 부연 설명을 해 주었다.

"이 숲에서는 생각한 것이 바로 현실로 나타나는 것 같아."

"역시 그런 거였구나."

에리카는 흥미진진한 듯 말을 이었다.

"그림으로 그린다는 것은 비전의 시각화일 거야. 뇌에 곧바로 인풋(input)되면 현실로 나타나기도 쉬운 거지."

"헉, 대단하다. 에리카는 뭐든지 다 아는구나."

"물리학에 관심이 있어서 그렇지, 대단한 건 아냐. 그 그림을 좀 보여 줄 수 있어?"

키라는 망설였지만 가방에서 스케치북을 꺼내어 찬찬히 펼쳐 보였다.

스케치북에는 하야마의 풍경 그림도 잔뜩 있었다. 거의 대부분 바다와 바다 저쪽으로 보이는 후지 산 전경이다. 독특한 컬러 감각의 소유자인 키라가 느끼는 대로 그린 그림. 바다가 노란색에서 녹색으로 그러데이션 되어 있다. 빨간색 돌고래가 튀어 오른 그림도 있다. 후지 산의 산기슭이 보라색에서 점점 파란색으로 변해

가는 그림도 있었다. 가끔 검은색 후지 산도 있었다.

"신기한 색이네……."

"역시 좀 이상하지?"

키라가 쭈뼛쭈뼛 물었다.

"응, 이상해! 이런 그림은 세상에서 처음 봐!"

"노란색 바다에 검은색 후지 산이라니! 이런 게 어딨어?"

리쿠도 얼굴을 들이밀며 거들었다.

"이리 줘."

두 사람의 비평 때문에 참을 수 없는 기분이 된 키라가 스케치북을 덮으려고 했다.

"키라, 넌 알고 있어? 네가 천재라는 걸?"

"뭐?"

'무슨 말을 하는 거지? 내가 천재라니……?'

"이렇게 멋진 그림은 처음 본다니까!"

"근데 사람들이 다 이상하다고……."

키라가 우물쭈물하며 대답했다. 에리카의 앞에서는 어쩐지 더 긴장이 된다.

"이상한 건 맞는데…… 이상한 건 멋있는 거야! 다른 사람하고 다르다는 거잖아!"

"응……?"

'에리카는 다른 사람과 다른 게 멋진 거라고 하네?'

엄마에게서는 '다른 사람과 같아지도록, 가급적 눈에 띄지 않도록' 하라고 배웠다.

"일본에서는 남들과 다르면 여러 가지 문제가 많을 거라고 생각하는 사람들이 많아. 모두 함께 발을 맞추는 걸 중요하게 여기는 것 같아. 특히 학교나 회사 같은 집단에서는 더욱더 그렇지. 하지만 천재는 그렇게 살면 안 돼! 기인, 이상한 사람, 오타쿠 소리 좀 들으면 어때? 천재적인 감각을 가진 사람이 그러는 건 당연하지! 천재가 보통 사람하고 보조를 맞추면 어떻게 되겠어?"

에리카는 쉬지 않고 말을 쏟아 냈다.

"나도 물리 오타쿠야. 초등학생 때 물리학을 경제학에 응용해 주식으로 돈을 벌면 어떨까, 이런 걸 생각했기 때문에 이탈리아에 머물지 못하고 미국으로 가게 된 거야. 애 같지 않다나? 인정받는 애들은 어른들이 좋아하는 연기를 잘하는 애들이지. 그렇지만 그런 건 시간 낭비야. 바보 같은 어른들이 만들어 놓은 사회에 순응하며 살다가는 감성도, 능력도 둔해지고 만다고. 참 어이없는 일이라고 생각해."

에리카는 한숨을 쉬더니 다시 넋을 잃고 키라의 그림을 한참동안 쳐다보았다.

"키라, 너의 그림에는 스피릿(spirit)이 살아 있어서 현실화되기 쉬운 것인지도 몰라."

키라는 감동했다. 나를 이렇게 인정해 주다니. 깊은 바닷속, 숨죽이고 선회하던 곳을 눈부시게 빛나는 스포트라이트가 비춰 주는 느낌이었다.

"고마워."

키라는 진심으로 감사한 마음을 담아 속삭였다.

"나도 좀 그려 줄 수 있어? 내가 성궤의 뚜껑을 여는 장면."

"성궤는 나도 노리고 있는데?"

리쿠가 농담 비슷하게 던졌다.

"그럼 우리들이 라이벌이란 말이네?"

에리카는 그렇게 말하면서 키라와 리쿠의 얼굴을 번갈아 보았다. 리쿠도 강한 눈빛으로 에리카를 뚫어지게 응시했다.

키라는 그냥 눈을 돌렸다. 에리카의 시선을 받으면 어찌할 바를 모르겠다. 에리카가 말을 이었다.

"괜찮아. 나는 성궤 안에 들어 있는 거울만 가지면 돼. 엄마가 아프거든……. 그 거울에 얼굴을 비추면 불로장생 효과가 있대. 너희들도 알지?"

"응, 우리도 들었어. 성궤 속에는 검과 거울 그리고 구슬이 있다고 하던데? 검은 용사의 어떤 소원이든 다 들어준대. 거울은 불로장생, 구슬이 가진 힘은 뭔지 알아?"

리쿠 옆에서 키라도 흥미진진한 눈으로 들었다.

"구슬은 역사를 투영시켜 준대. 구슬을 가진 사람이 가장 보고 싶어 하는 장면을 말이야."

에리카는 2년이나 조사한 사람답게 성궤에 대해 모르는 게 없었다.

"일곱 개의 스톤을 모은 용사만이 성궤를 열 수 있다고 해. 그렇지만 어떻게 하면 스톤을 모을 수 있는지 아무리 조사해도 모르겠더라고."

실망한 표정을 짓는 에리카에게 리쿠가 주머니에서 옐로 스톤을 꺼내 보여 주었다.

"미나모토가 만들어 둔 시련을 이겨 내면 하늘에서 떨어져."

키라도 주머니에서 레드와 오렌지 스톤을 꺼냈다. 그러자 서로 달라붙듯이 세 개의 스톤이 하나가 되어 공중으로 올라가더니 반짝반짝 찬란한 빛을 발했다.

"와, 정말 예쁘다!"

에리카가 탄성을 자아냈다. 그리고 스톤에서 눈을 떼지 않은 채 물었다.

"미나모토가 뭐야?"

"우리도 잘 모르지만, 이 세상을 지배하는 영적인 존재 같아. 키라는 미나모토와 교신도 할 수 있어."

"정말?"

에리카는 눈이 휘둥그레져서 키라를 바라보았다. 그리고 스톤을 만지려고 들었다.

"진짜 너무 예쁘다!"

하지만 신기하게도 에리카의 손이 닿자 스톤은 스르륵 미끄러지더니 키라와 리쿠의 주머니 속으로 쏘옥 들어갔다.

"부끄럼쟁이 스톤이네."

에리카는 미소를 지으며 말을 이었다.

"둘이서 세 개를 모았으면 이제 네 개가 남은 거네. 우리 셋이 힘을 합치는 건 어때? 나는 거울이 필요하니까 내가 거울을 갖고 검과 구슬은 둘이 하나씩 나누면 되겠네."

"키라와 나는 둘 다 검이 필요해."

"그렇구나. 너희는 진짜 라이벌이구나." 하며 재미있다는 듯 웃었다.

"키다리 리쿠와 난쟁이 키라."

에리카가 '난쟁이'라는 표현을 썼을 때 키라는 기분이 그렇게 나쁘지 않았다. 지금까지 자신을 '꼬마'라고 부르면 그 말이 그렇게 듣기 싫었는데……. 그녀의 말에는 어딘지 모르게 용기를 주는 무언가가 있다.

그때 키라의 심장이 쿵! 내려앉는 느낌이 들었다. 붉은 꽃잎처럼 물든 에리카의 입술이 키라를 보며 움직였다.

"너희들은 행운아들이네. 라이벌이 있어야 혼자서는 오를 수 없는 높은 곳까지 갈 수 있어."

"키라, 왜 그래?"

"아, 아…… 그게……."

에리카의 얼굴에 웃음이 번졌다.

아아, 정말 너무나 아름다운 미소다. 너무나 차가워서 감히 말도 붙일 엄두가 나지 않던 얼음꽃이 화려하고 아름다운 꽃잎을 열고 나를 불러 주는 듯한 기분이 들었다.

"에리카, 미안. 키라는 별로 말주변이 없어."

리쿠가 키라 대신 변명해 주었다.

"그래서였구나, 그렇게 훌륭한 그림을 그릴 수 있는 게. 말로 표현을 잘하는 사람은 말에 의지하게 되거든. 말주변이 없어서 다행이야. 그 콤플렉스가 그림 재능을 키워 준 거야. 재능은 콤플렉스의 그림자 속에 숨어 있는 법이라고 할머니가 그러셨어."

'아아, 에리카.'

너의 말은 정말 마법처럼 내 가슴에 와 닿는구나. 나의 마음은 지금 날개를 퍼덕이면 날아갈 것만 같아. 어리숙하고 말도 잘 못하는 나를 이렇게 긍정적으로 평가해 준 사람은 네가 처음이야. 내 그림이 네 마음을 사로잡을 수 있다면 말주변 같은 건 없어도 돼. 대신 그림의 재능이 있잖아. 그게 의미가 있는 거야.

키라의 가슴은 에리카에게 하고 싶은 말로 넘쳐 났지만 그 또한 말로 표현하기 힘들 것 같았다.

세 사람과 톤비는 다시 너른 들판을 향해 나아갔다. 기묘하게 생긴 거대한 물체들이 여기저기 끝없이 펼쳐져 있었다. 풀 한 포기 나지 않는 적갈색 풍경을 보며 에리카는 말했다.

"마치 세도나 같아."

미국 애리조나 주 세도나에는 대지에서 강력한 에너지가 소용돌이처럼 방출되는 곳인 보텍스(Vortex)가 있어 수많은 예술가들이 인스피레이션을 갈구하며 방문하는 곳이라고 했다.

한참을 걷다 보니 점심때가 되었다. 점심을 먹기 위해 작은 바위 위에 각각 자리를 잡고 앉았는데 머리 위로 태양 광선이 인정 사정없이 쏟아졌다. 지금은 축축한 숲속이 그립다는 생각마저 들었다.

키라와 리쿠에게는 먹을 것이 남아 있지 않았다.

"내가 맛있는 걸 줄게."

에리카가 배낭에서 새끼손톱만 한 알약을 꺼내며 말했다. 키라와 리쿠는 그 알약을 빨아먹으며 놀라지 않을 수 없었다. 손톱만 한 알약에서 수십 가지 맛이 났기 때문이다. 콘 포타주(*옥수수 스프의 한 종류.) 맛부터 시작해 로메인 레터스(*Romain lettuce, 상추와 비슷한 야채로 샐러드 재료로 많이 쓰인다.), 치즈, 립 스테이크, 라즈베리 아이스크림까지 한꺼번에 맛본 기분이었다. 10분 정도 빨아먹다 보니 엄청 배가 불렀다.

"이거 뭐야? 대단하다."

"영양가도 높아. 하지만 칼로리는 거의 없어."

"미국에서 파는 거야?"

눈을 희번덕거리며 감탄하는 키라와 리쿠를 보고 에리카는 장난기 가득한 웃음을 머금었다. 그리고 자랑스럽게 대답했다.

"내가 발명한 거야."

키라를 천재라고 했지만 에리카야말로 범접할 수 없는 진짜 천재처럼 보였다. 에리카는 지금 열다섯 살인데 학교 기숙사에서 살면서 학교를 다닌다고 했다.

"왜 뉴욕을 선택하게 된 건데?"

리쿠가 흥미진진한 눈으로 물었다.

"내가 다니는 학교는 세인트셀레나라는 학교인데 우리 집안 사람들은 대대로 중학생이 되면 그 학교에 진학하게 되어 있어."

"세인트셀레나라는 학교, 혹시 대단한 부자들만이 다닐 수 있다는 그 학교 아니야?"

리쿠가 흥분하며 물었다.

"리쿠, 너도 알아?"

"응, 우리 부모님이 나를 특별한 중학교에 보내려고 여기저기 알아보셨거든. 세인트셀레나는 믿기 어려울 정도의 부자들만 다닌다는 말을 들은 것 같아. 남미에서 개인 제트기를 타고 다니는 애들도 있다면서?"

"맞아. 퍼스트클래스를 타고 다니는 나를 보면서 어떻게 그런 고생을 할 수 있냐고 물을 정도야. 거기에 있으면 세계라는 게 어디서 보느냐에 따라 전혀 다르다는 것을 절실히 알게 돼. 학생이 퍼스트클래스를 타고 다닌다면 보통은 부러움의 대상이 되거나 질투의 대상이 되는데 반대로 개인 제트기도 못 타는 불쌍한 애로 취급당하거든. 행복의 온도 차는 교육받은 환경, 인종, 습관에 의해 엄청 다르더라고. 행복과 불행은 나 스스로 결정하는 거라는 걸 정말 실감한다니까."

에리카는 어른스러운 표정으로 말했다. 키라는 에리카에 대한 동경심이 점점 극에 달하고 있었다. 에리카는 예쁘기도 하지만 천재적인 두뇌를 가지고 있다. 그러면서 세상에 대해서도 모르는 게 없다.

"에리카가 뉴욕에서 공부하고 있으니 나도 뉴욕에 갈까나?"

리쿠의 말에 키라는 정신이 번쩍 들었다.

"그거 좋은 생각인데? 와, 꼭 와. 뉴욕 양키스 경기를 같이 보러 가자고. 키라도 함께."

에리카가 갑자기 자기를 거론하자 키라는 고개를 숙였다. 리쿠와 에리카의 대화는 마치 다른 세상 얘기 같았다. 키라의 집안 형편은 급식비를 못 내서 엄마가 소중히 여기는 반지를 팔아야 하는 지경인데.

"에리카, 야구도 보러 가나 보네?"

"응, 자주 가. 야구를 엄청 좋아하거든."

"정말? 우리 팀이 지금 일본 전국 대회에서 결승까지 올랐어. 거기에서 우승하면 윌리엄즈 포트에서 열리는 세계 대회에 출전할 수 있어."

"정말? 꼭 우승해서 미국에 와! 양키스 선수들을 소개해 줄게. 우리 부모님이 양키스 팬이라서 친하게 지내거든."

두 사람의 대화는 점점 무르익고 있는데 그와 반비례로 키라의 기분은 가라앉고 있다. 에리카의 칭찬을 받고 조금 전까지 하늘을 날 것 같았던 기분이 갑자기 시들어 버렸다.

에리카와 대등하게 이야기를 나누는 리쿠가 엄청 어른스럽게 보였다. 양키스 선수들을 소개받고 있는 리쿠의 모습이 상상되는 듯했다. 리쿠라면 유명한 야구 선수들이 눈앞에 있다고 해서 호들

갑 떠는 일도, 긴장해서 몸이 굳는 일도 없을 게 틀림없다.

세 사람 중 자기만 아이들 세상을 사는 것 같은 기분이 들었다. 갑자기 모험을 떠나오기 전으로 돌아간 듯한 느낌도 들었다. 있으나 없으나 한 존재가 된 기분. 두 사람이 나누는 대화에 낄 엄두가 전혀 나지 않았다. 한 마디도 제대로 할 수 없었다.

어떤 연유인지 모르겠지만 점점 화가 치밀었다.

"목이 마르네. 안타깝게도 수분만큼은 그 약으로 보충할 수가 없어."

에리카가 배낭에서 작은 기계를 꺼냈다. 그것은 카메라를 장착한 드론 컨트롤러였다. 에리카는 드론을 이용해 이 불가사의한 숲을 조사하고 있다고 했다.

"조금만 가면 강이 나오네. 잠깐만, 마실 수 있는 물인지 아닌지 분석해 볼게."

에리카는 능숙한 손동작으로 컨트롤러를 조작하기 시작했다. 드론에 장착된 카메라를 통해 찍은 영상으로 성분까지 분석할 수 있다니, 놀라울 따름이다. 이 또한 에리카의 발명품이다. 에리카가 조작을 멈추고 말했다.

"괜찮아! 수질은 문제없어. 맛도 보증해."

"가자!"

서 있던 리쿠가 에리카에게 손을 내밀었고 에리카는 그 손을 잡고 일어났다. 마치 영화의 한 장면 같았다.

아름답고 총명한 왕비를 에스코트하는 사람은 예외 없이 키가 크고 용감한 '훈남'이 아니던가? 우물쭈물 말도 잘 못하는, 어쩌다 졸지에 용사가 된 꼬마는 커튼 뒤에 숨어서 그 모습을 부러운 듯 쳐다보고 있다. 게다가 이 소년이 파란색 머리를 한 '괴물'이라는 사실이 밝혀지면 틀림없이 왕자가 휘두르는 날카로운 검에 의해 처단당할 게 뻔하다.

키라는 터벅터벅 걸었다. 의기투합한 두 사람의 화기애애한 대화가 등 뒤에서 들려온다. 듣고 싶지 않으면서도 그 소리에 귀를 쫑긋 세우고 있는 나, 정말 비참하기 짝이 없다.

리쿠와 에리카의 대화는 야구에서 미술 이야기로 옮겨 갔다. 이름이나 겨우 들어 본 적 있는 샤갈이 어쩌고 하며, 예술가들을 화제로 이야기꽃을 피우고 있다.

리쿠는 어떤 분야에 대해서도 대화가 가능하구나…….

뒤를 돌아보니 에리카가 리쿠를 올려다보며 환하게 미소를 짓고 있다. 에리카의 시선을 받은 리쿠는 평소보다 더 자신만만해 보였다.

아, 짜증 나. 리쿠, 저게 완전 신났네! 키라는 분노가 극에 달해 리쿠를 깎아내리고 싶은 기분이 들었다.

우거진 숲으로 들어가려는데 리쿠가 키라를 불러 세웠다. 그러면서 "난 에리카와 먼저 숲에 들어가서 산책하고 올게."라는 게 아닌가? 그러고는 거절하기 어려운 목소리로 "키라, 너는 여기서 망 좀 보고 있어."라며 따라오지 말라고 넌지시 표명했다.

"알았어."

키라는 퉁명스럽게 대답하고 두 사람이 즐거운 듯 숲을 향해 들어가는 모습을 지켜볼 수밖에 없었다.

리쿠가 무슨 재미있는 말을 했는지 에리카가 소리 높여 웃었다. 그 소리가 너무 귀여워 키라의 화를 더욱 북돋았다. 눈앞에 보이는 거칠고 울퉁불퉁한 바위들이 날카로워진 키라의 신경을 더욱 건드렸다.

'완전히 나만 따돌리네. 이제 저 녀석이랑 말도 하기 싫어. 리쿠, 재수 없어!'

마음속으로 독을 뿜는 모습에, 스스로에 대한 놀라움과 실망감이 밀려왔다. 내가 도대체 어떻게 된 거지…… 리쿠와 이제 겨우 친해졌는데 재수 없다고 생각하다니!

이런 마음이 든 것은 태어나서 처음이었다. 키라는 주체하기 힘들 정도로 끓어오르는 감정을 어떻게 다스리면 좋을지 몰라 혼란스러웠다. 본인과 리쿠를 비교하면서 드는 비참한 마음을 어찌하기 힘들었다.

리쿠는 키도 크고 공부도 잘하고 얼굴도 잘생겼다. 집도 부자인데다 용감하고 힘도 세다. 게다가 착하기까지…… 흠…… 그래도 착한 정도는 무승부다. 그리고 리쿠가 에리카를 더 좋아한다. 어쩌면 이것도 무승부다. 그런데 에리카는 리쿠를 더 좋아한다. 리쿠가 더 말도 잘하고 손가락도 길고 멋있다. 배꼽도 잘생겼다.

세다 보니 1승 2무 56패쯤 되는 것 같았다. 키라가 리쿠보다 잘하는 건 그림 그리기 하나뿐이다.

나는 리쿠에 비해 모든 면에서 열등하다. 그런 열등감이 키라를 짓누르고 있었다. 남과 비교하는 게 콤플렉스의 원흉이라고, 리쿠가 자기 형한테 느끼는 열등감을 보고 깨달았는데…….

"젊은이여, 꿈이 현실로 이루어질 때는 몇 번이고 끊임없이 시험을 받는 법."

이런 음성이 들리더니 어디선가 라오시가 나타났다.

"라오시, 제가……."

키라는 금방이라도 눈물을 쏟을 것 같은 눈으로 라오시를 응시했다.

"그게 질투라는 거여."

"네?"

"질투라는 감정이란 말이여."

"질투요? 내가 리쿠한테요?"

"질투를 느끼는 건 나쁜 게 아녀."

"나쁜 게 아니라니요? 지금 나더러 그 말을 믿으라는 거예요? 나는……."

키라는 부끄러워서 얼굴도 제대로 들지 못했다. 자기가 그런 생각을 하고 있었다는 걸 들켰다고 생각하니 죽고 싶은 마음뿐이다.

"리쿠가 없어지면 좋을 텐데 말이다?"

"네?"

키라는 놀란 눈으로 라오시를 쳐다보았다. 라오시는 장난기 가득한 얼굴로 윙크를 해 보였다.

"글케 생각한 거 아녀?"

"그런 말이 어딨어요…… 리쿠는 소중한 친군데……."

"당연한 거 아녀? 리쿠는 너가 가지고 싶은 건 뭐든 가진 것처럼 보이잖아? 부럽고 시기심도 들고 어찌할 바 모르게 마음이 심란했던 거 아니냐고?"

키라는 고개를 끄덕였다.

"이런 마음이 드는 건 태어나서 처음이에요."

"그것 봐라, 내 말이 맞잖아. 너는 지금까지 씨름판 위에 올라간 적도 없는 겨. 이제 경우 리쿠와 승부를 겨룰 수 있는 정도까지 성장했다는 증거라 이 말이재. 축하하네, 축하해."

"그게 무슨……."

"못 믿겠다는 거여?"

라오시는 미소를 지으며 도무지 이해가 되지 않는다는 표정을 짓고 있는 키라의 눈을 가만히 응시했다.

"질투는 말이여, 상대방이 가진 것을 나도 손에 넣을 수 있다는 신호인 것이여. 질투심이 강렬하게 불타오르면 불타오를수록 같은 일이 나에게도 일어날 확률이 높아지는 법이재."

"같은 일이 나한테 일어난다고요……?"

키라는 리쿠가 에리카에게 손을 내미는 장면을 떠올렸다.

내가 손을 내민다. 에리카가 그 손을 잡아 준다. 상상하는 것만으로도 가슴이 쿵쾅거린다. 그런데 그런 일이 진짜 일어날 수 있다고?

키라의 의구심을 감지한 듯 라오시가 말을 이었다.

"나에게도 같은 일이 일어난다는 사실을 믿지 못하는 사람들이 질투심에 사로잡혀 볼썽사나운 행동을 하는 거재. 질투라는 감정 자체가 나쁜 것은 아녀. 질투심에 사로잡혀 벌이는 행동이 어떤가가 중요한 것이여. 어뗘? 저런 일이 나한테도 일어난다고 생각하니까?"

"아까 전까지 짜증 났던 감정이 조금은 누그러지는 것 같아요."

"키라, 니는 참 순수한 사람이여. 순수하다는 것은 그만큼 토양이 좋다는 것이여. 어떤 걸 심어도 쑥쑥 잘 자라지. 그러니 좋은 걸 심어야 혀."

"네."

"둘이서 지금 뭐 하는 거야?"

돌아보니 리쿠가 서 있다.

"에리카는?"

"어, 숲에서 산책 좀 더하다가 드론을 가지고 온대. 아까는 미안했어, 키라."

그러면서 키라의 귀에 대고 "에리카가 화장실이 급한 것 같더라고……." 하고 속삭였다.

"아……."

"너보고 망보라고 한 것 말이야, 미안하다고."

키라는 이유를 알게 되자 리쿠에게 너무 미안해 어찌할 바를 몰랐다. 라오시가 두 사람의 대화에 끼어들었다.

"딱 좋은 타이밍에 돌아왔구먼. 느그들에게 중요한 지혜를 하나 알려 줄 테니까."

키라와 리쿠는 라오시 앞으로 다가갔다. 언제부터인가 라오시의 가르침이 정말 중요하다는 확신이 생겼다.

"지난번에 말이여, 감정과 생각이 먼저 일어나고 그 주파수가 현실에 투영된다고 했던 거 기억나재?"

"네."

"예."

두 사람은 동시에 고개를 끄덕였다.

"현실의 문제로 감정이 일어난다고 생각하지만 실제로는 그 반대라고. 감정이 현실로 나타나는 것이라는 말이여. 그런데 보통 현실로 나타나기까지 시간이 걸리기 때문에 그 시차로 인해 사고나 감정이 먼저라는 인식을 못하게 되는 거라니께. 지금부터는 감정과 기분에서 해방되는 방법을 가르쳐 줄라니까."

"그게 가능해요?"

"지금 눈앞에 원하지 않은 현실, 짜증 나는 현실을 떠올려 봐. 키라는 좀 전에 그 일을 떠올리면 되겠구먼."

키라는 리쿠와 에리카가 하하 호호 하면서 자기만 따돌리는 것 같았던 상황을 떠올렸다.

"짜증 나고 답답한 현실을 떠올리면 가슴 언저리에 무언가 느껴질 것이여."

"네."

리쿠가 대답하자 키라도 고개를 끄덕였다. 라오시는 아까 일어났던 감정을 질투라고 했다.

"그걸 색과 형태로 한번 그려 보거라."

라오시가 광활한 초원에 펼쳐진 돌과 바위, 콘크리트 기둥을 손으로 가리키며 말했다.

"저것들은 모두 감정이나 기분이 어떤 형태로 나타난 것이여. 저런 것들을 이미지 해 보란 말이여. 중요한 점은 묵직하고 단단한 물체로 떠올려야 한다는 거여."

"묵직하고 단단한 거…… 큰 볼링공이어도 돼요?"

"어, 괜찮아. 그 물체의 색은 무슨 색이여?"

"검은색이요."

키라는 바로 이미지를 이끌어 냈지만 리쿠는 형태로 이미지 하는 작업을 어려워했다.

"특정한 형태로 이미지가 잘 만들어지지 않는 건 그럴만한 이유가 있는 거여. 그 감정을 그다지 싫어하지 않는다든가 할 수도 있으니까."

"설마요? 이런 기분이 어떻게 좋을 수가 있겠어요?"

"그 감정을 누군가의 탓이나 상황 탓으로 돌릴 때도 있으니까."

"그건…… 맞는 말이잖아요. 형 때문에 내가 이렇게 된 건데……. 아아, 힘들어."

포기하려는 리쿠를 라오시가 격려했다.

"리쿠, 형과 너의 마음은 전혀 관계가 없는 것이여."

"어떻게 생각해야 그렇게 느낄 수 있는 건데요? 그게 되면 신이지, 사람이겠어요?"

라오시는 웃었다.

"키라, 리쿠는 형에 대한 질투심으로 지금 이렇게 힘들어 하는 것이여."

"질투가 아니라니까요!"

리쿠가 정색을 하고 반박했다.

"부모님이 형만 잘한다, 잘한다 하니까 그게 짜증 나는 것뿐이라고요!"

라오시는 부드러운 말투로 리쿠의 말을 막았다.

"키라가 나중에 질투의 진정한 의미를 가르쳐 줄 거여."

키라는 질투를 어떤 형태로 이미지 하기 위해 노력했다. 크고 거대한 그 물체는 점점 더 커지더니 전체 모양이 보이지 않을 정도로 거대한 원형 납덩어리가 되어 있었다.

"우아, 정말 거대해요! 라오시! 집보다 더 커졌어요!"

"괜찮아, 괜찮아. 아무리 커도 괜찮아. 단단하고 무거워서 속까지 꽉 차 있으면 되는 거여."

키라가 그 거대한 구형 물체의 무게와 단단함을 이미지로 느끼자 신기하게도 가슴을 꽉 채우고 있던 거무칙칙한 기분이 조금씩 걷혔다.

"그것을 양손으로 들고…… 이미지의 손으로 말이여. 아무리 무거운 물건이라도 들 수 있다고 생각하믄서…… 양팔 사이에 끼워서 앞으로 확 내던져 버리는 거여. 내던진 다음에는 크게 심호흡을 하고."

라오시는 실제로 양팔을 벌려 물체를 들어 앞으로 내던지는 시늉을 했다. 키라는 라오시를 따라 이미지 속 거대한 구형 물체를 확 내던졌다. 그러자 갑자기 직경 10미터에 달하는 납덩어리가 쾅! 눈앞에 나타났다.

"우아! 이미지가 실체가 되어 나타났어!"

"잘했구먼. 아주 좋아."

라오시는 눈을 가늘게 뜨고 키라를 칭찬하며 말을 이었다.

"이 숲에서는 이미지의 형태가 몸에서 떨어지는 순간 실제 물체가 되어 나타나지. 느그들이 사는 세상에서는 이미지 그대로 있을 뿐 요렇게 실체로 보이지는 않지만 말이여. 하지만 이미지인 채로 있어도 효과는 똑같은 것이여. 어떠냐, 기분은?"

라오시가 묻자 키라는 놀라지 않을 수 없었다. 그 짜증스럽던 감각과 무겁고 어두운 질투의 감정이 씻은 듯이 사라졌다. 그리고 몸이 가벼워졌다. 호흡도 편해졌다.

"라오시, 무슨 일이 있던 거예요? 거짓말처럼 후련해졌어요!"

"주파수가 바뀐 거여. 다시 한 번 아까 그 답답하고 짜증 나던 기분을 떠올려 봐."

키라는 리쿠와 에리카가 즐겁게 대화를 나누는 장면을 다시 떠올렸다.

"앗!"

키라는 놀라서 소리를 질렀다. 기억하고 싶지 않았던 그 장면이, 어떠한 감정도 일으키지 않는 극히 평범한 장면처럼 느껴졌기 때문이다.

"어때? 그렇게 싫던 게 지금은 아무렇지도 않게 느껴지재?"

"네! 정말 신기해요!"

키라가 흥분하며 대답했다.

"그것 봐. 이게 감정을 누그러뜨리는 가장 효과적이면서도 간단한 방법이여. 감정에서 해방되면 주파수가 가벼워지재. 다시 말하면 투영되는 현실이 달라진다 이 말이여."

"간단하긴 뭐가 간단해요! 색도 안 떠오르고 형태도 안 보인다구요! 마음이 어떻게 형태로 나타난다는 건지 전혀 이해가 안 된다니까요!"

짜증을 내는 리쿠에게 라오시가 다가갔다.

"감정을 색과 형태로 이미지 하기 어려울 때는 다 이유가 있는 것이라고 했잖여. 그 감정을 자기 것이라고 생각하는 건 아닌 겨? 감정도 그저 주파수나 에너지일 따름이여. 어떤 감정도 그 자체로는 긍정적도, 부정적도 아닌 그냥 중립적인 것이여. 리쿠, 너는 중립이라고 생각하지 않기 때문에 안 되는 거여. 감정이 형태로 이미지 되지 않는 이유는 첫째, 감정을 혐오할 때 둘째, 그 감정을 느끼는 자기 자신을 평가하고 있을 때 셋째, 그 감정이 현실에서 일어난 일 때문이라고 여길 때여. 색과 형태는 어떤 것이든 상관없어."

키라는 형태를 어떻게 만드는지 몰라 답답해하는 리쿠를 보면서 안심했다. 리쿠 같은 사람도 질투로 괴로워할 때가 있다. 인간은 누구나 다 똑같구나. 그렇게 생각하니 리쿠가 훨씬 더 가까운 존재처럼 느껴졌다.

그때였다. 하늘에서 초록색 돌이 활처럼 곡선을 그리며 날아왔다. 키라는 손을 펼쳐 그것을 받았다.

'질투'라고 적힌 글자가 반짝하고 빛을 발했다.

"이번 것은 '질투'여. 네 번째 그린 스톤은 마음을 열어 다른 사람과의 커뮤니케이션 능력을 높여 주재."

라오시가 눈을 가늘게 뜨고 키라를 응시했다.

'나는 그것을 이겨 냈어. 그렇게 괴롭고 힘든 '질투'라는 감정을 말이야.'

키라는 처음으로, 스톤을 받을 만한 가치의 시련을 극복했다는 사실에 대해 성취감을 느꼈다.

'질투'라는 감정에 지배당했을 때 키라는 스스로 자기가 완전히 다른 사람이 되었다고 느꼈다. 마치 귀신이나 악마가 내 몸속에서 나를 조종하고 있는 것처럼 독기를 내뿜었다. 이해하려는 마음은 눈곱만큼도 없었다. 감정이라는 놈이 컨트롤 능력을 상실하면 폭주하는 흉기로 돌변한다는 것을 알았다.

앞으로는 왜곡된 시선으로 다른 사람을 시샘하고 미워하지 않을 수 있다고 생각하니 그것만으로도 기뻤다. 키라는 손바닥 위에서 빛나는 그린 스톤을 지긋이 바라보았다. 리쿠는 그 모습을 부러운 듯 쳐다보면서 입을 열었다.

"키라는 좋겠다…… 나는 이게 뭐지? 회색의 거대한 구형 물체를 이미지 해 보았지만 안이 텅텅 비었어. 전혀 무거워지지 않는다고."

"색과 무게 그리고 단단함. 그게 중요한 것이여."

라오시가 말했다. 키라는 미소를 띠었다.

"나는 리쿠, 네가 더 좋아졌어."

"뭐야, 그런 건 위로가 안 된다고."

"그게 아니라…… 나는 네가 완벽한 사람인줄 알았어. 나와는 전혀 다른 사람이라고 생각했거든."

"완벽하지도 않고 시시한 사람인 걸 알고 나니까 이제 놀려 먹고 싶냐?"

"그런 게 아닌 거 알잖아. 나랑 너는 다르지 않아. 같은 인간이라는 사실이 기쁘다는 뜻이야."

라오시가 두 사람을 번갈아 보며 말했다.

"불완전함이야말로 완전함이여."

"무슨 뜻인지 전혀 모르겠다니까요."

리쿠가 아까보다 더 뽀로통한 얼굴로 대꾸했다.

"시간이 지나서 마음이 안정되면 형태로 이미지 될 거야."

키라의 말에 라오시도 동의했다.

"키라의 말이 맞아. 이미지를 형태로 만들어 던져 버리면 이제 더 이상 그 감정을 느끼지 않아도 되는 것이여. 상대방 탓으로 돌리면서 계속 분노하고 있을 때는 그 감정을 내려놓을 수가 없는 겨."

"흠⋯⋯. 형에게 아직 화가 풀리지 않은 건 맞는 것 같기도 하고⋯⋯."

리쿠가 중얼거렸다.

"글치만 말이다. 고민하고 침울하고, 보통 그런 것을 좋지 않다고 생각하기 쉽지만 그건 스스로와 마주하는 중요한 시간인 거여. 결코 쓸데없는 시간 낭비가 아니지. 밖을 향해 행동을 일으키는 것만큼 내면에 있는 마음과 가까이서 대면하는 것도 성장의 밑거름이 되는 거니께."

"알았어요."

리쿠는 마지못해 고개를 끄덕였다.

"에리카가 왜 이렇게 늦지?"

키라는 숲으로 들어가는 입구 주위를 살폈다. 에리카가 나오는 모습이 보였다. 종종걸음으로 달려오는 에리카의 갈색 머리가 바람에 휘날렸다. 키라는 그 순간을 포착하고 싶어 황급히 스케치북을 펼쳐 그림을 그리기 시작했다.

에리카는 숨을 헐떡이며 흥분된 어조로 말했다.

"이곳의 돌이랑 바위를 드론으로 분석해 보니 분노, 슬픔, 외로움, 질투 같은 인간의 감정과 같은 주파수 에너지가 나오지 뭐야! 이건 신기하게도 감정이 물체로 변한 현상일지도 몰라!"

에리카는 새로운 발견에 흥분을 감추지 못했다.

"그럴 수도 있지."

리쿠가 대답했다.

"리쿠는 알고 있었어?"

"음…… 그런데 알기만 하는 것과 체험하는 것은 다르다고 우리 감독님이 그러셨어."

리쿠가 라오시에게 에리카를 소개하려고 고개를 돌렸는데 어느새 라오시는 사라지고 없었다. 키라는 이상한 생각이 들었다.

"나와 리쿠에게는 라오시가 안내자 역할을 해 주는데 왜 에리카에게는 길잡이가 되어 주는 존재가 없을까?"

"에리카는 머리가 좋으니까 딱히 그런 존재가 필요 없는 것 아닐까?"

"그런가 보다! 우리를 차마 두고 볼 수 없어서 라오시가 도와준 건가 봐!"

"맞아, 바로 그거야! 특훈을 시키지 않으면 안 될 것 같다고 미나모토가 강력하게 말한 게 아닐까? 특히 너 말이야."

"내가 아니라 리쿠, 너겠지!"

"아냐. 키라, 너라니까!"

서로 말장난을 치면서도 키라는 드디어 리쿠와 진정한 의미의 친구가 되었다는 생각이 들었다. 대등하지 않아도 서로 말다툼을 벌일 수 있는 게 친구가 아닐까?

'태어나서 처음으로 진정한 친구가 생긴 거야!'

마음 저 깊은 곳에서 기쁨이 샘솟았다. 에리카가 신기하다는 눈으로 물었다.

"키라, 무슨 좋은 일이라도 있었어? 아까보다 밝고 행복해 보이네. 자신감도 넘치는 것 같고."

"응, 조금. 이제 내가 나를 좀 좋아하게 된 것 같아서."

에리카는 그렇게 대답하는 키라를 황홀한 듯 쳐다보았다.

키라는 마음이 따뜻해졌다. 지금까지 살아온 중에 최고로 행복했다. 하지만 용사가 되려면 이 정도로 만족해서는 안 된다. 용사가 된다는 말은 새로운 탄생을 의미한다.

그리고 사람은 한 번 죽지 않으면 다시 태어날 수 없다는 사실을, 이때는 아직 모르고 있었다.

다섯 번째 스톤
'블루'

키라, 리쿠, 에리카 그리고 톤비 일행은 성궤가 숨겨져 있는 쿠이치픽추로 향하기 위해 어두컴컴한 숲으로 들어갔다. 에리카의 드론으로 탐색한 결과 도마뱀 인간들에게 발각되지 않으려면 숲을 통과하는 것이 낫다고 판단했기 때문이다.

쿠이치픽추 산맥이 훤히 보일 정도로 가까워졌다. 별일 없다면 내일쯤 도착할 것이다.

키라는 엄마가 걱정되었다. 여행도 벌써 이틀째, 라오시는 이 숲에서의 3일이 원래 세상의 하루라고 했다. 내일 안에 성궤를 찾아 돌아가지 못하면 밤이 되었는데도 돌아오지 않는 키라를 걱정하며 소동이 일어날 게 분명하다. 그것은 리쿠의 집도 마찬가지일 것이다.

"에리카는 언제까지 돌아가면 되는데? 너무 늦으면 어른들이 걱정하실 것 아냐?"

키라가 물었다.

"걱정은 하시지 않겠지만 그래도 빨리 가야지."

에리카는 울적한 표정으로 대답했다.

"에리카네 엄마가 걱정이네……."

"응, 그렇지……."

어쩐지 에리카는 더 이상 말하고 싶지 않다는 듯 미간을 찌푸렸다. 그 모습을 눈치채지 못한 리쿠는 에리카에게 "에리카도 우리랑 같이 하야마로 나가서 돌아가면 되겠네."라고 제안했다.

"하야마? 대저택이 늘어선 좋은 동네인 것 같더라."

"하야마에 오면 눈이 튀어나올 정도로 맛있는 빙수를 사 줄게."

"눈이 튀어나오면 어느 정도나 나오는데?"

에리카가 웃으며 물었다.

"천연수로 만든 얼음을 갈아서 그 위에 생과일 시럽을 뿌렸어."

"우아, 진짜 맛있겠다!"

에리카는 아무 대꾸도 하지 않는 키라의 표정을 살피며 물었다.

"키라는 빙수를 싫어해?"

"그게…… 나는 먹어 본 적이 없어서……."

"여기서 나가면 제일 먼저 빙수부터 먹으러 가자!"

리쿠의 말에 키라가 어색하게 고개를 끄덕였다. 리쿠가 소개한 가게는 여름만 되면 빙수를 먹기 위해 사람들이 늘어서는 유명한 빙수 가게였다.

전에 맛있겠다 싶어서 엄마와 함께 메뉴를 들여다본 적이 있다. 딸기밀크빙수가 850엔, 엄마가 좋아하는 녹차맛 밀크팥빙수는 1,000엔. 가격을 본 순간 두 사람은 어깨를 떨굴 수밖에 없었다.

"엄청 비싸네. 우리 집 생활비가 하루에 1,000엔인데!"

엄마는 밝게 웃었다. 하지만 키라보다 어린 두 아이가 커다란 빙수 그릇을 하나씩 앞에 두고 신나게 먹는 모습을 슬픈 눈으로 바라보았다. 키라는 눈치껏 "엄마, 갑자기 배가 아파!"하며 복통을 호소했다.

"배가 아프면 빙수는 못 먹겠네."

엄마는 키라를 걱정하면서도 내심 다행이라는 듯 말했다.

키라에게는 빙수를 먹지 못하는 것보다 엄마를 슬프게 하는 게 더 괴로운 일이었다. 돈은 언제나 엄마를 힘들게 한다.

"이탈리아에서 살 때 빙수에 얽힌 일화가 있었는데 가장 좋았던 추억 가운데 하나야."

에리카의 목소리에 키라는 과거를 회상하다가 다시 현실로 돌아왔다.

"초등학교 1학년 여름이었는데, 그때는 아직 할머니가 살아 계셨어. 하지만 병 때문에 침대에 누워만 계셨거든. 어느 날 빙수가 드시고 싶다고 하시기에 빙수 가게에 가서 내 용돈으로 사 가지고 왔는데 집에 도착하니 빙수는 다 녹고 물만 남아서 엉엉 운 적이 있어. 솜사탕 같은 건 줄 알았지, 다 녹아 버릴 줄은 몰랐거든······."

"에리카, 넌 빙수 먹어 본 적 없어?"

키라는 나랑 똑같은가 싶어 반가운 마음에 물었다. 그러자 에리카는 고개를 끄덕였다.

"아빠가 노점에서 파는 음식은 안 좋아하셨거든. 그런데 할머니는 물로 변한 빙수와 울상이 된 나를 보고 엄청 웃으셨어."

"그게 왜 좋은 추억이야?"

"할머니 병세가 무척 안 좋으셔서 매일 고통스럽게 투병 생활을 하고 계셨거든. 취미도 많고 꾸미는 것도 엄청 좋아하셨는데 그즈음에는 힘들어서 아무것도 못하셨어······. 내가 좋아하는 할머니가 완전히 다른 사람처럼 변한 것 같아서 슬펐는데 그때만큼은 전처럼 나를 꼭 안아 주셨어. 그 시간만큼은 할머니가 고통에서 해방되신 것처럼 보였어. 하야마에 가서 눈이 튀어나올 정도로 맛있는 빙수를 꼭 먹자!"

에리카는 그렇게 말하며 혼잣말처럼 중얼거렸다.

"빙수를 먹으면 그때의 나로 돌아갈 수 있을까······."

"그때라니?"

키라의 물음에 에리카는 다시 정신이 돌아온 듯 얼굴을 들었다. 그리고 농담처럼 대답했다.

"다른 사람을 기쁘게 하는 일에만 정신이 팔려 있던 단순한 바보 시절로 말이야."

에리카는 웃고 있었지만 그 목소리에는 슬픔이 깔려 있다는 느

껌을 받았다. 키라는 무언가 도움이 될 만한 말을 해 주고 싶다고
생각했지만 아무 말도 나오지 않았다.

'역시 나는 말주변이 없어.'

키라는 스케치북을 꺼내어 에리카가 키라와 리쿠 그리고 톤비
에게 둘러싸여 함께 빙수를 먹는 모습을 그렸다. 세 사람과 톤비
는 소리 높여 웃고 있었다.

에리카는 그 그림을 보고 웃음을 터뜨렸다. 톤비의 웃는 얼굴이
너무나 생동감 넘친다는 것이었다.

"강아지가 웃는 모습을 이 정도로 실감 나게 그릴 수 있는 사람
은 키라, 네가 유일할 거야."

"키라, 나는 딸기밀크 말고 복숭아 시럽으로 해 줘."

리쿠가 엄청 구체적으로 주문했다.

"정말로 이런 날이 오면 얼마나 좋을까…… 하지만 용사가 되
는 건……."

미소를 머금고 그림을 보던 에리카가 말을 꺼냈다가 삼켰다. 에
리카의 말이 잊고 싶은 현실을 상기시켰다.

'만약 성궤를 발견한다 해도 용사가 될 수 있는 건 단 한사람뿐
이야.'

마지막 남은 적이 리쿠가 될지도 몰라. 그렇게 되면 나는 어떻
게 할까? 리쿠도 같은 생각을 할까?

키라가 리쿠를 쳐다보았다. 리쿠는 홱 하고 키라의 시선을 피했
다. 강렬한 고독감이 키라를 엄습했다.

해가 저물 무렵, 밤을 보내기에 딱 좋은 동굴 앞에 다다랐다.

석양이 지면 숲은 완전히 어둠에 잠기고 만다. 그전에 장작을 모아 놓기 위해 세 사람은 각자 움직였다. 톤비를 데리고 나선 키라는 얼추 나뭇가지를 모았다 싶어 돌아가려고 했다. 그때 톤비가 작은 소리로 짖으며 어디론가 달려갔다.

"톤비, 어딜 가는 거야!"

키라는 톤비를 따라 달렸다. 톤비가 안내해 준 곳은 작은 강의 기슭이었다. 어느새 얼굴을 내민 달이 수면 위에서 빛나고 있었다. 깨끗한 물에 얼굴을 담그고 땀과 진흙을 씻어 내니 기분이 상쾌해졌다. 양손으로 물을 퍼서 마시려는데 수면에 엄마 카린의 모습이 떠올랐다.

면접을 마친 엄마는 곧바로 슈퍼마켓에서 일을 시작했다. 밖에서 진행하는 타임 세일을 위해 와인이 든 상자를 운반하고 있다.

"빨리빨리 움직이라고! 타임 세일이 다 끝나가잖아!"

그곳에서 오래 일한 것처럼 보이는 여자가 거칠게 다그치면서 카린이 든 상자 위에 또 한 상자를 올린 뒤 저쪽으로 가 버렸다. 카린은 서둘러 걸음을 옮겼다. 하지만 위에 있던 상자가 그만 미끄러졌고 안에 들어 있던 와인 몇 병이 둔탁한 소리를 내며 깨지고 말았다.

"지금 뭐 하는 거야!"

점장이 허겁지겁 달려왔다.

"죄송합니다!"

카린은 황급히 병 조각들을 쓸어 담으며 사죄했다.

"이게 얼마짜린 줄 알아? 당신 월급으로는 변상도 못한다고!"

"정말 죄송합니다!"

고개 숙여 사죄하는 카린. 점장이라는 사람의 손이 엄마의 등을 쓸어내렸다. 너무 긴장한 나머지 카린의 등줄기가 딱딱해졌다. 점장이 카린의 귀에 대고 속삭였다.

"퇴근한 뒤에 만나 주면 내가 조치해 줄게. 지금 돈도 궁한 처지라면서."

끈적끈적하고 음흉한 눈으로 엄마를 쳐다보는 점장. 카린은 무심코 눈을 피했다. 낮부터 창백하던 엄마의 얼굴에 핏기가 완전히 사라졌다.

그때 고급 승용차에서 내린 여자가 선글라스를 긴 채 들어와 점장을 불렀다.

"저번에 얘기했던 과일은 어떻게 됐나요?"

키라는 선글라스를 벗은 여자의 얼굴을 보고 깜짝 놀랐다. 리쿠의 엄마다. 몇 번인가 참관수업에 왔을 때 교단에서 얘기한 적이 있어서 기억한다.

"어이구, 선생님 오셨습니까? 안 그래도 막 가져다 드리려던 참이었습니다. 매번 감사합니다."

"그래요? 알았어요. 잘 부탁할게요."

리쿠의 엄마가 선글라스를 다시 끼려는 순간 그녀의 손가락을 본 키라는 마른침을 삼켰다.

리쿠네 엄마의 손가락에서 플루메리아 꽃반지가 빛나고 있는 것이 아닌가? 꽃 속에 박힌 블루 다이아몬드가 마치 눈물방울처럼 빛나고 있었다. 틀림없는 엄마의 반지다.

키라는 카린이 눈치채지 못하도록 해 달라고 마음속으로 빌었다. 그런데 카린의 눈길이 반지에 꽂히고 말았다. 카린의 시선을 느낀 리쿠의 엄마가 미소를 가득 머금고 말했다.

"정말 예쁘지 않나요? 이런 블루 다이아몬드 본 적 없지요? 앤티크 숍 쇼윈도에 장식되어 있더라고요."

카린은 힘없이 고개를 끄덕였다. 너무 충격이 커서 고개를 끄덕이는 일조차 벅차 보였다.

"엄마 반지예요! 돌려주라고요!"

키라는 주먹을 불끈 쥐고 리쿠네 엄마를 향해 정신없이 소리쳤다. 그때서야 차가운 강물에 가슴까지 잠긴 것을 알고 정신이 들었다.

수면 위 영상은 사라졌다.

"엄마…… 미안해…… 미안해…… 엄마."

키라는 울면서 중얼거렸다.

나는 엄마에게 소중한 모든 것을 빼앗은 사람이다. 아빠도, 할아버지, 할머니도, 그토록 즐거워하던 정원 가꾸기도, 아름다운 손가락도, 행복한 웃음도 그리고 반지마저도……. 참을 수 없는 기분이 들었다. 가라앉지 않는 강렬한 분노가 솟구쳐 올라와 닥치는 대로 부숴 버릴 것만 같았다.

리쿠와 에리카는 물에 흠뻑 젖은 채 터벅터벅 걸어오는 키라를 맞이해 주었다.

"왜 그래?"

리쿠와 에리카가 몇 번이나 물었지만 키라는 대답조차 할 수 없었다. 리쿠에게 죄가 없는 건 알지만 입을 열면 엉뚱한 소리가 나올 것만 같다. 리쿠는 서둘러 장작에 불을 붙이고 젖은 키라의 옷을 말려 주었다.

키라는 거침없이 움직이는 리쿠의 등을 무의식적으로 째려보았다. 에리카가 걱정스러운 듯 쳐다보는 시선을 느꼈지만 애써 외면했다. 지금은 두 사람과 시선을 마주치는 일이 버겁다.

그런 키라의 마음을 이해한다는 듯 톤비가 키라의 발아래 웅크리고 앉았다. 톤비의 머리를 쓰다듬는 사이에 화는 슬픔으로 바뀌었다.

키라에게는 난생처음 소중한 친구가 생겼는데, 분노의 화살을 엉뚱한 곳으로 돌려서 공격하려고 드는 자기 자신에게 참을 수 없는 기분이 들었다. 하지만 충격을 받은 엄마의 얼굴이 뇌리를 스치자 도무지 기분을 전환하기가 힘들었다. 색과 형태로 바꾸어 마음을 해방시켜야겠다는 의지가 전혀 생기지 않았다.

밤이 깊어 모두들 잠이 들었지만 키라는 도무지 잠을 청하지 못하고 동굴 밖으로 나왔다. 자고 있던 톤비도 벌떡 일어나 키라를 따라나섰다.

나무 사이로 달빛이 비치고 있었다. 키라는 달을 올려다보았다. 원래 모양이 구형이라는 사실이 믿겨지지 않을 정도로 예쁜 초승달이 하늘에서 빛을 발하고 있다.

키라는 라오시가 들려준 미나모토에 대한 이야기를 떠올렸다. 원래는 모든 것이 '하나'였다는 것, '분리 게임'을 통해 '개인'으로 나뉘고 각자가 '자아'를 굳혀 왔다는 것.

원래는 하나였다면 왜 나뉜 걸까? 가진 자와 가지지 못한 자로 나뉜 이유는 뭘까? 라오시가 가르쳐 준 것처럼 그저 '생각'과 '사고'가 다른 것뿐인가? 가난하거나 인간관계가 원만치 못하다거나 병에 걸리는 이유는 정말로 그것을 만들어 낸 '생각' 때문일까?

달을 보면서 이런저런 생각에 잠겨 있는데 등 뒤에서 말소리가 들렸다.

"키라는 달과 참 잘 어울리는 것 같아……."

에리카였다.

"태양 아래에서 검게 그을린 이미지의 리쿠와 대조적이야."

"에리카, 너는…… 어떤 이미지인데?"

키라가 묻자 '어둠'이라는 대답이 돌아왔다.

"어둠……?"

"어둠의 장군 타마스에게 사랑을 받고 있으니까."

에리카가 농담이라는 듯 웃으며 키라의 옆에 앉았다.

"키라, 혹시 너희 집은 돈 때문에 많이 힘든 것 아니야?"

"응?"

키라는 에리카의 갑작스런 질문에 당황했다. 아무 말 안 해도 알 수 있을 정도로 내가 가난뱅이처럼 보이나?

"알아, 나도 비슷하니까."

"그게 무슨 말이야? 에리카는 부자들만 다니는 중학교에서 공부한다면서?"

"맞아, 2년 전에 뉴욕으로 이사를 올 때까지만 해도 부자였어. 그런데 지금은 아니야."

키라는 에리카의 고백에 놀라 귀를 쫑긋 세웠다.

"아빠네 회사가 부도가 나면서 망했어. 우리 집안은 대대로 여러 가지 사업을 하고 있었거든. 그것도 꽤 크게. 그런데 아빠는 고생을 모르는 이상주의자였어. 성공할 거라고 확신했던 해외 부동산 투자에 실패하는 바람에 모든 것을 잃고 말았지. 돈을 빌리면서 담보로 잡혔던 집과 별장도 모두 압류당하고 채권자들이 들이닥쳤어. 그런데 없어진 게 돈만은 아니더라고. 그때까지 매주 파티다 뭐다 우리 집을 들락날락하던 사람들과 아예 연락이 끊겼어. 옆집 도우미나 관리인들마저 인사해도 안 받아 주고 무시하는 걸 보니까 어이가 없어서 웃음이 나더라. 그 일로 부모님은 야반도주를 했어."

에리카는 키라의 반응을 살피듯 일단 말을 한 번 끊었다. 키라는 어떻게 답해야 좋을지 몰라 선뜻 입을 열 수가 없었다. 키라의 상상을 뛰어넘는, 무시무시한 스케일의 이야기였기 때문이다.

"그때부터 지금까지 기숙사에서 살고 있는데 갑자기 집에서 오던 송금이 끊겼어. 기숙사비랑 생활비는 물론 수업료도 못 낸 건 당연하고 더 놀라운 건 제2금융권에서 청구서가 날아온 거야."

"에리카, 너한테?"

"응, 내가 돈을 빌린 것으로 되어 있더라고. 25만 유로, 엔화로 3,000만 엔이 넘어."

"3,000만 엔?"

키라는 금액이 너무 커서 놀랐다.

"중학생인데 어떻게 그런 데서 돈을 빌리지……?"

"원래는 그럴 수가 없지. 그런데 우리 부모님은 정말 이해가 안 되더라고. 내 신분증까지 위조해 만들어서 그걸로 빌렸어. 수입 증명서도 조작해서 만들고. 여기저기 금융기관에서 한꺼번에 빌린 뒤에 자취를 감춘 거야. 나에게 남은 건 빚뿐이더라고."

"그래서 어떻게 됐는데?"

"다행히 돌아가신 할아버지가 돈을 버는 재주가 있으셨어. 게다가 사람 보는 눈도 있으셨지. 할아버지는 나에게 어떤 일이 닥칠 것이라 예견하시고 내가 유치원에 다닐 때부터 주식 투자 방법을 가르쳐 주셨어. 매년 크리스마스 선물을 주식으로 주실 정도였지. 나는 그걸 운용해 용돈을 버는 좀 특이한 초등학생이었고. 그런데 그게 날 구해 주었어. 부모님도, 집도, 친구도 없어졌지만 나에게는 재능이 있었거든. 돈을 버는 재능과 발명, 연구하는 능력 말이야. 주식으로 번 돈으로 학교를 다니는 동안 내 재능을 알아

본 미국인 부호가 양녀로 삼아 주셨어. 그 덕분에 지금은 아무런 불편 없이, 아니 오히려 전보다 훨씬 풍족하게 살고 있어."

"그렇구나……."

키라는 에리카가 지나온 파란만장한 길을 상상할 수 없었지만 에리카를 존경하는 마음은 더 커진 것 같았다. 키라를 위로해 주기 위해 자기 얘기를 들려준 것에도 고마움을 느꼈다.

"키라, 좀 꺼내기 어려운 말이긴 한데……."

에리카는 검은 눈동자를 반짝이며 맞은편의 키라를 뚫어지게 쳐다보았다.

"나랑 키라, 우리 둘이서 성궤를 손에 넣지 않을래?"

"응? 그게 무슨……."

"리쿠에겐 미안하지만……."

키라는 어안이 벙벙했다.

"난 꼭 성궤 안에 있는 거울을 손에 넣어야 해. 병에 걸린 사람은 나를 버린 친엄마가 아니라 버려진 나를 양녀로 받아 준 지금의 엄마야. 앞으로 한 달밖에 살지 못한대. 나…… 지금 엄마마저 돌아가시면……."

에리카는 말을 잇지 못했다. 에리카의 눈에서 눈물이 쏟아지고 있었다. 어떻게 말을 하면 좋을지 몰라 키라는 입을 다물었다.

"나…… 사실…… 리쿠를 못 믿겠어……."

에리카가 오열을 참으며 말했다. 키라는 "왜?"라고 묻고 싶은 걸 참고 에리카의 다음 말을 기다렸다.

"리쿠도 병이 낫고 싶은 거잖아······ 용사의 검이 필요하다고 했지만 건강하게 병이 나으려면 거울의 힘이 꼭 필요해······. 두 개 모두 손에 넣고 싶어 하는 것 아니겠어?"

"아니야······ 리쿠는 그런 애가 아냐. 만약 그랬다면 에리카, 네가 거울 얘기를 할 때 리쿠도 털어놓았을 거야."

"지금은 리쿠도, 키라도 성궤를 손에 넣을 수 있을지 없을지 확신이 없기 때문에 그렇게 말할 수 있는 거야. 인간은 자기가 원하는 것을 손에 넣으면 변하는 거라고. 원하는 걸 지키기 위해 무엇이든 하게 되어 있어. 뻔뻔해지고 추해지지. 나도 다르지 않아. 리쿠를 따돌리자는 이런 비열한 생각까지 하잖아. 하지만 인간은 다 그런 거야. 자신의 욕구에 정직할 때야말로 그것을 손에 넣을 수 있는 최대의 기회가 찾아오는 거라고 생각해."

에리카는 말이 끝나자 답을 재촉하듯 키라가 입을 열기를 기다렸다. 눈을 깜박이면서 고개를 갸웃거리는 모습이 에리카의 미모를 더욱 돋보이게 했다. 그렇다고 이야기의 잔혹함이 사라지는 것은 아니었다. 아니, 에리카가 예쁘면 예쁠수록 이런 잔혹한 제안과의 격차가 너무 커서 그 느낌에 짓눌리는 것 같았다.

대답을 기다리다 지친 에리카는 더 단호한 어조로 말을 이었다.

"용사가 될 수 있는 건 단 한 사람뿐이야. 리쿠에게 빼앗겨도 괜찮아? 용사가 되면 소원을 이룰 수 있다고. 키라, 너의 소원을 그렇게 간단히 포기할 수 있어?"

키라는 어찌할 바를 몰랐다. 엄마에게 반지를 되찾아 주고 싶다. 돈 때문에 고생시키는 것도 싫다. 나 때문에 잃어버린 행복을 되찾아 주고 싶은 마음이 굴뚝같다.

리쿠를 배반한다고…… 그런 생각을 하자 이번 모험에서 겪었던 순간순간이 섬광처럼 지나갔다.

"자, 먹어." 하며 주먹밥을 던져 준 리쿠.

잠도 못 자면서 키라가 무사하기만을 빌다가 새빨간 토끼 눈이 되었던 리쿠.

다리를 다친 키라를 폭풍우 속에서 업어 준 리쿠.

"나는 방관자였어. 막지 않은 것은 직접 한 거랑 똑같은 거야." 하면서 무릎 꿇고 사죄하던 착한 리쿠.

그리고 하나도 비슷하지 않았던 브루스 리 흉내.

지나간 순간순간을 떠올리니 가슴이 뜨거워져 눈물이 쏟아질 것 같았다. 어떤 장면 하나라도 빛나지 않은 장면이 없다. 12년 동안 살면서 한 번도 경험하지 않은 일들 투성이였다.

"……리쿠는 친구야."

키라는 갈라진 목소리로 나지막이 말했다.

"알았어. 그럼 리쿠가 용사가 되어도 상관없단 말이네?"

에리카의 눈빛이 날카로운 커터 칼처럼 키라의 마음 한구석을 찔렀다.

"그건……."

머뭇거리는 키라에게 에리카가 강경한 말투로 쐐기를 박았다.

"아직 시간이 있으니까, 내일 아침까지 생각하고 대답해 줘."

키라는 그렇게 말하고 일어서는 에리카의 뒷모습을 당혹스러운 눈으로 쳐다볼 수밖에 없었다. 톤비가 "끄응!" 소리를 내며 키라에게 다가왔다.

달빛이 비치자 에리카는 달을 올려다보았다.

부모님이 자기를 버리고 도망간 일에 대해 고백할 때 에리카 자신도 놀랐다. 다른 사람에게 말한 건 이번이 처음이었다. 할머니에게 빙수를 사다 준 일도 잊기 위해 기억 저편에 묻어 두었었다. 어쩐지 키라, 리쿠와 함께 있으면 단단히 잠겨 있던 무언가가 녹아내리는 느낌이 들어 혼란스러웠다.

부모님이 야반도주한 기억을 떠올리니 당시의 힘든 마음까지 되살아나는 기분이었다. 도저히 말로 표현하기 힘든 깊은 절망감, 고독감 그리고 두려움을 느꼈다. 그 후로 에리카는 다른 사람을 믿지 않기로 결심했다.

에리카는 과거를 뿌리치듯 고개를 흔들고 동굴로 돌아왔다.

키라는 도무지 동굴로 돌아갈 마음이 들지 않아 어슬렁어슬렁 숲을 거닐었다. 달빛이 비추지 않는 울창한 숲은 암흑 그 자체다.

아무것도 보이지 않는 깊은 암흑이 키라의 마음을 오염시키는 것 같았다. 리쿠를 소중한 친구라고 여기면서도 에리카의 제안을 일언지하에 거절하지 못했다. 그런 자기 마음과 똑같은 암흑이라는 생각이 들었다.

그때 비닐봉지가 바스락거리는 소리가 났다. 뭐지? 경계하면서 확인하기 위해 다가갔더니 어렴풋이 달빛 사이로 라오시가 봉지에서 멜론 빵을 꺼내는 모습이 보였다.

"라오시."

"멜론 빵은 역시나 맛나구먼. 인간이 만들어 낸 것 중 최고여."

"물어볼 게 있어요."

"엄마 때문인 겨? 일 때문에 엄청 고생하고 있더구먼."

"그걸 어떻게 알았어요……?"

"이 숲에서 일어난 모든 일, 숲에 있는 사람들의 생각은 뭐든 다 알재. 고것이 나의 소울 비즈니스라는 거여."

"소울 비즈니스요?"

"누구나 말이여, 미나모토로부터 그 사람만이 가지는 독자적인 재능을 받아서 태어난단 말이여. 소울 비즈니스가 직업이 되는 사람, 직업은 아니지만 취미가 되는 사람, 이런저런 타입이 있재. 소울 비즈니스는 영혼의 표현이라 이거여. 발견하는 나이는 제각각 다르지만 언젠간 다 발견하게 되어 있어. 그걸 발견하면 영혼이 흔들려. 너도, 리쿠도, 네 엄니에게도 다 있어. 헌데 느그들은 아직 그걸 발견 못했어. 그래서 안개 속에서 길을 잃은 아이처럼 우왕좌왕하는 것이여. 소울 비즈니스를 발견하게 되면 곧장 앞으로 나아가게 되어 있어."

"그건 어떻게 발견하는데요?"

"두근두근 나침반을 쓰는 거여. 일상생활 속에서 가슴 뛰는 일들이 뭔지, 그걸 기준으로 선택하는 거지. 잘하는 일, 좋아하는 일, 그 안에 힌트가 있는 거여. 그런디 사람들이 찾지 못하는 건 자기가 하면 너무 쉬운 일이니까 그게 재능이라고 눈치를 못 채는 것이재."

"엄마는요? 엄마는 어떻게 하면 좋은데요?"

"카린은 말이여, 너를 잘 키워야만 한다는 책임과 의무 때문에 시야가 너무 좁아져 있는 게 문제여."

"책임과 의무를 다하는 건 좋은 일이잖아요?"

키라가 그게 왜 나쁘냐는 식으로 물었다.

"좋고 나쁜 그런 문제가 아녀. '이렇게 해야 한다'는 생각에 지나치게 사로잡히면 두근두근 나침반이 작동을 못혀. 이렇다 저렇다 머리로만 생각하지, 마음이 시키는 일을 못하는 거라고."

라오시가 먹다 만 멜론 빵을 손바닥 위에 올려놓았다.

"다 같은 바보라면 그냥 멍하니 바라보기만 하는 바보보다 춤추는 바보가 더 낫지."

그러고는 마치 수행자처럼 엄숙하고 점잖은 목소리로 주문을 외웠다. 그 독특한 주문과 라오시의 권위적인 분위기가 전혀 매치되지 않아 기묘한 느낌이 들었다. 하지만 라오시는 진지했다.

그때 갑자기 멜론 빵에 엄마의 모습이 비쳤다.

"엄마……!"

엄마는 잠깐 주어진 휴식 시간에 저녁거리를 사고 있다. 이것저것 둘러보던 엄마는 두부를 손에 들었다. 한 모에 280엔 하는 판

두부였다. '어머, 맛있겠다.' 하는 소리가 들린다.

헉! 키라는 깜짝 놀랐다. 엄마는 아무 말도 안 했는데 마음속 소리가 들리는 모양이다.

'아아, 그런데 너무 비싸. 이런 비싼 두부는 지금 형편에 너무 과분해.'

결국 한 모에 **78**엔 하는 두부를 집었다.

"돈이 없으니께 제일 싼 두부를 산 거여. 그것까지는 전혀 문제가 없어. 문제는 본인한테 너무 과분하다고 생각하는 그 부분이여. 그런 생각은 나에게는 그럴 만한 가치가 없다고 잠재의식 속에 주입을 시키는 것이재."

"두근두근 나침반을 안 써서 그런 건가요?"

"그라지. 자기 마음이 뛰는지, 몸이 가벼워지는지 그걸 느끼는 것이 중요혀. 두근두근이 느껴지면 그것을 고르는 거여. '나는 이게 어울리는 사람이다' 하고 자기 가치를 높이는 사고를 주입시켜야 해. 자기긍정감이 높아지믄 모든 것이 윤택해져. 고것이 자연의 섭리니라."

"나도 늘 제일 싼 것 아니면 다른 사람도 다 한다는 이유로 결정할 때가 많았어요."

"그게 두근두근 나침반의 작동을 둔하게 만드는 거여. 모두들 말이여, 다른 사람들을 너무 신경 쓰잖아. 그라믄 안 돼. 그라믄 감성이 닫혀 버리고 말아. 내가 뭘 좋아하는지도 모르게 되는 거여. 다른 사람이 뭐라든 뭔 상관이여? 내가 뭘 느끼는지 고것이

제일 중요하재. 다른 사람에게는 없는 유일무이한 것을 발견해야 하는데 다른 사람과 똑같이 살아서 어쩔 거여? 소울 비즈니스란 다른 사람이 같은 곳에서는 찾을 수 없는 독자적인 재능이여. 처음에는 이게 직업이 될까, 아닐까 그런 건 따지지 않아도 돼. 두근거리는 일이 있으면 무조건 해 보는 거여."

키라는 좋아하는 일을 할 때 가슴이 뛰었지만 다른 사람과 발을 맞추지 않고 내가 좋아하는 것만 추구하는 것은 엄청난 도전이라고 생각했다. 다른 사람과 같아야 한다는, '평범'이라는 그늘 속에서 여태껏 살아온 나에게 그런 일이 정말 가능할까?

불안한 키라의 마음을 감지한 듯 라오시가 말을 이었다.

"아주 작은 일부터 시작하면 되는 겨. 과자를 살 때 두근두근 나침반을 작동시켜 느낌이 좋은 놈을 선택해 보는 거여. 뭐든 시도해 보는 거재. 그런 간단한 일도 아주 놀라운 효과를 가져다준다는 걸 알게 될 것이여."

키라는 고개를 끄덕였다. 라오시는 언제나 키라에게 용기를 북돋아 준다.

"무엇을 선택할 때 두근두근 나침반을 사용한다, 그게 중요하다는 거잖아요?"

"그려. 고민이 될 때는 내면의 소리에 귀를 기울여 보는 거여."

키라는 마음속으로 에리카에게 제안받은 일에 대해 생각하면서 내면의 소리를 느껴 보았다.

"진실된 일, 앞으로 나아가야만 하는 일에는 가슴이 뛰고 기분이 가벼워지는 법이여. 이상하게 마음이 무겁고 내키지 않는다는 느낌이 들면 그건 하지 말라는 신호인 거여."

"네."

에리카의 제안에 대해 키라는 마음의 결정을 내렸다. 안개가 걷히는 느낌이 들었다.

라오시는 중요한 사실을 전해 주는 임무가 끝나 마음이 편해져서인지 멜론 빵을 핥고 있다. 심오한 진리와 지혜를 알려 주는 노스승에서 우스꽝스러운 모습의 개구리로 변신한 라오시. 키라는 라오시가 어떤 모습을 하던 그를 믿고 좋아한다.

이상한 일이었다. 지금까지 엄마 빼고는 누군가를 좋아하거나 싫어하는 감정을 가져 본 적이 없었다. 하지만 이 숲에 도착하면서부터 좋아하는 사람이 늘어났다. 그리고 숲, 하늘, 강물, 이 모든 것이 너무나 아름답게 보이기 시작했다.

"젊은이여! 절대 겁내지 말고 전진하라. 실패는 곧 용기로 바뀌리라."

라오시는 이 말을 남기고 또다시 사라졌다.

다음 날, 키라는 출발할 준비를 하는 에리카에게 다가갔다.

"어제 했던 얘기 말이야……."

"응……?"

"에리카의 제안은 들어도 전혀 두근거리지 않아. 그러니까 하지 않겠어."

"알았어."

어느새 뒤에 와 있던 리쿠가 궁금한 표정으로 물었다.

"무슨 제안?"

키라는 자기도 모르게 긴장했다. 에리카는 표정을 바꾸지 않고 말했다.

"리쿠를 배신하라고 내가 부추겨 봤거든."

순간 키라의 얼굴이 굳었다. 에리카가 그런 제안을 했다는 사실 자체가 거북하고 난감했다.

"어? 정말?"

리쿠는 별일 아닌 것처럼 반응했지만 목소리는 살짝 긴장한 듯 보였다. 에리카는 아무렇지도 않게 말을 이었다.

"그런 책략에 걸릴 정도의 인간이라면 용사가 될 자격이 없지. 키라도, 리쿠도 둘 다 용사가 될 자격이 충분하다는 걸 알았어. 오늘은 드디어 쿠이치픽추에 도달하겠네. 오늘까지 모은 스톤이 모두 네 개라고 했지?"

키라와 리쿠는 동시에 고개를 끄덕이며 지금까지 모은 스톤을 꺼냈다.

첫 번째 스톤 '두려움', 내면에 의식을 집중하는 단전호흡에 대해 깨달았다.

두 번째 스톤 '외로움', 두근두근 나침반을 되찾았다.

세 번째 스톤 '분노', 라이프 시나리오를 만들고 그 주인공이 되는 방법을 알았다.

네 번째 스톤 '질투', 감정을 조절하는 방법을 배웠다.

리쿠가 말했다.

"성궤의 뚜껑을 열 수 있는 용사가 되기까지 나머지 스톤 세 개를 더 모아야 해. 우리 셋이 힘을 합치면 반드시 모을 수 있어."

키라는 고개를 끄덕이며 생각했다. 아무리 그래도 그렇지…….

에리카는 왜 리쿠를 배신하라면서 자기를 시험한 걸까?

세 사람 모두 긴장하고 있었다. 성궤가 감춰진 쿠이치픽추가 가까워질수록 불안과 두려움으로 인한 긴장감이 더 커지면서 차분하기가 어려웠다.

'원하는 걸 손에 넣기 바로 직전 그 순간이 가장 두려운 법이다. 손에 넣을 수도, 그렇게 되지 않을 수도 있으니까. 어느 쪽이든 불안하기는 마찬가지다.'

미나모토의 메시지였다. 키라는 몸을 부르르 떨었다. 그런 키라에게 용기를 불어넣듯 톤비가 얼굴을 핥아 주었다.

"톤비……."

키라는 톤비의 등을 쓸어 주었다. 톤비의 보드라운 털은 키라에게 안도감을 안겨 준다.

'엄마도 그렇게 말했지.'

톤비는 아빠의 부재로 인한 공백을 메워 준, **100퍼센트** 우리 가족이다.

모험이 끝나면 맨 먼저 톤비를 데리고 바닷가에 가야지. 톤비는 하야마의 바다에서 수영하기를 좋아한다. 만약 용사가 된다면 그건 톤비가 내 옆에 있어 주었기 때문이다.

"땡큐, 톤비."

멍멍! 톤비는 찢어질 정도로 격하게 꼬리를 흔들며 키라를 응원해 주었다.

세 사람과 톤비가 가는 길은 너무 험난해 앞으로 나아가기가 힘들었다. 겨우겨우 작은 산꼭대기 위에 도달했다 싶으면 또다시 골짜기 아래까지 내리막길이 이어졌다. 산꼭대기에서 보이는 것은 크고 작은 산들뿐이었다. 어디가 어디인지 표적으로 삼을 만한 것이 하나도 없었다.

한참 가다 보니 갑자기 숲이 나타났다가 얼마 지나지 않아 광활한 해바라기밭이 펼쳐졌다. 키라의 키보다 족히 두 배는 크게 자란 해바라기 수천 그루가 군생하고 있었다.

일행은 끊임없이 해바라기를 손으로 헤치며 앞으로 나아갔다. 나뭇가지를 헤쳐 가며 전진하는 것도 죽을 맛이었지만 해바라기밭 사이를 걷는 것 자체도 무척 힘든 일이었다. 햇빛을 막아 줄 장치가 없기 때문에 더위가 장난이 아니었다. 정신을 차리지 않으면 일사병에 걸릴 지경이었다. 리쿠가 리더십을 발휘해 일부러 물 먹을 시간을 정했다. 다섯 번째로 휴식을 취하는데 해바라기 너머에서 인기척을 느낀 톤비가 날카로운 소리로 짖기 시작했다. 키라와 리쿠는 긴장하면서 인기척이 나는 곳이 어디인지 주위를 살폈다.

그때였다. 갑자기 도마뱀 인간들이 나타나 키라 일행을 습격했다. 리쿠가 배트를 휘두르며 대응하려 했지만 그러기에는 상대방 수가 너무 많았다.

"도망가!"

리쿠가 소리쳤다. 키라는 에리카의 등에 가방을 메어 준 뒤 양손으로 벨트를 잡고 로켓처럼 하늘로 솟아올랐다. 공중에서 내려다보니 리쿠가 도마뱀 인간들에게 포위당한 채 쩔쩔매고 있었다.

"어떻게 해야 하지……."

키라는 초조했다. 오늘은 에리카가 타고 있기 때문에 지난번처럼 급강하해 공격하기는 힘들다. 리쿠는 순식간에 그들의 손아귀에 붙들리고 말았다.

도마뱀 인간들은 리쿠의 양팔을 움직이지 못하게 하더니 주머니에서 옐로 스톤을 꺼낸 뒤 리쿠를 내동댕이쳤다. 그들의 목적은 리쿠가 아니라 스톤이었던 것이다. 하지만 스톤은 마치 의지가 있는 것처럼 도마뱀 인간들의 손에서 미끄러져 나와 리쿠를 향해 날아갔다. 도마뱀 인간들은 흥분해서 다시 리쿠를 향해 돌진했다.

재빠르게 스톤을 낚아챈 리쿠가 키라 쪽으로 스톤을 던졌다. 키라가 손을 뻗어 잡자 스톤은 키라의 손바닥에 안착했다. 에리카가 중얼거렸다.

"스톤은 주인의 생각을 알고 있는 게 분명해."

"생각을 안다고?"

"리쿠가 키라에게 던진 뜻을 알고 있는 거야. 도마뱀 인간들은 절대 스톤을 가질 수 없어. 대단한데?"

에리카가 감동한 듯 말했다. 도마뱀 인간들이 따라왔지만 하늘에 떠 있는 키라에게는 손이 닿지 않는다.

"에리카, 꽉 잡아!"

키라는 에리카에게 당부한 뒤 리쿠를 향해 하강했다.

"리쿠! 나를 잡아!"

리쿠가 다른 한쪽 벨트를 잡았다. 리쿠가 벨트를 잡자마자 가방은 순식간에 하늘로 솟아올랐다.

"야호! 키라, 대단해!"

가방에 매달린 리쿠가 소리치는 순간이었다.

갑자기 해바라기들 사이에서 총을 들고 나타난 도마뱀 인간이 세 사람을 향해 총을 쏘기 시작했다. 총알은 "피융!" 소리를 내더니 키라의 귓전을 스치고 지나갔다.

키라는 무서워서 몸이 오그라드는 기분이 들었다. 그때 찌직 소리가 나더니 금방이라도 벨트가 찢어질 것만 같았다. 키라의 체중을 견디지 못한 것이다. 가방이 세 사람의 체중을 견디기에는 무리가 있었다.

그때였다.

톤비가 세 사람에게 총을 겨누고 있는 도마뱀 인간에게 달려들어 어깻죽지를 물었다.

"이놈의 개새끼가!"

도마뱀 인간이 이상한 금속음이 섞인 비명을 질렀다. 그래도 톤비는 집요하게 남자를 물고 놓아주지 않았다.

"톤비!"

키라가 소리쳤다.

"도망가자!"

숲속으로 도망가기 위해 가방의 방향을 돌렸다. 톤비가 해바라기 사이를 필사적으로 쫓아왔다.

탕탕! 귀를 찢는 총성이 울린 순간 톤비의 모습이 보이지 않았다. 키라는 허둥지둥 해바라기밭 쪽으로 방향을 틀었다.

도마뱀 인간들은 명령을 받은 것처럼 일제히 후퇴했다. 키라와 리쿠, 에리카는 가방에서 내려 톤비를 찾아 헤매기 시작했다.

"톤비!"

"어디 있어! 톤비!"

애타게 톤비를 부르는 세 사람의 목소리가 해바라기밭 사이로 울려 퍼졌다. 해바라기를 헤치고 필사적으로 톤비를 찾아 헤매는 키라 앞에 믿을 수 없는 광경이 펼쳐졌다. 톤비가 배에 총을 맞아 피를 흘리면서 키라를 향해 걸어오고 있었다.

숨을 헐떡거리며 비틀비틀 걸어오던 톤비가 힘을 다 소진하고 그대로 푹 쓰러져 버렸다.

"톤비!"

키라는 있는 힘껏 톤비를 향해 뛰어가 톤비를 끌어안고 소리쳤다. 톤비의 눈꺼풀이 희미하게 열리더니 키라를 바라보았다.

"톤비……."

숨을 헐떡이며 달려온 리쿠와 에리카는 그 모습을 보고 차마 말을 잇지 못했다. 톤비의 눈빛이 무언가를 말하고 싶은 듯 간절하게 키라를 바라보았지만 다음 순간 의식을 잃고 말았다.

"톤비!"

키라는 톤비를 보낼 수 없다고 소리치며 울었다.

"톤비, 안 돼. 나를 두고 가지 마! 제발…… 톤비…… 부탁이야……."

"톤비!"

"톤비! 정신 차려, 톤비!"

리쿠와 에리카도 동시에 울부짖었다. 하지만 톤비는 꿈쩍도 하지 않았다.

"톤비, 꼬리를 흔들어 보란 말이야…… 부탁이야…… 네가 없으면 나 혼자서 어떻게 아빠를 찾아…… 어른이 되면 너를 데리고 미국에 가려고 했는데…… 엄마와 아빠를 만나게 해 주자고 약속했잖아…… 톤비……."

키라는 톤비를 끌어안고 사정없이 흔들었다. 톤비는 대답이 없었다.

아아, 나는 모든 걸 잃었어…… 키라는 생각했다.

'왜 이런 일이! 나는 이런 스토리를 쓴 적이 없다고!'

리쿠가 등 뒤에서 키라의 어깨에 가만히 손을 얹으며 어금니를 깨물었다.

"키라…… 이제…… 톤비를 보내 주자……."

"싫어! 나는 절대 못 믿어! 톤비는 쭉 내 곁에 있었단 말이야!"

키라는 리쿠의 손을 뿌리쳤다.

리쿠와 에리카는 톤비를 해바라기밭에 묻어 주었다. 키라는 쭈
그리고 앉아 멍하니 그 모습을 지켜보았다. 리쿠가 톤비를 묻은
곳에 흙을 쌓아 표시했다. 에리카는 꺾어 온 꽃을 놓아 주었다. 키
라는 그 앞에서 몇 시간이고 꼼짝도 하지 않았다.

"이제 슬슬 출발해야 해."

오후가 되자 리쿠가 재촉했다. 더 이상 지체하다가는 내일 안에
쿠이치픽추에 도달하지 못한다.

"난 안 가."

키라가 짜내는 듯한 목소리로 대답했다.

"뭐라고……?"

"다 그만둘래……. 내가 용사가 된다고 결심하지만 않았어도
톤비가 죽는 일은 없었을 텐데……. 내가…… 내가 불행의 씨앗
이라고……."

"그런 말이 어디 있어!"

위로하는 리쿠의 말을 키라가 잘랐다.

"내가 태어나는 바람에 엄마도, 아빠도 행복하지 못하잖아. 톤
비는 아빠가 남기고 간 단 하나의 보물인데…… 나만 없으면 아
무 일도 일어나지 않았다고! 나는 정말 어딘가 잘못돼도 한참 잘

못되어 있어!"

"키라……."

리쿠는 무릎을 세우고 앉아 흐느끼는 키라에게 다가가 마주 앉았다.

"불행의 씨앗이라니, 너는 절대 그렇지 않아. 나는 네 덕분에 몇 번이나 살아남을 수 있었다고. 네가 없었다면 여기까지 오지도 못했어."

키라는 초점 없는 눈으로 리쿠를 바라보았다. 리쿠는 언제나처럼 진지한 눈빛을 하고 있었다.

"키라, 네가 그랬잖아. 내가 완벽하지 않아서 더 친근하게 느껴지고 좋아하게 됐다고……. 나도 마찬가지야. 키라 네가 못하는 걸 내가 도와주고 내가 못하는 걸 네가 도와줬잖아. 그렇게 우린 여기까지 온 거잖아. 어딘가 잘못되어 있을 수도 있겠지. 나도 그럴 거고. 완전하지 않으니까 서로가 필요한 거잖아. 너에게 톤비가 얼마나 소중한 존재인지 나도 알아. 그렇지만 나에게도 너는 없어서는 안 되는 소중한 존재란 말이야."

"리쿠……."

키라는 말을 잇지 못했다. 리쿠의 말이 키라의 마음속 깊은 곳에 닿았다.

"톤비 일은 정말 안타깝고 슬프지만 톤비도 우리가 성궤를 찾기를 간절히 바라지 않을까?"

키라는 톤비가 묻힌 곳을 바라보았다. 당장이라도 저기서 톤비가 되살아날 것만 같은 기분이 들었다.

생각해 보면 톤비만이 키라에게 어떤 평가도 하지 않고 조용히 곁을 지켜 준 존재였다. 이 숲으로 인도해 준 것도 바로 톤비다.

'톤비, 어쩌면 너는 내가 용사가 될 수 있다고 정말 믿고 있었을지도…… 이 세상에서 누구 한 사람, 나 자신조차도 나를 믿지 못했는데 그럴 때도 너만은 나를 믿어 주고 지켜 주었어.'

기억 속에서 톤비가 신나게 꼬리를 흔들고 있다.

"응…… 그래…… 그럴지도 모르지……."

키라는 리쿠를 올려다보았다.

"빨리 가자. 우리들의 모험을 끝까지 완수하자고. 나에게는 키라, 너의 힘이 필요해."

키라가 입을 떼려는 순간, 키라는 에리카가 보이지 않는다는 사실을 알아차렸다.

"에리카는?"

"그러게…… 어디 갔지? 방금까지 있었는데…… 에리카!"

에리카의 이름을 불러 보았지만 대답이 없다. 키가 큰 해바라기들 때문에 시야가 가려져 보이지 않았다. 두 사람은 흩어져 주변을 살펴보았다.

"에리카! 에리카, 어딜 간 거야!"

키라의 마음에 불길한 예감이 스쳐 지나갔다.

"설마, 에리카가……."

그때 "키라!" 하며 다급한 목소리로 리쿠가 불렀다. 리쿠의 목소리가 들리는 방향을 향해 해바라기를 헤치며 달려가니 리쿠가 망연자실한 모습으로 서 있었다. 손에는 하얀색 바탕에 검은색 스트라이프가 들어간 운동화를 들고 있었다.

"그건 에리카 거잖아!"

"타마스에게 끌려간 것 같아."

"가자!"

키라가 외쳤다.

"키라."

"에리카를 찾아야 해. 이제 더 이상 아무도 잃고 싶지 않아."

결의에 찬 키라의 말에 리쿠도 힘차게 고개를 끄덕였다.

두 사람이 서둘러 길을 떠나는데 라오시가 나타났다.

"오호, 느그들 드디어 둘 다 진짜 용사가 되기 위해 결의를 다진 모양이구먼. 무언가를 얻기 위해서는 무언가를 놓아야 할 때도 있는 것이재. 양손이 다 차 있으믄 큰 걸 손에 넣을 수 없으니께."

키라는 이를 악물었다. 리쿠는 라오시에게 항의했다.

"그런 말 하지 말아요! 용사가 되기 위한 시련으로 톤비가 그렇게 된 거라고 말하는 거잖아요!"

"톤비는 정말 불쌍하게 되었어……."

라오시가 눈을 가늘게 뜨고 키라를 보았다. 키라는 라오시를 노려보았다.

"그 슬픔을 색과 형태로 이미지화 해서 해소시켜야 하는 거 아닌감?"

"그런 거 안 해요."

키라가 단호한 어조로 대답했다.

"이 마음을 색과 형태로 이미지 해서 사라지게 하고 싶지 않아요…… 슬퍼도 괜찮아요…… 큰 소리로 그냥 울 거예요…… 죽을 만큼 힘들어도 괜찮아요…… 됐다구요……. 톤비가 나에게 얼마나 소중한 존재였는데요……."

라오시는 크게 고개를 끄덕였다.

그때 하늘에서 파란색 돌이 반짝거리며 떨어졌다. 그 돌은 키라의 손바닥 위에서 '슬픔'이라는 글자를 밝히며 빛났다.

"다섯 번째 수톤은 '슬픔'이여. 키라, 인자 너는 진정한 슬픔도 승화시킬 수 있게 된 거여."

"승화? 그런 거 몰라요…… 지금 내가 얼마나 슬픈데요."

키라는 당혹스러운 듯 대답했다.

"그려, 그걸로 된 거여. 니는 슬픔을 인정하고 받아들인 것이재. 슬픔으로 가득 찬 너 자신을 받아들였다 이 말이여. 그보다 더 강력한 방법은 없어. 감정은 받아들이면 녹아서 변모해 가지. 그 슬픔은 사랑으로 승화하는 거여."

키라는 블루 스톤을 꽉 쥐었다. 그러자 가슴이 따뜻해졌다. 키라는 가슴에 손을 대었다.

"톤비는 여기에 있어요……. 내 안에서 톤비는 영원히 존재해요. 계속…… 나와 함께 있는 거라구요……."

리쿠도 동감하듯 고개를 끄덕였다.

"키라, 블루는 표현의 색이여. 너는 여태껏 말하고 싶은 것도 하지 못하면서 살아왔어. 하지만 그 블루 스톤은 커뮤니케이션 능력을 높여 주는 효과가 있으니 앞으로는 자신의 감정을 표현하며 사는 거여. 물론 처음에는 용기가 필요허지. 그렇지만 작은 용기가 상상도 못할 정도로 큰 결과를 가져다준다는 것을 잊지 말아."

라오시가 애처로운 눈으로 키라를 바라보았다. 평소와 다르게 라오시는 부쩍 늙은 할아버지처럼 보였다.

"그 아이는 더 이상 힘들겠어. 그 아이가 끌려간 곳은 악마의 소굴이여."

라오시는 이 말을 남기고 또다시 홀연히 사라졌다.

키라와 리쿠는 망연자실한 눈으로 서로를 쳐다보았다. 에리카가 위험하다! 그것만은 확실했다.

여섯 번째 스톤
'네이비'

키라와 리쿠는 쿠이치픽추의 산중턱에 도달했지만 에리카의 흔적은 어디에도 없었다. 타마스나 도마뱀 인간들의 낌새도 없었다.

"성궤를 발견하면 타마스가 반드시 모습을 드러낼 거야. 일단 성궤가 감추어진 곳을 찾아야 해."

리쿠의 의견에 키라도 찬성했다. 그런데 도대체 성궤는 어디에 있단 말인가?

남은 두 개의 스톤은 어떻게 손에 넣어야 한단 말인가?

산은 숨이 막힐 정도로 경사가 가팔라서 정상까지 가는 건 무모한 일처럼 보였다. 각도가 거의 직각에 가까웠다. 당혹스러운 표정의 리쿠를 보고 키라가 말했다.

"눈을 감고 내면에서 들려오는 메시지에 귀를 기울여 보자."

두 사람은 바위 위에 앉아 눈을 감았다. 의식적으로 깊은 심호흡을 하다 보니 마음이 편안해졌다. 그리고 머릿속에 라오시가 떠올랐다.

"라오시가 보여."

리쿠가 말했다.

"나도."

키라가 대답하자 갑자기 "훌륭혀, 훌륭혀." 하는 라오시의 목소리가 들렸다. 두 사람이 눈을 뜨자 진짜 라오시가 그들의 눈앞에 나타났다.

"명상을 하면 직감력이 또렷해지고 스트레스가 해소되어 집중력이 엄청 향상되재. 공부나 기억력에 아주 중요한 회백질(灰白質)이 늘어나기 때문이여."

"회백질이요?"

"쉽게 말하믄 신경세포를 뜻하는 거여. 이게 줄어들면 기분이 우울해지고 건망증도 심해져. 스티브 아저씨도 아주 뛰어난 명상가였재."

"스티브 아저씨요?"

"스티브 잡스 말이여. 그 양반 몰러?"

리쿠는 "알아요. 아이폰을 만든 분이잖아요." 하고 대답했다. 라오시는 말을 이었다.

"빌 게이츠 아저씨도, 마돈나 아줌마도, 맞다! 그 누구냐……리쿠, 네가 좋아하는 야구 선수 이치로도 다 명상을 즐기는 사람들이여. 퍼포먼스가 오른다나 하면서 말여."

"라오시, 우리는 성궤가 어디 있는지 알고 싶어요."

키라가 초조한 말투로 묻자 라오시는 키라를 힐끗 쳐다보았다.

"성궤는 그렇게 초조해하는 자 앞에는 절대 나타나지 않아."

"그렇지만 빨리 찾지 못하면 에리카가……!"

리쿠도 항의하듯 가슴을 내밀며 말했다.

"너무 성급히 그라믄 못써. 이럴 때 명상이 필요한 거여."

키라는 라오시가 너무 태평한 것 같아서 화가 났지만 문득 지금까지 라오시가 말한 것 중 하나도 틀린 게 없었다는 사실을 상기했다.

"명상은 어떻게 하는 건데요?"

떨떠름한 표정으로 리쿠가 물었다.

"젤로 중요한 것은 호흡이여. 콧구멍을 통해 희미하게 들고 나는 숨을 관찰하는 거여. 근육은 쭉 펴고. 그러면 사고나 생각이 떠오를 것이여. 어떨 때는 격한 감정이 솟아오르거나 신기한 빛을 보기도 하재. 어떤 체험을 하게 될 때도 있어. 그래도 당황하면 안돼. 호흡을 통해 다시 제자리로 돌아와야 혀. 호흡이 지금 '여기'로 다시 의식을 되돌려 준다고 믿고 말이여."

"지금 '여기'로요?"

처음 듣는 말이었다.

"지금 여기 있는 상태를 말하는 거여. 모두들 몸은 여기에 있어도 의식은 여기에 없을 때가 많아. 한 번 실패하고서는 지나간 일을 통탄하믄서 과거로 되돌아가거나 앞일이 걱정되어 미래에 가 있을 때가 많다 이 말이여. 일을 하면서도 밤에 여친을 만나면 뭘 할까 생각하기도 허고 밥을 먹으면서 일을 걱정하기도 하잖어. 항상 '지금, 여기'가 아닌 곳으로 의식이 날아가는 거재. 호흡만이 '지금, 여기'에 존재하는 진실인 거여. 그래서 호흡에 의식을 집중하는 것이 바로 지금 '여기'로 되돌아오는 방법인 거여."

"지금 '여기'로 돌아오면 미나모토가 메시지를 내려 준단 말인가요?"

키라가 호기심 가득한 눈으로 물었다.

"미나모토 그 자체가 되는 거여."

"네?"

"미나모토에게서 메시지가 온다는 감각은 미나모토와 내가 분리되어 있다는 환상 속에 있기 때문인 거여. 하지만 우리는 '하나'여. 미나모토 그 자체가 메시지가 되고 행위가 되고 노래가 되고 댄스가 되고 호흡이 되는 것이재."

라오시는 두 사람이 잘 이해했는지 확인하려는 듯 말을 이었다.

"모든 건 다 연결되어 있다 이 말이여. 즉, 우주의 완벽한 흐름을 타는 것이재."

"잘 모르겠어요……."

키라는 라오시의 말을 머리로 이해하려는 순간, 중요한 무언가가 빠져나가는 느낌을 받았다. '마음으로 듣자.'라고 생각하니 엄청난 에너지가 몸속 깊은 곳에서 뿜어져 나와 몸이 두둥실 뜨면서 폭발할 것 같았다.

이것은 너무나, 너무나 중요한 일이다. 인생에 변혁을 가져다줄 정도로 큰일이다. 머리로 따라갈 수 없는 게 당연하다. 그런 감각이 확실해졌다.

"지금 이 순간, 마음이 여기에 있는 게 중요한 거네요?"

키라는 눈을 반짝이며 라오시를 응시했다.

"그라지, 그게 제일로 중요혀."

라오시는 고개를 끄덕이며 말을 이었다.

"이와 관련해서 또 하나 중요한 걸 알려 줄 거여."

키라와 리쿠는 등을 펴고 라오시의 말에 집중했다.

"자기 자신의 어떤 모습에도 오케이 사인을 내려야 한다 이 말이여."

"어떤 모습도요?"

리쿠가 이상하다는 듯 물었다.

"그려. 키라가 아까 톤비를 잃었을 때 말이여, 깊은 슬픔에 젖어 약해질 대로 약해진 너 자신에 대해 그걸 인정하고 받아들이기로 했지? 자기가 어떤 모습이더라도 인정하고 받아들여야 한다 이 말이여."

"어떤 모습이라면 심술이 잔뜩 나거나 했을 때도요?"

리쿠가 물었다.

"그라재."

"겁쟁이일 때도요?"

키라도 당혹스럽다는 말투로 물었다.

라오시의 말대로 톤비가 죽었을 때 슬픔으로 폭발할 것 같았던 자기 자신을 인정하고 받아들였다. 하지만 심술로 가득 차 있을 때나 질투할 때, 겁을 잔뜩 먹거나 화가 날 때 그 모습을 그대로 인정하고 받아들이기는 어려울 것 같았다. 그런데 그렇게 하면 뭐가 달라지는데?

"그렇게 하면 인간으로서 제대로 성장하지 못하잖아요."

리쿠가 키라의 마음을 대변이라도 하듯 대답했다.

"아녀, 그 반대여. 자신의 어떤 모습이든 긍정할 때 기적이 일어나는 거여."

"싫은 모습까지 모두 긍정하라니⋯⋯."

그게 어떻게 가능하냐는 듯 리쿠가 어깨를 으쓱했다.

"자신의 어떤 모습도 다 괜찮다는 사실을 깨달아라 그 말이여."

"어떻게 그런 생각을 해요?"

키라도 거들었다.

"생각하기 어려우면 자신의 어떤 모습도 멋있는 척해 보는 거여. 그 정도만 해도 괜찮아."

"기적이라니⋯⋯ 어떤 일이 일어나는데요?"

불신감에 찬 눈으로 리쿠가 물었다.

"고것은 말로 표현 못할 정도로 많은 기적이 일어나재. 그렇지만 지금은 말 안 할 겨. 왜냐하면 느그들한테 선입관을 심어 줄까봐 그려. 경험은 하얀 백지 상태에서 하는 게 좋으니께. 어쨌든 지금부터는 자신의 어떤 모습이라도, 아무리 싫고 짜증 나는 모습이라도 긍정적으로 생각하는 거여."

라오시는 평소와 달리 강한 어조로 말했다.

"목표나 꿈을 향해 행동하는 것은 엄청 중요한 일이여. 하지만 무엇을 하느냐보다 중요한 것은 어떤 마음가짐으로 하냐 그것이여. 'Do'보다 'Be'에 의식을 집중하는 것이지. '나는 안 돼' 하는 전제를 깔고 시도하는 것과 '나는 할 수 있다'라고 믿고 도전하는 것은 결과가 완전 다르재. 현실은 모두 느그들이 자기 자신에 대해 가지고 있는 생각이 바탕이 되어 나타나는 것이라 했잖여. 모든 것을 긍정한 다음에 좋아하는 일에 전념하는 것이여. 그러면 두꺼운 구름 속에 파묻혀 있던 자신의 틀에서 뿅! 튀어나올 수 있어. 그 틀 밖으로 나오면 꿈이 저쪽에서 나를 향해 나타나는 것이여. 꿈을 쫓는 것이 아니라 꿈의 초대를 받는 것이재. 그렇게 되면 상상을 뛰어넘는 기적이 일어나기 시작할 것이여."

라오시는 두 사람을 가만히 응시했다. 눈을 통해 라오시의 심오한 지혜가 주입되기를 바라는 사람처럼. 라오시의 눈빛에는 두 사람을 향한 간절한 마음이 담겨 있었다.

"젊은이여, 꿈의 문은 의지가 있는 자들에게만 열리는 법!"

라오시는 이 말을 남기고 또다시 사라졌다.

키라는 리쿠에게 잠깐 생각할 시간을 달라고 부탁했다.

라오시의 이번 가르침이 지금까지 배운 그 어떤 가르침보다 중요하다는 직감이 들었다. 그것을 내 안에 받아들이고 이식시키기 위해서는 혼자만의 공간이 필요했다.

키라는 다시 명상에 돌입했다. 호흡에 집중하려고 했지만 잘되지 않았다. 자꾸만 머리 색깔이 마음의 동요를 일으켰다. 파란색 머리를 긍정하라고? 생각만으로도 몸이 떨렸다. 인류 전체를 적으로 만드는 것보다 더 무섭고 두려운 일이다.

'내 머리색이 파란 걸 알면 리쿠가 어떤 반응을 보일까……'

다른 사람은? 우리 동네에서 살지 못하게 될지도 몰라. 전염되는 것 아니냐는 소문이 돌아 감옥처럼 생긴 병원에 격리되는 건 아닐까? 두려움에 안절부절못하는 나도 오케이 하고 인정하란 말인가? 생각하면 할수록 두려움은 더욱 증폭되기만 했다.

"용기다. 생각을 바꾸는 것도, 행동을 일으키는 것도, 필요한 것은 너의 용기. 그건 아무도 해 줄 수 없는 일이다. 너 자신만이 할 수 있는 일이다. 스스로 가장 강력한 내 편, 나만의 응원단이 되어 너를 긍정하라."

지금까지 들어 보지 못한 긴 메시지가 인스피레이션으로 들려왔다. 키라는 "휴!" 깊게 숨을 내쉬었다.

이번 모험에서 경험한 일들을 하나하나 떠올려 보았다.

타마스에게 성궤를 빼앗기면 암흑의 세상이 된다는 사실을 알고 자기도 모르게 용사가 되겠다고 선언한 일.

죽음의 연못에서 엄마를 보고 다시 마음을 다잡고 일어선 일.

가방을 타고 망고를 던지며 타마스와 격투를 벌인 일.

도마뱀 인간들에게 달려들어 에리카를 구한 일.

리쿠를 질투하는 자기 내면과 대면하기도 했다. 어떤 경험이든 해 보기 전에는 내가 할 수 있을 거라고 단 한 번도 생각해 보지 못했었다.

너무 무서웠지만 눈을 질끈 감고 골짜기 아래로 떨어진 일도 있었다. 하지만 막상 해 보니 별것 아니었다.

행동으로 옮기기 전이 가장 무섭다. '시험받고 있는지도 모른다, 죽을지도 모른다'는 생각이 공포심을 자극해 정말로 이 모험에 도전할 의사가 있는지 시험한 것이다.

필요한 것은 용기, 그것뿐이다. 미지의 스테이지로 점프해 나아갈 것인가 말 것인가 하는 의지뿐인 것이다.

키라는 눈을 뜨고 그 누구가가 아닌 ㅅㅅ로에게 선언했다.

"나는 나를, 내 모습 그대로를 인정하고 받아들인다. 나는 훌륭하고 멋진 사람이다. 나는 나를 무한대로 사랑한다."

숲을 정찰하고 돌아온 리쿠가 놀라서 키라를 쳐다보았다. 거기에는 지금까지 본 적 없는 강인한 모습의 키라가 있었다.

순간 리쿠의 눈이 휘둥그레졌다. 키라의 머리칼이 점점 파란색으로 변해 가고 있다. 너무 파래서 새파란 하늘에 녹아 버릴 정도라고 생각했다.

"키라…… 머리가……!"

경악하는 리쿠의 모습을 보고 키라는 머리색이 파랗게 변한 것을 알았다.

"내 머리는 태어날 때부터 이 색이었어…… 나…… 진짜 이상 하지……?"

리쿠가 싫어할지도 모른다는 걷잡을 수 없는 불안과 두려움을 걷어차듯 리쿠는 "하하하!" 웃음을 터뜨렸다.

그렇게 이상한가…… 역시 그렇구나……. 벌써 6년이나 머리를 염색해 왔다. 원래의 파란색 머리가 어떻게 변해 있는지 키라 자신도 알지 못한다.

"뭔 소리야! 엄청 멋있구만!"

리쿠가 키라의 어깨를 툭 쳤다.

"왜 지금까지 감춘 건데?"

키라는 생각지도 못한 리쿠의 리액션, 예상을 완전히 뒤집는 반응이 너무 어리둥절해서 어떻게 대답해야 할지 몰라 당황스러웠다. 그러나 이제 더 이상 스스로에게 거짓말을 하고 싶지 않다는 강렬한 의지가 샘솟았다.

겁쟁이에다가 아무것도 할 줄 모르던 나를 벗어던지고 나를 긍정하자!

키라는 끼고 있던 콘택트렌즈도 빼 버렸다. 그러자 본래의 맑고 투명한 파란 눈으로 돌아왔다.

리쿠는 키라의 눈동자를 가만히 응시했다. 그러더니 숨을 멈추었다.

"키라…… 진짜 대박……!"

파란 눈과 파란 머리. 리쿠, 이게 원래 내 모습이야.

키라는 가슴속 깊은 곳에서 감동이 밀려오는데 어떻게 표현해야 할지 몰라 그저 하늘을 향해 껑충 뛰어올랐다. 아아, 몸을 움직이지 않고는 참을 수가 없다. 지금까지 봉인되어 있던 힘이 한꺼번에 솟아올랐다. 키라는 뛰어오르면서 신나게 웃었다.

키라의 기쁨이 파동을 일으키며 리쿠에게 전해졌다. 리쿠도 함께 웃었다. 두 사람은 "하하하!" 웃으며 함께 뛰어올랐다.

키라는 충동처럼 밀려온 기쁨과 환희가 가라앉길 기다렸다가 입을 열었다.

"리쿠, 나는 세상에서 내가 제일 싫었어. 파란 머리 괴물, 나는 스스로를 가치 없는 인간이라고 단정 짓고 살았어. 나를 싫어했던 건 그 누구도 아닌 바로 나 자신이었어. 그런 내가 나를 싫어하는 제2의 나, 제3의 나를 계속 만들어 낸 거야. 내가 놀림당하고 버림받았던 것은, 내가 그런 취급을 받는 게 당연하고 가치 없는 인간이라고 생각했기 때문이었어."

리쿠는 키라가 단숨에 자기 생각을 말하는 모습을 지켜보았다. 그것은 지금까지 보지 못했던 모습이다.

"만약 내가 지금 이 모습 그대로의 나를 인정하면 누가 나를 싫어하든 말든 신경 쓰지 않아도 돼. 그건 그 사람의 문제고 그 사람이 해결할 일이지, 나와는 상관없는 일이라는 걸 알았어. 미움받을 게 무서워서 오그라들고 움츠리고 살았던 시간들이 믿기지 않을 정도야. 이렇게 자유로운 걸 왜 진작 이런 생각을 못했을까!"

키라는 바람을 타고 어디든 날아갈 수 있을 것 같은 기분이 들었다.

"리쿠, 나 스스로를 인정하고 좋아하는 건 행복하게 하루하루를 살 수 있는 가장 간단하면서도 강력한 방법인 것 같아!"

리쿠도 동감한다는 듯 소리를 질렀다.

"우리의 생각이 오늘을 만드는 거야!"

키라는 크게 고개를 끄덕였다.

"맞아! 나에겐 힘이 있어! 그렇게 생각하니 스스로에게 오케이 사인을 할 수 있게 되었어!"

"우아! 행복 특급 열차의 티켓을 받은 것 같아!"

"에리카에게도 알려 주자!"

그때 키라는 느닷없이 '학과 거북이 한가운데'라는 영감이 떠올랐다.

"학과 거북이가 뭐지?"

키라는 의미를 몰라 고개를 갸웃거렸다.

"학과 거북이?"

"응, '학과 거북이 한가운데'라는 인스피레이션이 떠올랐어."

"꼭 카고메카고메(*일본의 놀이 중 하나. 눈을 가리고 앉아 술래의 주위를 여러 명이 에워싸고 노래를 부르면서 돌다가 노래가 끝나는 순간 멈춰 선다. 이때 술래는 본인의 등 뒤에 있는 사람이 누구인지 알아맞혀야 한다.) 같은데?"

근심스러운 얼굴로 생각에 잠겨 있던 리쿠가 문득 산등성이 경사면을 손가락으로 가리키더니 소리를 질렀다.

"저거다!"

키라도 산등성이를 올려다보았다. 호수 쪽 산등성이 경사면에 학 모양을 한 바위와 거북이 모양을 한 바위가 나란히 붙어 있는 게 보였다.

"저 두 바위 사이에 성궤가 숨겨져 있단 뜻이야!"

두 사람은 바위를 향해 달려가기 시작했다. 바위 근처에 다다라서 리쿠가 학 바위와 거북 바위 사이의 거리를 대강 재더니 그 한가운데에 서서 외쳤다.

"우리는 아직 스톤을 다섯 개밖에 가지고 있지 않잖아. 일곱 개를 다 모으지 않으면 성궤를 열 수 있는 자격이 생기지 않는다고 라오시가 그랬지?"

키라는 고개를 끄덕였다. 이곳을 파서 만약 성궤가 나온다 해도 지금으로서는 열 수 있는 방법이 없다.

"어쩌지?"

리쿠가 걱정스러운 얼굴로 물었다. 땅을 파는 동안 어쩌면 스톤이 내려올지도 모른다는 생각이 든 키라는 일단 땅을 파자고 제안했다.

성궤가 얼마나 깊이 묻혀 있는지 전혀 감이 잡히지 않았다. 늦게까지 작업하면 나올 거라는 확신도 없다. 지금으로써는 일단 행동으로 옮기는 것 말고는 다른 방도가 없었다.

그런데 두 사람에게는 땅을 팔 도구가 없었다.

키라는 스케치북을 펼친 뒤 가볍고 견고하면서도 사용하기 쉬운 삽을 든 자기 모습을 그렸다. 이 상황에서 원하는 물건이 떡하니 나타날 것이라는 자신은 없었지만 할 수 있는 건 뭐든 해 볼 수밖에 없었다.

그런 다음 두 사람은 열심히 땅을 파기 시작했다. 지반이 너무 단단해서 맨손으로 땅을 파기란 여간 어려운 일이 아니었다. 포기하고 싶은 마음을 다잡고 서로를 격려하면서 땅 파는 작업에 몰두했다.

그때 문득 정신을 차리고 보니 두 사람의 발밑에 키라가 그린 그림과 똑같이 생긴 삽이 두 개 놓여 있는 게 아닌가?

"헉, 대박!"

리쿠가 감탄하며 소리를 지르는 그 순간이었다. 어느새 두 사람은 도마뱀 인간들에게 포위되어 있었다. 도마뱀 인간도 똑같은 삽을 들고 있다.

"이거 어쩌지, 우리 것에 더해서 도마뱀 인간들 것까지 출현시켰나 봐."

키라도 순간 긴장하지 않을 수 없었다. 두 사람은 수십, 아니 수백에 달하는 도마뱀 인간들에게 완전히 포위당했다. 재빨리 가방에 타려고 했지만 그마저 빼앗기고 말았다. 리쿠의 배트도 빼앗긴 상태다.

도마뱀 인간들은 마치 군대처럼 양 갈래로 나뉘어져 길을 만들었다. 그러자 그 뒤에서 검은색 망토와 흰색 가면을 쓴 타마스가 모습을 드러냈다. 키라와 리쿠는 타마스와 대치하듯 서 있었다.

"에리카는 어디에 있는 거야?"

타마스는 아무 말 없이 들고 있던 무엇인가를 두 사람에게 보여 주었다. 키라와 리쿠는 충격을 받았다. 그것은 다름 아닌 에리카가 소중히 여기던 드론의 컨트롤러였기 때문이었다.

예상대로 타마스가 에리카를 납치한 것이다.

"에리카는 무사한 거지?"

리쿠는 다그치듯 물었다.

"아직은 그렇지."

타마스가 낮고 음흉한 목소리로 대답했다. 가면 아래에서 울리는, 아무 감정 없는 목소리에 키라는 소름이 돋았다.

타마스가 무슨 짓을 할지 아무도 몰라……. 인간의 감정을 잃어버린 자는 눈 한 번 깜짝하지 않고 잔혹한 짓을 일삼는다.

"에리카를 돌려보내."

키라가 한 발 나아가며 말했다. 타마스는 화가 난듯 고개를 들더니 키라를 향해 총구를 겨누었다.

키라는 너무 무서워서 이가 덜덜 떨렸다. 그래서 일부러 앞으로 나간 것이다. 여기서 도망치면 안 된다. 그것은 스스로의 잠재의식에 '나는 겁쟁이'라는 인식을 심어 주는 일이 되기 때문이다. 그러면 또다시 겁쟁이가 된 자신이 현실로 나타날까 봐 두려웠다. 언제까지나 끝없이 이어지는 회전목마. 어느 시점에선가는 겁쟁이 사이클에서 벗어나야만 한다. 키라는 이를 악물고 타마스를 노려보았다.

타마스는 마치 저승사자 같은 목소리로 말을 이었다.

"스톤을 내놔. 스톤의 주인은 바로 나다. 이건 명령이야!"

"거절한다면?"

리쿠가 어깨를 으쓱거렸다.

"에리카를 죽이겠다."

타마스가 한 치의 망설임도 없이 냉혹한 목소리로 대답했다. 키라는 동요했지만 필사적으로 태연함을 가장하며 타마스를 노려보았다.

"에리카는 지금 어디에 있냐고!"

"스톤을 먼저 내놔."

타마스가 대답했다.

"에리카가 무사하다는 것이 확인될 때까지 우리는 협상을 하지 않겠다."

리쿠가 강한 어조로 말했다. 타마스는 입맛을 다시고는 드론 컨트롤러를 조작했다.

드론이 하늘에서 날아오더니 타마스의 발아래에 착지했다. 타마스는 드론에 탑재된 카메라를 키라에게 던졌다.

카메라를 재생하니 에리카의 모습이 보였다. 에리카는 나무 기둥에 결박당한 채 고통을 호소하고 있었다.

"도와줘! 키라! 리쿠……!"

에리카가 울부짖으며 도움을 요청하고 있다.

"에리카……!"

키라와 리쿠는 잠시 말을 잃었다.

'어떻게 해야 할까⋯⋯!'

키라는 분노가 치밀어 올라 자기도 모르게 주먹을 불끈 쥐었다. 키라에게서 두려움이 사라졌다. 에리카의 모습을 보고 그녀를 구해야겠다는 신념이 두려움을 이긴 것이다. 비열한 수단으로 공격하는 타마스에 대한 분노가 극에 달했다. 그것은 리쿠도 마찬가지였다.

"스톤을 넘겨주면 너희들도, 에리카도 해방시켜 주겠다."

타마스는 으름장을 놓았다.

"그걸 어떻게 믿어!"

리쿠가 분노에 가득 찬 목소리로 외쳤다. 키라도 리쿠와 같은 생각이었다.

"지금 당장 에리카를 데리고 와! 그러면 믿어 주지."

타마스의 입가에 잔인한 미소가 번졌다.

"뭔가 착각하고 있는 모양인데, 너희들에게는 선택권이 없다. 내 말을 듣지 않는다면 에리카가 죽는 일만 남는 것이다."

타마스가 턱으로 신호를 보냈다. 그러자 도마뱀 인간 무리가 발길을 돌려 어딘가로 향했다.

"키라!"

리쿠가 비명에 가까운 소리로 외쳤다.

"리쿠⋯⋯."

키라는 리쿠와 시선을 교환하면서 머리를 흔들었다. 별다른 도리가 없었다. 리쿠는 키라가 주머니에서 네 개의 스톤을 꺼내는 것을 보고 말했다.

"그걸 타마스에게 건넸다가 타마스가 성궤를 차지하게 되면 어둠이 세계를 지배하게 된다고."

"나도 알아…… 하지만 에리카가 이대로 죽게 내버려 둘 수는 없어……."

"그건 나도 마찬가지야……."

리쿠도 주머니에서 스톤을 꺼냈다. 키라는 결심한 듯 말했다.

"끝까지 포기하지 않을 거야. 타마스 말에 따르는 것처럼 굴면서 방심하게 만들자고. 포기하지 않는 한 분명히 역전의 기회는 있을 거야."

"맞아, 야구도 그렇거든. 포기하기 전까지 게임은 결코 끝난 게 아니야."

"맞아……."

키라가 잠시 머뭇거렸다.

"왜 그래?"

"세상은 그렇게 간단히 어둠에 지배되지 않을 거야, 분명히. 일시적으로 그리된 것처럼 보일지도 모르지만, 그래도 이 세상에는 우리 엄마처럼 마음이 착한 사람도 많으니까. 톤비도 그렇고…… 리쿠, 너도 그렇잖아. 지금까지 나는 세상이 이렇게 따뜻한지 몰랐어. 이런 따뜻한 세상이 절대로 사라질 리 없어."

리쿠가 눈을 동그랗게 뜨고 감동한 듯 물었다.

"말주변 없던 키라는 어디로 간 거야?"

"말주변 없는 나에게도 오케이 사인을 내렸거든."

두 사람은 서로 농담을 주고받으며 용기를 북돋았다.

키라는 이런 때일수록 지나치게 심각해지지 않는 리쿠의 태도가 부럽고 좋았다. 분명 야구 시합을 하면서 난국에 부딪히면 부딪힐수록 힘을 빼고 릴랙스 하자면서 스스로 터득한 습관임에 틀림없다.

"마음의 결정은 하셨는지?"

타마스가 두 사람의 대화를 자르듯 음흉한 목소리로 물었다. 키라와 리쿠는 고개를 끄덕이며 타마스에게 스톤을 건네기 위해 앞으로 걸어갔다.

'스톤아, 우리를 인도해 준 것처럼 저들에게도 진실의 길을 인도해 줘.'

키라는 마음속으로 빌었다. 그리고 스톤을 건넸다.

타마스가 손을 뻗어 스톤을 넘겨받으려는 바로 그 순간…… 조용하던 호수가 갈라지더니 거대한 물체가 나타났다. 광풍이 몰아치며 거대한 물보라가 일었다. 그 바람에 도마뱀 인간들이 마구 넘어지고 엉덩방아를 찧었다. 너무 거대해서 전체 모습이 한눈에 들어오지 않을 정도였다.

엄청난 위력으로 물속에서 튀어 올라 하늘을 향해 솟아오르는 물체는 다름 아닌 거대한 용이었다.

헉! 머리가 무려 일곱 개나 되는 무시무시한 용이다. 그 순간 키라는 깨달았다. 뗏목을 타고 호수를 건너려 했을 때 수면 속에서 반짝반짝 빛나며 뱀처럼 보였던 물체는 바로 이 거대한 용이었던 것이다.

천하의 리쿠도 기겁을 하고 뒤로 물러섰다. 키라는 리쿠에게 달려가 도움을 청했다.

리쿠는 뒤로 물러섰던 게 부끄러웠는지 "이거, 진짜 장난 아니네. 도대체 어떻게 이런 일이 있냐고!" 하며 소리를 질렀다.

'정말 상상도 못한 일이다. 그건 그렇고 이 난국을 어떻게 헤쳐 나가지?'

앞에는 타마스가, 뒤에는 괴물 같은 용이 버티고 있다.

"저 용을 쓰러뜨리는 자는 용사가 될 자격이 있다."

타마스가 오른팔을 들어 올리며 선언하듯 말했다. 총을 들고 있던 도마뱀 인간들이 일제히 용을 향해 총격을 가하기 시작했다. 순간, 용은 몸을 크게 뒤로 젖히는가 싶더니 갑자기 입에서 거대한 불을 내뿜었다. 일곱 개의 머리에서 동시에 뿜어져 나오는 시뻘건 불기둥이 도마뱀 인간들을 저만치 날려 버렸다.

용의 눈동자 가운데 하나가 붉은빛을 띠었다. 그러고는 용이 갑자기 타마스의 가면을 향해 불을 내뿜었다. 타마스는 학 바위 뒤로 숨으려고 몸을 피했지만 불기둥은 그대로 타마스의 가면을 녹여 버렸다.

가면 아래로 드러난 얼굴을 본 순간, 두 사람은 벌어진 입을 다물 수 없었다.

얼음처럼 창백하고 차가운 그 얼굴은 분명히 에리카였다. 두 사람을 매료시킨, 친절하기 그지없는 웃음 가득한 얼굴이 아니라 감히 누구도 곁에 두지 않겠다는 차갑고 딱딱한 표정이었다. 그 모습은 마치 처음 보는 타인 같았다.

"에리카……? 네가 왜 타마스 흉내를 내고 있는 거야?"

리쿠가 놀란 눈으로 물었다.

"그게 아니야! 에리카가 타마스였던 거야!"

충격적인 확신이 키라의 몸을 휘감았다. 생각해 보니 딱딱 맞아떨어지는 일이 너무 많았다. 에리카와 두 사람이 동행하는 동안 타마스는 모습을 드러내지 않았다. 리쿠를 배신하라고 꼬드기기도 했다.

그리고 라오시! 분명 라오시는 타마스와 주파수가 너무 틀리기 때문에 같은 공간에 있을 수 없다고 했다. 라오시는 키라와 리쿠가 에리카와 함께 있을 때에는 한 번도 나타나지 않았다. 타마스는 에리카를 납치해 죽이겠다고 자작극을 벌여 두 사람을 유인한 것이다.

리쿠도 이번만큼은 농담을 할 수 없었다. 그만큼 두 사람이 받은 충격은 너무나 컸다. 믿고 있던 사람에게 배신을 당하다니. 날카로운 송곳으로 찌르는 듯한 통증이 키라의 가슴을 후벼 팠다.

"에리카, 너의 혼을 그 더러운 어둠의 세계에 판 거야?"

키라는 고통을 참으며 물었다. 두 사람은 타마스보다 에리카가 진실이라고 믿고 싶었다. 지금도 에리카가 "거짓말이야." 하고 말해 주길, 기도하는 심정으로 그녀의 대답을 기다렸다.

하지만 에리카는 냉혹한 얼굴로 단호하게 말했다.

"스톤을 내놓으라고! 성궤는 절대 너희들에게 넘겨줄 수 없어. 세상은 내가 지배한다."

그때였다. 용이 꼬리를 치켜드는가 싶더니 갑자기 거대한 굉음을 내며 땅을 내리쳤다. 미쳐 날뛰는 용은 키라와 리쿠까지 날려 버렸다.

나자빠진 도마뱀 인간들 일부는 불에 타고 일부는 '걸음아 날 살려라' 하고 도망가기에 바빴다. 에리카, 아니 타마스도 분한 얼굴로 그들의 뒤를 쫓아 도망갔다.

키라와 리쿠는 그 모습을 지켜보면서 저것이 에리카의 진짜 모습인가…… 견딜 수 없는 심정이 되었다.

나처럼 가난을 경험한 적이 있는 에리카. 부모에게 버림받고 그 빚까지 떠안았던 에리카.

에리카가 처음부터 어둠의 세계에 있었던 것은 아니지 않을까? 무정한 어른들의 잔혹함이 그녀를 어둠의 세계로 밀어낸 것은 아닐까?

도저히 어찌할 수 없는 심정이 되었을 때 키라의 입에서 비장한 외침이 흘러나왔다. 심장을 짜내는 듯한 슬픔의 외침이었다.

"이런 세상은 정말 싫어! 용사가 되어 누구나 행복하게 살 수 있는 평화롭고 따뜻한 세상을 만들겠어!"

키라는 결의를 다진 뒤 나뒹굴고 있던 가방에 올라타 하늘로 솟아울랐다. 그리고 배트가 놓인 곳으로 가서 배트를 집어 리쿠에게 던졌다.

"좋아."

리쿠가 말했다. 두 사람의 시선이 교차했다.

"간다!"

키라의 눈빛이 이렇게 말하고 있었다.

"응, 가야지!"

리쿠의 마음이 눈동자를 통해 전해져 왔다.

미친 용과의 전투는 성궤로 가는 등용문이다. 이 싸움은 성궤를 손에 넣기 위한, 피할 수 없는 관문이다.

두 사람은 이 싸움이 죽을 각오로 임해야 하는 처절한 싸움이 될 것을 알고 있었다. 키라는 목숨을 걸고 지켜야 할 것이 생겼다는 사실에 마음이 떨려 왔다.

살아 있어서 다행이야······.

처음으로 '살아 있다'는 실감이 온몸 구석구석에 전해지면서 충만함을 느꼈다.

인생의 가장 큰 보람은 지키고 싶은 것을 위해 목숨을 바칠 각오를 하는 것. 그것을 깨달은 순간, 리쿠도 같은 생각을 하고 있음을 눈빛만으로 알 수 있었다. 그런 친구 리쿠의 존재 자체가 키라에게는 너무나 큰 힘이 되었다.

죽음이 두렵지 않다고 느껴지자 겁쟁이의 모습은 더 이상 어디에도 없었다. 키라는 생각했다.

'어릴 적 에리카가 가졌던 마음을 지켜 주자. 어둠이 잠입하지 못하도록.'

착하고 예쁜 엄마를 지키겠어, 따뜻한 세상을 지키겠어. 이렇게 결심한 키라는 리쿠와 함께 용을 향해 나아갔다. 머리가 일곱 개 달린 용은 거대한 몸체를 비틀며 두 사람에게 다가왔다.

리쿠는 배트를 손에 쥐고 대항하려 했지만 직접 맞서지는 않았다. 키라와 리쿠는 가방을 발사시켜 하늘로 솟아올랐다. 두 사람을 향해 용이 거대한 머리를 뒤로 젖히며 용트림을 했다. 거센 바람이 불고 물보라가 일었다.

두 사람은 용의 뒤로 숨으며 시야에서 벗어나려고 했지만 일곱 개의 머리에 달린 열네 개의 눈이 사방팔방에서 두 사람을 에워싸 조금의 틈도 주지 않았다.

"눈이다."

미나모토의 메시지가 들려왔다.

"리쿠, 눈을 공격해! 눈이 급소야!"

리쿠는 가방을 조종해 용의 눈에 가까이 접근했다.

용이 거대한 입을 벌려 두 사람을 집어삼키려는 순간 부웅! 가방이 다시 날아올랐다. 리쿠는 그때를 놓치지 않고 배트로 용의 눈을 사정없이 찔렀다.

하지만 용은 꿈적도 하지 않았다. 오히려 사정없이 두 사람을 저지했다.

"앗!"

키라가 소리쳤다.

"리쿠, 지금 저건 환상이야. 진짜 머리는 일곱 개 중 하나밖에 없어. 그걸 찾아야 해!"

키라와 리쿠는 가방을 발사해 용의 머리 가까이 접근했다. 당장이라도 불을 내뿜을 것처럼 씩씩거리는 용. 만약 직격을 당하면 두 사람은 한 순간도 버티지 못하고 불길에 휩싸여 죽을 게 틀림없다.

다행히 용은 불을 내뿜지 않고 일곱 개의 머리를 앞뒤로 젖히며 두 사람의 동향을 살폈다.

'도대체 어떤 게 진짜일까?'

"차분해지자. 그리고 라이트 볼 속으로 들어가자."

두 사람은 라이트 볼을 떠올렸다. 키라는 눈을 감았다. 리쿠는 배트에 정신을 집중했다. 키라의 마음속 술렁거림이 사라지고 지금까지 체험해 본 적 없는 '고요함'이 밀려왔다.

그것은 그야말로 '무(無)' 그 자체였다.

그 순간 번뜩하고 떠오르는 것이 있었다. 키라는 일곱 개의 머리 가운데 하나를 가리켰다.

"저거야! 저게 진짜야!"

리쿠는 점프해서 키라가 가리키는 머리를 향해 배트를 휘둘렀다. 용도 이에 질세라 거대한 입을 벌려 불을 내뿜었다. 리쿠는 그 열기를 이기지 못하고 가방을 붙들고 있던 손을 놓치고 말았다.

"리쿠!"

키라는 전속력으로 리쿠를 따라갔다. 그리고 호수에 떨어지기 바로 직전에 극적으로 리쿠의 손을 붙잡았다.

"고마워!"

리쿠는 겨우겨우 가방에 올라타서는 다시 용의 진짜 눈을 향해 배트를 휘둘렀다.

그때였다. 키라는 용의 눈 깊숙한 곳에서 번뜩이는 무언가를 발견했다. 키라는 경악을 금치 못했다.

"리쿠! 멈춰! 멈춰야 해!"

용의 머리 쪽으로 다가가는 리쿠를 향해 키라가 소리치며 필사적으로 몸을 날리는 바람에 배트가 키라를 때리고 말았다.

"키라! 왜 그래?"

배트에 맞은 키라의 몸이 아래로 떨어지는 순간, 용이 기다란 목을 돌려 키라를 건져 올렸다. 마치 키라가 용의 등에 올라탄 모습이 되었다. 놀란 리쿠를 향해 키라가 얼굴을 들었다.

"리쿠! 이 용은 우리가 진짜 용사인지 아닌지 확인하는 거야! 성궤를 지키는 용이라고!"

키라가 이렇게 외치자 용의 가짜 머리 여섯 개가 홀연히 사라지고 진짜 머리만 남았다. 그리고 커다란 입을 열었다.

용의 입속에서 반짝거리던 감색 돌이 키라를 향해 날아왔다. 키라는 리쿠에게 스톤을 던져 보여 주었다.

'자아'라는 글자가 스톤 속에서 빛을 발하고 있었다.

키라는 '자아'를 버리고 '무'의 경지에 이르렀기 때문에 일곱 개 머리 가운데 진짜를 알아보았다. 그리고 용이 성궤를 지키는 신이며 용사의 편이라는 것도 알아챌 수 있었다. 여섯 번째 스톤에는 직감력을 키우고 결심한 바대로 신념을 가지고 나아갈 수 있는 능력이 있다.

이것으로 여섯 번째 스톤을 손에 넣었다. 이젠 남은 건 단 하나. 성궤가 바로 눈앞에 있다.

리쿠가 키라를 바라보았다.

용의 등에 타고 있는 파란 머리 소년. 용의 비늘과 키라의 파란 머리가 빛과 함께 어우러져 주변을 황금빛으로 물들였다.

어쩌면 키라는 용의 등 위에서 저런 모습으로 빛나기 위해 파란색 머리칼이라는 시련을 가지고 태어난 것은 아닐까? 리쿠는 문득 그런 생각이 들었다.

파란 머리의 키라. 이 세상 그 무엇과도 바꿀 수 없는 나의 소중한 친구.

하지만 아직 난관은 끝나지 않았다. 마지막 시련을 넘어야 한다. 라오시는 학 바위에 올라 멜론 빵을 핥으며 중얼거렸다.

"젊은이여, 동트기 직전이 가장 어두운 법. 보물을 손에 넣기 직전을 조심하라."

일곱 번째 스톤
'퍼플'

용은 키라를 학 바위와 거북 바위 사이에 내려놓고 다시 호수 속으로 사라졌다.

두 바위 사이를 계속 파 내려가던 키라와 리쿠의 손에 둔탁한 느낌이 전해졌다. 둘은 드디어 성궤를 찾았다고 흥분했다.

하지만 마저 파 보았더니 그것은 그냥 큰 돌덩어리였다. 실망해서 어깨를 떨구는 리쿠에게 키라가 무언가를 가리키며 소리를 질렀다.

"이것 좀 봐!"

돌덩어리에는 영어로 무언가 쓰여 있었다.

'Arinoto over'

"아리노토 오버…… 이게 뭐지?"

고개를 갸우뚱거리던 리쿠가 결국 본심이 숨기지 못하고 중얼거렸다.

"에리카가 있었으면 알았을 텐데."

키라의 얼굴이 슬픔으로 일그러졌다. 키라는 하늘을 올려다보았다. 거기에는 푸른 바다처럼 투명한 푸르른 하늘이 있었다. 평화 그 자체로 보이는 하늘 아래에서 전쟁을 벌이고 싸우고 서로 죽이는 사람들이 있다. 뿔뿔이 '분리'되었기 때문이다.

'미나모토 님, 우리는 원래 '하나'였는데 왜 '분리 게임'으로 이렇게 흩어져야만 했나요? '하나'라면 선과 악, 빛과 어둠 같은 분리도 없었을 텐데요.'

키라의 의문은 '하나'로 돌아가고 싶다는 간절한 바람으로 바뀌었다. 리쿠가 키라의 상념을 깨듯 말했다.

"'아리노토와타리'다!"

"응?"

키라는 리쿠를 쳐다보았다.

"'Arinoto over'의 의미 말이야! 나가노로 가족 여행을 갔을 때 토가쿠시야마에 있다는 말을 들은 기억이 나. 아리노토와타리란 너무 좁아서 개미도 일렬도 지나가지 못한다는 의미로 붙은 이름이야. 이 산에도 아리노토와타리가 있다는 뜻이 분명해!"

"그런데 거길 어떻게 찾아?"

"정상에 올라가서 보면 보일지도 몰라……."

"이 산을 오른다고?"

키라는 절벽처럼 깎인 산을 올려다보았다. 장비도 없이 오르는 건 너무 위험하다.

"무슨 걱정을 해. 우리한테는 최강의 무기가 있는데!"

리쿠가 눈짓으로 가방을 가리켰다. 앗! 키라도 좋은 생각이라는 듯 웃었다. 가방을 타고 상공에서 아리노토와타리를 찾으면 되잖아!

두 사람은 가방을 발사시켜 정상 근처까지 올라갔다. 그리고 아래를 내려다보았다. 하지만 깎아지른 듯 좁은 길은 어디에도 보이지 않았다.

어찌된 일일까 곰곰이 생각하는 두 사람 앞에 부드러운 핑크색 빛이 나타났다.

"리쿠, 핑크색 빛이 보여?"

"응."

핑크색 빛이 두 사람을 인도해 주는 것처럼 느껴졌다.

"이 빛을 쫓아가면 두근거릴까?"

"응, 그럴 것 같아. 키라, 너는?"

"당연히 가슴이 뛰지!"

두 사람은 가방을 조종해 핑크색 빛을 쫓았다. 빛은 호수면과는 전혀 반대쪽인 산중턱에서 멈췄다. 그러자 양옆으로 급경사의 좁디좁은 길 하나가 나타났다. 길이라고 하기에도 뭐한, 사람 다리 하나가 겨우 들어갈 만한 폭밖에 되지 않는 좁은 틈새였다. 틈새를 통해 중간쯤 갔을 때 핑크색 빛은 사라졌다.

"여기다."

키라와 리쿠는 신중하게 지면에 발을 디뎠다. 그것은 바위 능선으로 이루어진 아리노토와타리였다. 너무 험난해서 한 발이라도 잘못 디뎠다가는 그대로 곤두박질칠 게 틀림없다. 나무 하나, 풀 한 포기 없는 바위 표면은 위험 그 자체여서 골짜기 아래로 떨어지기 딱 십상이었다.

"도대체 이런 곳 어디에 성궤가 있다는 거야?"

리쿠가 의아하다는 듯 물었다. 두리번두리번 주의를 살피는 키라의 눈에 검은색 물체가 가로질러 지나가는 것이 보였다.

"저건…… 드론이야! 타마스에게 미행당하고 있어!"

키라가 소리를 질렀다. 그때였다. 타마스가 도마뱀 인간들을 대동하고 나타났다.

"생포해."

타마스가 명령을 내리자 식칼을 든 도마뱀 인간들이 두 사람을 쫓아왔다. 리쿠는 키라를 등 뒤에 감추고 배트를 꺼내 들었다. 도마뱀 인간들의 식칼 습격에 맞서 배트를 휘둘렀다. 균형을 잃은 도마뱀 인간들은 골짜기 아래로 떨어졌다. 균형 감각은 키라와 리쿠가 월등히 뛰어났다. 몸집이 작은 두 사람에게 아리노토와타리에서의 싸움은 유리했다. 하지만 도마뱀 인간들은 끊임없이 나타나 공격을 멈추지 않았다. 수십 명이나 되는 도마뱀 인간들이 열을 지어 나타났다. 리쿠가 점점 지쳐 가고 있음을 눈치챈 키라는 가방을 분사시키며 리쿠에게 "잡아!" 하고 외쳤다.

상공으로 솟은 두 사람을 보고 타마스가 분노를 폭발시켰다.

"더 이상 용서하지 않겠다! 죽여!"

타마스의 명령에 총을 든 도마뱀 인간 십여 명이 일제히 두 사람을 향해 총을 쏘기 시작했다. 키라는 가방을 아래위로 조종하며 혼신의 힘을 다해 총알을 피했다. 그러나 총알 하나가 키라의 뺨을 스치면서 피가 흘렀다. 선홍색 피가 바람에 날려 흩어졌다.

그 모습을 본 리쿠는 욕을 퍼부었다.

"뭐 하는 짓이야! 생포한다면서! 더 이상 못 참겠어! 키라, 속도를 높여서 타마스 쪽으로 내려가 줘. 그 속도를 이용해 내가 타마스의 머리를 배트로 깨부수고 올 테니까. 타마스가 없어지면 도마뱀 인간들도 도망갈 테지."

키라는 대답을 하지 못했다.

"키라, 왜 그래?"

"아무리 생각해도 에리카가 적으로 느껴지질 않아……."

"에리카라고 생각하니까 그렇지. 저건 에리카가 아니야. 타마스라는 어둠의 장군이라고. 악으로 세상을 지배하려는 나쁜 놈이라고!"

"악마도 '하나'에서 분리되어 나타난 거잖아."

그렇게 말하던 키라는 내면으로부터 무언가 깨달았음을 직감했다. 마치 계속 추구하던 해답을 찾은 것처럼 말이다.

피웅! 총알이 날아들었다.

"키라! 지금 그런 말을 하고 있을 때가 아냐! 네가 못하면 내가 할 거야!"

리쿠는 화가 잔뜩 난 목소리로 말했다. 그런 리쿠의 분노를 가라앉히듯 키라가 차분한 목소리로 대답했다.

"리쿠, 타마스는 나하고 닮아 있어. 아니, 에리카는 타마스라는 거울에 비친 내 모습이야."

"그게 무슨 소리야?"

"타마스도 고뇌에서 태어났잖아. 가난 앞에서, 배신 앞에서, 고통 앞에서 어찌할 수 없어 태어난 거라고."

"그래서 뭐 어쩌라고!"

"부탁해, 리쿠. 타마스에게 분노의 화살을 겨누지 마. 타마스의 파워는 분노 앞에서 더 세지는 거야. 인간의 분노와 증오, 그런 것을 에너지 삼아 점점 더 강해진다고."

키라는 눈을 감았다.

"라이트 볼을 이미지 해. 나와 리쿠, 너의 라이트 볼이 겹쳐서 커질 때 타마스도 그 안에 집어넣는 거야."

키라의 말에 따라 리쿠도 눈을 감았다. 도마뱀 인간들의 공격은 한시도 멈추지 않고 계속 이어졌다.

"어, 이러면 안 되는데. 나는 간디가 아니야! 감독님한테 들은 이야기인데 간디 할아버지는 '주먹 쥔 손으로는 악수를 할 수 없다'고 했대."

리쿠는 투덜거리면서도 라이트 볼을 떠올렸다. 키라와 리쿠의 라이트 볼이 겹쳐지면서 커지자 그 안의 자기장도 강해지는 느낌이 들었다. 두 사람은 이미지 안에서 타마스를 라이트 볼 안에 집어넣었다.

키라가 중얼거렸다.

"타마스는 적이 아니야. 적은 내 안에 있어. 내 안의 사악과 욕망, 독기를 품은 마음, 그런 어두운 마음이 타마스로 나타난 것뿐이야."

총성이 그쳤다. 눈을 뜨자 타마스가 말했다.

"항복하겠나? 나도 너희를 죽이고 싶지 않다, 성궤를 손에 넣을 때까지는."

키라가 입을 열었다.

"에리카."

키라의 음성에 타마스가 뒤로 물러섰다. 리쿠도 놀라서 몸을 일으켰다. 마치 이 세상에 있는 모든 차가운 것, 단단한 것을 전부녹여 버릴 것만 같은 부드러운 음성이었다.

"나는 에리카가 아니야. 타마스라고!"

"타마스."

키라는 나지막이 타마스를 불렀다. 그리고 땅으로 내려와 타마스 앞에 섰다.

"왜 성궤를 손에 넣으려고 하지?"

"내가, 아니 내가 속한 조직이 세상을 지배하기 위해서다."

"세상을 지배해서 뭘 할 건데?"

"위선자들을 말살하는 거지. 돈을 버는 게 목적이면서 사회에 공헌하는 척하는 기업가들, 속으로는 국민을 생각대로 조종할 수 있는 바보라고 믿으면서 머리를 숙이는 정치인들, 애들은 말만 잘 들으면 그만이라고 여기면서 아이들의 권리 어쩌고 하는 어른들. 그렇게 겉과 속이 다른 인간들을 보면 구역질이 난다고."

"겉으로 보이는 얼굴 없이 속 얼굴만 있는 사회가 좋은 세상이라고 말하는 거야?"

리쿠가 물었다.

"자신의 욕망에만 충실히 따르며 사는 사회는 복잡하지 않지. 낭비도 없고 말이야. 존재 가치가 없는 무능한 인간들은 제쳐 두고, 선택된 유능한 인간들이 세상을 컨트롤하면 식량 부족 같은 문제도 해결할 수 있어."

"타마스, 무능한 인간은 이 세상에 아무도 없어. 누구나 그 사람만이 가진 재능을 가지고 태어나는 거야."

키라의 말에 타마스는 흥! 콧방귀를 뀌며 비웃었다.

"그런 사람이 세상 어디에 있는데? 모두 돈과 권력의 노예일 뿐이라고."

"그건 자신의 재능을 깨닫기 위해 노력하지 않기 때문이야! 그런 재능, 소울 비즈니스가 있다는 것을 모르기 때문이라고! 하지만 나는 누구나 그것을 깨달을 수 있다고 믿어!"

키라는 타마스의 마음을 움직이겠다는 일념으로 말을 이었다.

"참 어리석구만."

타마스가 대답했다.

"에리카를 키운 조직은, 우수한 인간은 타고나는 것이며 그렇게 선택받은 자들만이 세계를 이끌어 갈 권리가 있다고 믿는다."

"조직이라면, 너를 구해 준 사람들을 말하는 거야?"

"조직이 에리카를 구했어. 그들이 에리카의 능력을 키워 주고 살려 주었지."

타마스는 에리카를 마치 다른 인격체인 것처럼 말하고 있었지만 키라는 별로 개의치 않았다.

"부모님에게 버림받았을 때 에리카를 구해 준 건 그 조직뿐이었다는 말이구나. 그래서 그들의 말을 따라야 한다고 믿고 있어. 하지만 지금부터는 다른 삶을 살 수 있다고!"

타마스는 분노로 치를 떨었다.

"네가 뭘 안다고 그래! 너 같은 게 알 리가 없어! 믿었던 사람에게 배신당하고 혼자서 이국땅에 버려진 에리카의 마음을 어떻게 알아! 이 세상은 배신과 싸우고 경쟁에서 이긴 자만이 살아남는 암흑이라고!"

키라는 타마스의 눈을 가만히 쳐다보았다.

"나는 그렇게 생각하지 않아."

타마스는 무슨 말을 더하려고 드느냐는 눈빛으로 키라를 노려보았다. 키라는 더욱 강력한 어조로 말했다.

"에리카, 우리와 함께 돌아가자."

"어디로?"

타마스가 어깨를 으쓱이며 말했다.

"에리카가 돌아갈 곳은 어디에도 없어."

키라는 스케치북을 펼쳐 보여 주었다. 에리카와 리쿠, 키라 그리고 톤비가 빙수를 먹으면서 행복하게 웃고 있다.

"그게 뭐가 어쨌다고!"

타마스가 짜증 섞인 말투로 말했다.

"같이 빙수를 먹으러 가는 거야. 그리고 이번에는 절대 녹지 않도록 드라이아이스에 넣어서 할머니에게 가져다 드리는 거야."

"무슨 말을 하는 거야, 할머니는 벌써……."

"아니야, 아직 늦지 않았어. 에리카가 가져다주는 빙수를 기다리는 사람이 있어. 에리카가 웃음을 되찾아 주어야 하는 사람이 있어."

"에리카, 돌아가자! 우리와 함께 말이야!"

리쿠도 거들었다.

"에리카……."

키라의 음성은 북극의 얼음이라도 녹일 것처럼 따뜻했다.

"왜……?"

타마스의 목소리는 갈라지는 듯 탁했다.

"어떻게 그렇게까지 사람을 믿을 수 있지? 왜 나를 믿는 거야? 나는 너희들을 죽이려고 하는데……."

키라가 대답했다.

"눈앞에 있는 모든 사람이, 일어난 모든 일이 자기 자신의 거울이라는 것을 알았어. 너는 나의 일부야. 나는 내 속의 욕망과 못된 마음, 사악함, 연약함, 그 모든 것에 오케이 사인을 내렸어. 나의 어떤 모습도 용서할 거야. 그리고 너 에리카를, 타마스를 믿어."

타마스가 허물어지듯 무릎을 꿇었다. 가면을 벗으니 폭포처럼 눈물을 쏟아 내는 에리카가 모습을 드러냈다.

"에리카……."

키라가 외쳤다. 그 소리는 마치 '사랑해, 에리카' 하고 울리는 듯하다. 키라의 한 마디 한 마디가 에리카의 안으로 들어가 마음을 관통했다. 눈물은 멈출 줄 모르고 끊임없이 흘러내렸다.

"키라……."

"에리카!"

리쿠가 뛰어와 에리카의 어깨를 감싸 안았다. 도마뱀 인간들은 술렁거리며 앞다투어 도망갔다. 도마뱀 인간들이 도망가고 사라진 자리에 홀연히 라오시가 나타났다.

"내 눈앞에 나타나는 인물은 모두 자기 자신을 투영하는 거울이여. 짜증 나는 사람, 꼴 보기 싫은 사람과 맞닥뜨렸을 때야말로 잘려 나간 나 자신의 일부를 되찾을 수 있는 찬스라는 말이재. 해서는 안 되는 일을 하는 비겁한 사람, 해야 할 일을 하지 않는 게으르고 태만한 사람, 정의의 탈을 쓰고 다른 사람을 심판하는 위선자, 욕망에 가득 차 다른 사람을 속이고 사기를 치는 나쁜 사람, 부정하고 싶었지만 전부 자기 자신의 그림자를 보여 주는 것뿐이여. 용서는 최강의 힘이여. 상대방을 용서할 때 자신의 그런 부분도 용서받을 수 있는 거여. 그 반대도 마찬가지여. 스스로 맘에 들지 않는 부분을 용서하면 싫은 사람도 없어지는 거여. 그런 인격만큼 힘이 넘치는 것은 없재. 그런 사람이야말로 진정한 용사여."

라오시는 하늘을 올려다보았다. 키라와 리쿠, 에리카도 함께 하늘을 올려다보았다.

멀리 하늘은 저녁노을에 물들고 있었다. 노을 사이 구름 저편에서 영롱한 보라색 돌이 석양빛을 받아 반짝거리면서 키라 일행을 향해 날아왔다.

손안에 사뿐히 내려앉은 스톤에는 '비움(空)'이라는 글자가 새겨져 있었다. 키라가 손바닥을 펴서 리쿠와 에리카에게도 보여 주었다.

"하늘……?"

리쿠가 물었다.

"비움이란 의미잖아."

"비움이라……."

"인생의 주인공 자리를 되찾았다는 증거여. '주인공'을 불교의 선에서는 '자기 자신의 현재 모습'이라는 의미로 해석허지. 중국 당나라 시대에 서엄선사라는 고승이 계셨는데 말이여, 그 스님은 본인을 '주인공이여' 하고 부르고 본인이 '네' 하고 대답했다고 하드만. 늘 진정한 자아를 깨우치기 위해서 말이여."

"흠, 내가 주인공이라면 라오시는 저의 참모?"

"나는 당연히 내 인생의 주인공이재."

누구나 자기 인생의 주인공으로 살아야 한다. 그런 힘을 가지고 있다. 정말 멋진 일이 아닌가, 키라는 생각했다. 라오시가 말을 이었다.

"일곱 번째 퍼플 스톤은 신성한 에너지와 이어지는 힘을 길러 주는 것이여. 인생의 목적을 확실히 깨닫게 해 주는 것이재."

이제 스톤 일곱 개가 모두 모였다. 레드 스톤 '두려움', 오렌지 스톤 '외로움', 옐로 스톤 '분노', 그린 스톤 '질투', 소울 비즈니스가 있음을 알게 해 준 블루 스톤 '슬픔', 어떻게 존재해야 하는지를 가르쳐 준 네이비 스톤 '자아' 그리고 마지막으로 세계가 '거울'이라는 사실을 납득시켜 준 퍼플 스톤 '비움'.

그때 노을 저편에서 용이 날아오는 모습이 보였다. 키라와 리쿠는 눈을 크게 떴지만 동시에 어쩐지 그것이 미나모토가 보낸 전령임을 확신할 수 있었다.

"자, 이제 여기서 작별이여."

라오시가 말했다.

"네? 이제 더 이상 못 만나는 거예요?"

키라가 놀란 눈으로 물었다.

"용사가 되기까지 인도해 주는 것이 나의 역할이여. 나는 이제 내 임무를 거의 완수한 것 같다."

라오시는 두 사람의 모습을 눈에 새겨 넣겠다는 듯 한참을 쳐다보았다. 용이 두 사람 곁으로 다가왔다.

"저걸 타고 가거라."

라오시가 말했다. 키라와 리쿠는 눈물이 날 것 같았다. 라오시가 있어서 여기까지 올 수 있었다. 라오시가 아닌 다른 인도자였다면 여기까지 오지 못했을 것이다.

"라오시……."

감사의 마음을 말로 표현하려고 하자 여러 가지 생각이 떠올라 눈물을 참기 힘들었다. 그런 두 사람을 깨우듯 라오시도 눈을 비비며 말했다.

"빨리 가거라. 지금 울 때가 아녀."

"고마워요, 라오시."

키라와 리쿠는 라오시와 포옹했다. 라오시가 키라의 귀에 대고 속삭였다.

"매일 내가 멜론 빵 먹는 모습을 그려 주면 참으로 기쁘겠어."

키라는 "풉!" 고개를 끄덕였다.

"라저.(*roger, 무선통신에서 응답하는 말.)"

키라와 리쿠는 용의 등에 탄 뒤 에리카에게 손을 내밀었다. 하지만 에리카는 고개를 옆으로 저었다.

"지금의 나는 함께 갈 수 없어…… 빙수 가게에서 기다려 줘."

리쿠가 키라를 쳐다보았다. 키라는 고개를 끄덕였다.

"응, 그럼 먼저 가 있을게."

용은 두 사람을 태우고 하늘로 날아올랐다.

두 사람을 보내며 라오시가 말했다.

"젊은이여, 꿈을 이루어 주는 신은 바로 너의 용기다. 용기의 숫자만큼 꽃을 피운다는 사실을 기억하라."

용은 차원과 공간을 넘어 두 사람을 어디론가 데리고 가더니 신전처럼 생긴 곳에 두 사람을 내려 주었다. 그리고 용은 무슨 말인가 하려는 듯 키라를 가만히 쳐다보았다.

키라는 문득 그 눈빛을 어디선가 본 듯한 느낌을 받았지만 용은 키라의 시선을 피하더니 이내 하늘로 다시 올라갔다.

"고마워, 드래건!"

키라가 외쳤다. 리쿠도 "고마워!" 하며 손을 흔들었다.

신전은 모든 것이 투명한 크리스털로 이루어져 있었다. 바닥과 기둥 모두 매끈하고 반들반들한 크리스털로 반짝였다.

계단을 오르니 미코시(*제례나 축제 때 신을 모시는 일본식 가마.)와 똑같이 생긴 성궤가 위엄을 내뿜으며 놓여 있었다.

"이게 성궤인가……."

감동한 두 사람은 성궤를 이리저리 살펴보았다. 크리스털로 만들어진 사각형 모양의 상자를 아름다운 곡선 형태의 다리 네 개가 떠받치고 있다.

두 사람이 성궤 앞에 서자 일곱 개의 스톤이 주머니에서 빠져나왔다. 그리고 공중에서 일직선을 그리며 나란히 섰다. '레드, 오렌지, 옐로, 그린, 블루, 네이비, 퍼플' 각각의 스톤은 빙글빙글 돌면서 저마다의 빛을 뿜어냈다. 각각의 스톤은 저마다의 빛을 발하며 무지개를 만들었고 그 무지개는 스톤과 성궤 사이를 잇는 다리가 되어 주었다.

그리고 다음 순간, 마치 자동문처럼 성궤의 뚜껑이 스르륵 열렸다. 안을 들여다보니 검과 구슬 그리고 거울이 들어 있었다. 순간 두 사람은 주저했다. 검을 손에 넣어 소원을 이룰 수 있는 사람은 둘 중 하나뿐이다.

리쿠가 천천히 검을 들어 보였다. 크리스털로 만들어진 검이 성궤 밖으로 나오는 순간 눈부신 광채를 뿜어냈다.

리쿠는 키라에게 검을 건네주었다.

"키라, 이건 네가 가져. 너는 그럴 만한 자격이 있어."

"아니야, 리쿠가 가져."

"키라가 스톤을 여섯 개나 모았잖아. 용사는 키라, 너야. 평화롭고 따뜻한 세상을 만들 거잖아?"

키라는 고개를 저었다.

"리쿠, 너도 할 수 있어. 그리고 너는 빨리 어깨가 나아서 세계 대회에 나가야지."

"키라, 너야말로 엄마에게 반지를 되찾아 준다고 선언했잖아! 가난에서 벗어날 거라면서!"

"벗어날 거야."

키라의 어조는 조금도 흐트러짐이 없었다.

"나는 이제 내 힘으로 그렇게 할 수 있을 거라고 믿어. 원래 세상으로 돌아가면 엄마와 함께 소울 비즈니스를 찾을 거야. 원래 세상은 시차가 있어서 현실이 그렇게 쉽게 바뀌진 않겠지만 나 자신을 믿을 수 있다면 아무것도 두려울 게 없어."

"나도 마찬가지야. 어깨를 치료한 다음에 부모님을 설득할 거야. 의사는 되고 싶지 않다고, 내가 되고 싶은 건 야구 선수라고 말이야. 안 된다고 반대하시면 될 때까지 설득할 수 있는 힘을 키울 거야."

두 사람이 서로 검을 양보하면서 안 갖겠다고 실랑이를 벌이는 바로 그때였다. 갑자기 검이 두 개로 쪼개졌다.

"앗!"

어떻게 이런 일이! 갖은 고생을 겪으며 손에 넣은 검, 역사상 위대한 인물들이 그토록 손에 넣고자 했던 보물, 그것을 망가뜨리고 말았다. 두 사람은 너무 놀라 어찌할 바를 몰랐다.

그때였다.

둘로 쪼개져 나뉜 검의 모양이 두 개의 빛을 내뿜는 구체로 바뀌더니 키라와 리쿠, 두 사람의 몸으로 하나씩 들어갔다. 그리고 맥박이 요동치는 심장 위치에서 일곱 개의 광채를 발하기 시작했다. 마치 둘 다 용사의 자격이 있다고 인정하는 것 같았다.

"키라……."

"리쿠……."

두 사람은 그것이 자신들의 '생명' 그 자체라고 느끼고 서로의 이름을 불렀다. 어떻게 표현하면 좋을까?

"모든 게 오케이!"

어떤 거대한 힘에게 완전히 인정을 받고, 용서를 받고 다시 태어난 감각이랄까? '나'라는 '개인'은 녹아 없어지고 모든 것이 사라졌다. 아니, 아무것도 없는데 동시에 '모든 것'을 갖춘 그런 감각이었다. 그리고 지금까지 맛본 적 없는 절대적인 안도감이 밀려왔다. 한없는 기쁨, 한계가 느껴지지 않는 파워 속에 고요한 그 무엇이었다.

'하나'라는 건 이런 것일까?

"가지고 돌아가, 너희들에게 다 줄게."

미나모토의 목소리가 들려왔다. 일체의 분리감도 없는 그 속에서 메아리처럼 울려 퍼졌다.

"키라!"

리쿠가 놀란 얼굴로 키라를 쳐다보았다. 리쿠에게도 그 소리가 들린 것이다.

키라의 마음속에서 거대한 무언가가 작렬했다. 그것은 '깨달음'이라고 하기에는 너무 폭발적인 충격이었다.

"아아, 리쿠…… 이건 특별한 힘이 아니야. 누구나 바라기만 하면 손에 넣을 수 있는 힘이야. 그리고 우리는 이걸 모두에게 알려야 해. 우리의 표현을 통해서 말이야."

리쿠도 알았다는 듯 힘차게 고개를 끄덕였다.

"우리는 조화 속에서 우리 인생을 만들어 나갈 수 있어."

"맞아, 우리에게 힘이 있다는 걸 떠올리면 말이야. 그리고 그 힘은 이미 우리 안에 있었어. 우리에게 '생명'이 주어진 바로 그 순간부터 한 번도 우리와 분리된 적은 없었어."

두 사람은 감동을 넘어선, 깊은 마음의 울림 속에서 한참을 그대로 서 있었다. 그리고 그 울림은 일부러 전파하지 않아도, 일곱 빛깔 광채를 가슴에 품은 자들과 접촉하는 것만으로 세계에 널리 퍼진다는 것을 알았다.

여태껏 전혀 경험해 보지 못한 '깨달음'이 일어나는 순간이다. 성궤의 뚜껑을 여는 일은 그런 것이었다.

키라와 리쿠는 성궤 속에 남아 있는 구슬과 거울에 눈길을 돌렸다. 거울은 직경 20센티미터 정도의 손거울이었고 구슬은 직경 30센티미터 정도 되었다. 둘 다 크리스털로 만들어져 있었다.

키라는 거울을 꺼내어 리쿠에게 건넸다. 리쿠가 얼굴을 비추니 거울 속에서 빙글빙글 돌며 움직이는 만화경처럼 에너지 파동이 일었다. 그러더니 리쿠의 어깨 통증이 사라졌다.

"아아……."

놀란 리쿠는 셔츠를 벗었다. 종양으로 크게 부어 있던 어깨 환부가 깨끗이 나았다. 리쿠는 씽씽 어깨를 돌려 보았다. 그러더니 울음이 터질 것 같은 얼굴로 말했다.

"나 이러다가 메이저리그에 스카우트되어 가는 것 아닐까?"

리쿠는 눈물을 참으며 억지웃음을 지었다.

"당연하지. 나는 진작 알고 있었는데."

키라가 맞장구를 쳤다. 농담이라도 하지 않으면 둘 다 엉엉 울어 버릴 것만 같았다. 두 사람은 주먹을 불끈 쥐더니 서로의 팔을 겹쳤다.

"이번엔 키라, 네 차례야."

리쿠는 키라가 구슬을 잡는 모습을 가만히 지켜보았다. 키라가 구슬을 들어 올렸다. 구슬은 생각보다 무거웠다.

"구슬은 역사를 다시 보여 준다고 했어. 구슬을 가진 자가 가장 보고 싶어 하는 과거나 미래의 한 장면을 말이야."

키라는 에리카의 말을 떠올렸다.

"내가 보고 싶은 과거의 한 장면이라면……."

키라는 주저했다. 과거의 진실을 알고자 하는 것은 판도라의 상자를 여는 것과 같다. 감춰진 진실을 아는 것이 인류에게 과연 좋을까? 나는 정말 알고 싶은 걸까?

내가 알고 싶은 일. 키라는 고심 끝에 얼굴을 들고 결심한 듯 외쳤다.

"아빠…… 우리 아빠가 지금 어디에 있는지, 아빠가 어떻게 살고 있는지 보여 주세요."

구슬은 마치 사고하는 생물체처럼 한순간 빛을 발했다. 그리고 그 안에서 한 군인이 나타났다. 장소는 먼 이국임에 틀림없다. 군인의 얼굴이 크게 클로즈업되었다.

"아빠다……."

그리웠던 아빠를 보니 키라의 가슴이 벅차올랐다.

쿵! 엄청난 굉음을 내며 땅이 흔들리더니 그 충격으로 아빠와 수십 명의 군인이 저쪽으로 나가떨어졌다. 폭탄이 터진 것이다. 모래 폭풍과 뿌연 먼지 속에서 아빠가 신음을 흘리며 다시 모습을 드러냈다.

그 모습을 보고 키라는 숨을 쉴 수가 없었다. 아빠는 전신이 피투성이였고 오른팔이 잘려 나가 보이지 않았다.

그러더니 갑자기 장면이 바뀌었다. 미군 병원 침대에 아빠가 앉아 있고 그 옆에 안경을 쓴 양복 차림의 남자가 보였다.

"이혼하는 것으로 진행해 줘. 나는 이제 일본으로 돌아가지 않을 거야……."

아빠가 한숨을 토하듯 말했다. 남자는 알았다며 서류를 들고 나가 버렸다. 두 사람은 영어로 대화를 했는데 어쩐 일인지 키라는 그 말들을 이해할 수 있었다.

이래서 아빠가 엄마와 나를 두고 떠난 거구나……. 키라는 뜨겁게 달궈진 쇠젓가락으로 등을 관통당하는 듯한 아픔을 느꼈다.

다시 장면이 바뀌더니 이번에는 성궤의 숲이 나타났다.

평상복 차림의 아빠가 학 바위와 거북 바위 사이를 열심히 파고 있는 모습이 보였다. 아빠는 왼손으로만 땅을 파고 있었다. 아빠도 이곳에 왔었단 말인가?

용사가 되기 위해서?

키라는 놀란 눈으로 그 모습을 지켜보았다. 그때 갑자기 호수가 갈라지더니 용이 나타나 아빠를 덮쳤다. 아빠는 예리하게 날이 선 일본도를 휘두르며 용과 맞섰다.

아빠는 일곱 개의 머리가 내뿜는 불길 공격을 피하며 용의 머리를 하나씩 내리쳤다. 정말 처절한 사투였다. 아빠는 환영만 있는 머리 여섯 개를 다 잘라 버린 후 마지막 남은 머리의 두 눈을 공격했다.

용은 이제껏 한 번도 들어 본 적 없는 기괴하고 요상한 소리를 내며 쓰러졌다. 아빠가 용을 쓰러뜨린 것이다. 하지만 그 순간 아빠는 알아차렸다. 그 용은 상대방이 용사가 될 자격이 있는 자인지 아닌지를 가늠하기 위해 공격하는 것일 뿐, 결코 죽여서는 안 된다는 사실을. 그로 인해 아빠는 용사가 될 자격을 영원히 상실하고 말았다. 절망에 빠져 엎드려 울던 아빠가 다시 고개를 들고 외쳤다.

"미나모토여, 나를 당신의 부하로 삼아 주소서. 나를 당신의 의지를 나타내는 존재로 삼아 주소서."

울부짖는 아빠 앞에 라오시가 나타났다.

"너는 대체 무엇이 하고 싶은 거여? 잃어버린 팔을 되찾고 싶은 거?"

아빠는 허탈하게 웃었다.

"이깟 팔 한두 개쯤은 내가 되찾고 싶은 것과 바꿀 수 있다면 얼마든지 내어 주겠습니다."

"되찾고 싶은 게 뭔디?"

"나는…… 목숨을 걸고 지켜 주고 싶었던 가족들에게 상처를 준 채 그들을 버렸어요……."

"그게 뭔디?"

"내 아내와 아들…… 파란색 머리를 가진 아들을 도저히 받아들이지 못하고⋯⋯ 팔을 잃고 자포자기 심정으로 살면서⋯⋯ 비로소 깨달았습니다. 나도 '평범'한 사람이 아니게 되면서 깨달은 겁니다. 그 아이가 나에게 얼마나 소중한 존재였는지."

"깨달았다면 그 순간부터 다시 살 수 있어. 인간은 실패하기도 하지만 그건 또 다른 깨달음을 얻기 위해서여. 몇 번이고 실패해도 몇 번이고 다시 일어나는 것이여."

"아니요, 너무 늦었어요."

아빠는 고개를 저으며 절망스런 표정을 지었다.

"내가 한 일은 결코 용서받을 수 없어요."

"그러면 어떻게 해야 용서를 받을까나? 성궤를 손에 넣으면 무슨 소원을 빌 작정이었는데?"

"누구도 나처럼 살지 않기를⋯⋯ 누구에게나 친절하고 따뜻한 세상을⋯⋯ 내가 그 두 사람을 지켜 주더라도 세상이 변하지 않으면 그 아이는 험난한 세상을 헤쳐 나갈 수 없을 거예요. 그러니 세상이 바뀌지 않으면⋯⋯."

"그러면 실패한 거네."

"아아, 나는 용사가 되지 못했지만 성궤를 손에 넣으려는 자로부터 성궤를 지키는 건 할 수 있습니다. 진짜 용사에게 성궤를 건네줄 수 있도록 말입니다⋯⋯."

"그렇게 되면 원래 세상으로는 영영 못 돌아가게 되는데 그래도 괜찮겠어?"

"그래도 상관없습니다⋯⋯. 진짜 용사가 나타나 내 아들 키라가 행복하게 살 수만 있다면 그것으로 충분합니다."

"용사가 그렇게 빨리 나타난다는 보장은 없재. 미나모토는 벌써 수백 년째 용사를 기다리고 있어. 그런데 아직 안 나타났으니께. 여기까지 온 사람도 네가 유일해. 거기에 감명을 받은 내가 특별히 허락을 얻어서 너와 이렇게 대화를 하고 있는 거여."

"수백 년, 아니 수천 년이 걸려도 상관없습니다. 어떤 모습이라도 좋으니 그때까지 목숨을 부지할 수 있게 바꾸어 주십시오. 성궤가 용사의 손에 건네지는 순간 목숨을 버리겠다고 약속하겠습니다. 그때까지만 내가 성궤를 지킬 수 있도록 해 주십시오."

"참으로 고독한 일일 텐데."

라오시는 말로 표현하기 힘든 고독감을 경험한 자로서 진심을 담아 충고했다.

"이제 두 번 다시 사랑하는 사람들과 대화할 수도, 그 눈으로 사랑스럽게 쳐다볼 수도 없는데?"

"상관없다니까요."

아빠는 결의를 다진 듯 고개를 끄덕였다.

"정 그렇다면 알았응께 눈을 감아 봐."

아빠는 눈을 감았다. 그때였다.

하늘을 가르는 듯한 강력한 광채가 번개처럼 아빠를 향해 쏟아졌다. 그러자 아빠는 고통스러운 듯 몸을 뱀처럼 꼬면서 쓰러졌다. 그와 동시에 쓰러져 있던 용이 다시 숨을 쉬기 시작했다. 용이 거대한 몸을 일으키자 떨어져 나갔던 일곱 개의 머리가 다시 몸체에 붙더니 일곱 개의 머리를 일제히 휘둘렀다. 아빠의 혼이 죽은 용을 통해 부활한 것이다. 용이 된 아빠는 거대한 불길을 내뿜었다. 그리고 다시 호수 속으로 사라졌다.

"아빠……."

키라는 아무 말도 할 수 없었다. 말 대신 크게 숨을 내쉬었다.

그 용이 아빠였다니…… 나를 지키기 위해…… 몇 년이고, 수천 년이고 용으로 살 각오를 하고 여기에 계셨던 거구나…….

키라는 그 자리에 주저앉고 말았다. 리쿠는 얼른 몸을 움직여 키라를 부축했다. 아무 말도 할 수 없었다. 여기서 무슨 말을 할 수 있단 말인가?

키라의 눈에서 떨어지는 눈물이 푸른빛을 발하고 있다.

아빠는 사랑을 전하기 위해서 용이 되었다. 키라는 모험을 시작할 때부터 미나모토에게 품었던 의문이 풀리며 깨달음이 용솟음치는 걸 느꼈다.

미나모토는 어째서 '분리 게임'을 시작했을까?

'하나하나'가 따로따로 분리되어 각각의 몸에 들어간 이유가 대체 뭘까? 그것은 싸우기 위해서도, 다른 것과 비교하기 위해서도 아니다.

사랑을 전파하기 위해서다.

신체를 갖는 건 사랑을 표현하기 위해서다. 손가락은 사랑하는 사람을 쓰다듬기 위해, 입술은 입맞춤을 하기 위해, 팔은 안아 주기 위해, 입은 사랑의 말을 전하기 위해, 분리된 것들은 서로 돕고

협력하기 위해……

이건 혼자서는 할 수 없는 일이다.

그래서 각자가 자기만의 재능을 부여받은 것이다. 그 표현을 통해 서로 협력하고 하나가 되기 위해서, 서로 위로할 수 있도록, 이 세상에 존재하는 모든 것은 사랑의 표현이다.

'아빠…… 나는 아빠를 통해 이것을 깨달았어요…….'

키라는 신전에서 뛰쳐나와 용이 날아간 쪽을 바라보았다. 리쿠도 키라를 따라 나왔다.

"키라네 아빠, 다시 호수로 돌아가신 거야?"

"아니."

키라는 고개를 옆으로 저었다.

'이제 아빠는 없어. 용으로서의 삶도 끝난 거야. 용은 우리가 용사가 될 때까지만 허락된 모습이었으니까……. 하지만 나는 알았어. 목숨을 버리면서까지 아빠가 나를 지키려고 했다는 것을. 이 세상 그 무엇과도 바꿀 수 없는 것을 지키고자 했던 용감한 사람이었음을…….'

키라는 멀리서 너울대는 저녁노을을 바라보았다. 노을에 걸친 구름이 마치 용처럼 보였다.

아빠 고마워요. 나는 돌아갈게요. 그리고 전할게요. 누구나 용사가 될 수 있다는 것을…… 그리고 스스로의 힘을 깨닫게 되면 그곳에 천국이 기다리고 있다는 사실을…….

키라와 리쿠가 하야마로 돌아왔을 때는 이미 어둑한 밤이었다.

엄마는 허겁지겁 뛰어오는 키라를 문 밖에서 기다리고 있었다.

"엄마!"

키라는 몸을 날려 엄마의 품에 안겼다.

"어딜 갔었어? 학교에 안 갔다고 해서 깜짝 놀랐잖아."

"모험을 떠났었어. 내가 용사가 되었지."

"응, 알아. 너는 언제나 이 엄마에게 용사였으니까."

엄마는 그렇게 말하면서 작은 비명을 질렀다.

"어머나, 머리가…… 얼른 염색해야겠네."

엄마는 키라의 머리칼을 쓸며 말했다. 키라는 엄마의 손을 자신의 양손으로 꼭 쥐고 엄마의 눈을 뚫어지게 응시했다.

"엄마, 난 이제 염색 안 할 거야. 이젠 렌즈도 필요 없어. 나는 이대로 괜찮아."

엄마가 살며시 웃으며 고개를 끄덕였다. 키라는 엄마가 너무나 쉽게 수긍해서 놀랐지만 금방 생각을 고쳐먹었다.

'당연하지. 내가 만들어 낸 현실인데, 뭐. 내가 괜찮다고 결정한 거면 그걸로 충분해.'

"엄마, 난 이제 알았어. 어떤 내 모습이라도 좋아하기로 했거든. 내가 나를 싫어하는 콤플렉스가 다른 사람과의 사이에 벽을 만든다는 것을 알았어."

키라는 엄마의 손을 붙잡고 집 안으로 들어갔다. 키라는 톤비의 집이 텅 빈 채 쓸쓸하게 주인을 기다리고 있는 것을 보았다.

"엄마, 톤비가……."

엄마가 말했다.

"키라야, 잘 들어. 톤비는 오늘 하늘 나라로 갔어. 엄마가 집에
왔을 때는 이미 숨이 멎어 있었어……."

"아, 그렇구나."

키라가 대답했다.

"알고 있었어? 너한테 어떻게 이야기를 꺼내야 하나 걱정했었
거든……."

"응, 알고 있어. 그래도 톤비는 내 마음속에 살아 있어. 톤비는
행복하게 갔어."

엄마도 고개를 끄덕였다.

"톤비는 우리에게 행복을 가져다주었어. 우리를 매일매일 즐겁
게 해 주었으니까."

그렇게 말한 다음 엄마는 "그런데 키라, 무슨 일 있었어? 갑자
기 엄청 어른스러워졌는데?" 하며 의아해했다.

후후후! 웃으며 키라가 대답했다.

"모험은 소년을 남자로 만들어 주는 거야."

"제법인데? 그런 말까지 할 줄 알고?"

엄마가 키라의 머리를 쓰다듬어 주었다. 키라의 파란색 머리칼
이 곤두섰다. 그 모습이 마치 파도처럼 보였다. 엄마는 키라의 머
리에 입을 맞추었다.

"사랑해, 키라야."

"나도 사랑해."

키라는 하늘을 올려다보았다. 별이 반짝이고 있다. 마치 누군가가 신호를 보내는 것 같았다.

다음 날 아침, 학교에 가니 어제와 마찬가지로 실내화가 보이지 않았다.

키라는 맨발인 채 교실로 향했다. 파란 눈, 파란 머리의 키라에게 시선이 집중되었다. 키라는 상관없다는 듯 실내화를 감춘 아이들 앞에 서서 시선을 고정시킨 채 말했다.

"이제 좀 그만했으면 좋겠는데. 나 때문에 야구 시합에서 우승을 못하게 된 건 사과할게. 하지만 그게 불만이라면 직접 말해 주면 좋겠어."

키라의 달라진 태도에 아이들은 당황하더니 이내 뿔뿔이 흩어졌다. 리쿠가 "키라, 안녕." 하고 인사를 건네자 키라가 답했다.

"어, 안녕, 리쿠."

그리고 둘은 하이파이브를 했다.

키라와 리쿠는 빙수 가게를 향해 쏜살같이 달려갔다.

키라의 주머니에는 500엔짜리 동전 두 개가 들어 있다. 무슨 심경의 변화를 일으켰는지 외할아버지가 갑자기 눈먼 돈이 생겼다면서 엄마에게 돈을 보내 주었다고 한다.

등에 멘 가방 속의 필통이 달그락 소리를 내고 있다. 이제 가방은 더 이상 하늘을 날지 못한다. 키라는 달그락거리는 소리와 교과서의 적당한 무게감이 너무 행복하게 느껴졌다.

빙수 가게에 도착하니 가게 앞에서 줄을 서 있던 소녀가 "왜 이렇게 늦었어!" 하고 외쳤다.

"에리카!"

에리카가 방긋 미소를 지었다. 한 번도 본 적 없는 무척 밝고 예쁜 미소다. 그것은 키라가 스케치북에 그린 에리카의 모습, 그대로였다.

세 사람은 스케치북에 그린 그림처럼 나란히 앉아 볼이 터져라 빙수를 먹고 있었다.

톤비만 없었다.

하지만 톤비가 전해 준 사랑은 모두의 마음속에 남아 있다. 세 사람은 그것을 느끼지만 말로 표현하지는 않았다. 그저 웃을 뿐이었다.

바다가 세 사람을 불렀다. 해안가를 향해 달리기 시작했다. 사람들이 파란 머리의 키라를 흠칫거리며 쳐다보았다. 놀란 눈으로 보는 사람, 기이한 눈빛을 보내는 사람, 중얼거리며 악담을 하는 사람도 있었다.

그렇지만 키라는 더 이상 남들에게 파란 머리를 감출 생각이 전혀 없었다.

키라의 마음은 미움받는 두려움보다 사랑하는 기쁨으로 충만했다. 리쿠와 에리카는 그런 키라가 자랑스러웠다. 키라의 친구라는 사실을 세상에 널리 알리고 싶을 정도였다.

　있는 그대로의 내 모습에 오케이 사인을 내렸을 때,

　나의 어떤 모습이라도 괜찮다고 용서하고 인정할 때,

　내 최고의 아군은 나라는 것을 알았을 때,

　한 발 앞으로 나아갈 수 있는 용기가 샘솟는다.

　디딜 수 있는 것은 내 발밖에 없으니까. 그리고 크게 내디딘 발자국에 꽃이 핀다.

　생명의 꽃. 이 세상 어디에도 없는 유일무이한 꽃.

　그것은 지구라는 물리적 차원의 행성에서만 일어나는 당신의 이야기이다.

에필로그
라오시의 가르침

첫 번째 스톤, 레드 -두려움

"키라, 너는 단전에 의식을 집중해 하라를 느끼며 호흡했어. 그것은 마음속에 의식을 집중하는 아주 간단한 방법 중 하나재. 인류는 모두 잠재의식으로 이어져 있는 것이여. 그러니 내면에 의식을 집중하면 잠재의식으로 이어져 있는 상대방의 생각과 의도를 다 알 수 있는 법이재."

- 단전에 의식을 집중하고 라이트 볼을 이미지 하면서 그 안에서 깊은 호흡을 한다.

의식이 내면을 향하게 하면 현실에서 이런저런 일로 고민하던 마음이나 신경 쓰이던 것들에게서 해방되어 편안해지는 효과가 있다. 키라는 이 가르침을 실행함으로써 두려움을 극복했다.

두 번째 스톤, 오렌지 -외로움

"내면의 소리는 몸이 보내는 사인, 마음의 울림 같은 것이재. 키라는 아녀. 지금까지 다른 사람 눈치만 살피면서 살아왔으니까 말이여. 자기가 어떻게 하고 싶다는 것보다는 다른 사람이 그렇게 하니까 흉내 내면서 살아온 것이재. 그렇게 살다가 보믄 말이여, 내면의 소리를 듣는 능력을 잃게 되는 것이여."

- '두근두근 나침반'을 작동시키자.

사람은 누구나 두근두근 나침반을 가지고 있다. 좋아하는 일, 진실을 마주할 때는 몸이 가벼워지고 통통 튀면서 설렘을 느끼게 된다. 어떤 것을 선택할 때 내면의 소리인 두근두근 나침반을 느껴 보자. 키라는 '두근두근'을 선택함으로써 외로움을 치유 받았다.

세 번째 스톤, 옐로 -분노

"그런 부정적인 신념을 타파하는 방법은 바로 나만의 캐릭터를 만들어 완전히 변모하는 것이여. 용사로 변모하는 거지. 용사라면 어떤 선택을 할까? 어떤 발언을 할까? 용사로 변신해 살아 보는 거여. 배우가 주어진 배역에 맞추어 변신하는 것처럼 말이여. 하고 싶은 역할에 완전히 몰입하는 것이재.

그라믄 그 주파수가 되는 것이여."

- 라이프 시나리오를 쓰고 주인공 캐릭터가 되어 본다.

꿈같은 인생을 사는 당신은 어떤 캐릭터인가? 리쿠는 '용사'를 연기하면서 분노라는 감정을 모험의 원동력으로 삼을 수 있었다.

네 번째 스톤, 그린 -질투

"현실의 문제로 감정이 일어난다고 생각하지만 실제로는 그 반대라고. 감정이 현실로 나타나는 것이라는 말이여. 그런데 보통 현실로 나타나기까지 시간이 걸리기 때문에 그 시차로 인해 사고나 감정이 먼저라는 인식을 못하게 되는 거라니께. 지금부터는 감정과 기분에서 해방되는 방법을 가르쳐 줄라니까."

- 감정을 색과 형태로 표현해 분출한다.

어떤 감정도 그 자체는 중립적인 주파수와 에너지를 가진다. 색과 형태로 만들고 거기에 무게감과 강도를 넣어 이미지 해 본다. 키라는 이 방법으로 본인을 절망 속에 빠뜨리고 힘들게 했던 질투라는 감정을 간단히 해소시킬 수 있었다.

다섯 번째 스톤, 블루 -슬픔

"누구나 말이여, 미나모토로부터 그 사람만이 가지는 독자적인 재능을 받아서 태어난단 말이여. 소울 비즈니스가 직업이 되는 사람, 직업은 아니지만 취미가 되는 사람, 이런저런 타입이 있재. 소울 비즈니스는 영혼의 표현이라 이거여."

- 당신만이 가진 독자적인 재능, 소울 비즈니스를 찾아내자.

당신에게는 당신에게만 주어진 재능이 있다. 그것을 찾아내고 활용해야 생동감 넘치고 보람 찬 인생을 살 수 있다. 키라는 톤비가 자기를 믿어 준 것을 기억하여 톤비를 잃은 슬픔을 인정하고 받아들일 수 있게 되었다.

여섯 번째 스톤, 네이비 -자아

"무엇을 하느냐보다 중요한 것은 어떤 마음가짐으로 하냐 그것이여. 'Do'보다 'Be'에 의식을 집중하는 것이지. '나는 안 돼' 하는 전제를 깔고 시도하는 것과 '나는 할 수 있다'라고 믿고 도전하는 것은 결과가 완전 다르재. 현실은 모두 느그들이 자기 자신에 대해 가지고 있는 생각이 바탕이 되어 나타나는 것이라 했잖여."

- 나의 어떤 모습에도 오케이 사인을 내리고 긍정하자.

있는 그대로의 나 자신을 사랑할 때 '자아'가 아닌 '사랑'으로 선택 행동이 시작된다. 키라는 파란 머리의 자기 자신을 인정하고 긍정함으로써 '무'의 경지에 이르게 되어 용의 참모습을 발견할 수 있게 되었다.

일곱 번째 스톤, 퍼플 -비움

"내 눈앞에 나타나는 인물은 모두 자기 자신을 투영하는 거울이여. 짜증 나는 사람, 꼴 보기 싫은 사람과 맞닥뜨렸을 때야말로 잘려 나간 나 자신의 일부를 되찾을 수 있는 찬스라는 말이재. 용서는 최강의 힘이여. 상대방을 용서할 때 자신의 그런 부분도 용서받을 수 있는 거여."

– 어떤 일이라도, 어떤 사람이라도 있는 그대로 받아들이자.

눈앞의 현실은 당신의 '주파수'가 만들어 낸 것이다. 그 사실을 깨달을 때 나에게 현실을 만드는 파워가 생긴다. 키라는, 적이라고 여겼던 타마스도 자신의 '일부'임을 인정하고 받아들임으로써 자기 인생의 주인공으로 거듭 태어나는 깨달음을 체험하게 되었다. 그것은 미나모토와 소통하고 미나모토와 내가 '하나'가 되었을 때 한없는 파워가 생긴다는 것을 의미한다.

옮긴이의 말

　나는 이 작품을 읽고 난 뒤, 과연 내가 이 작품을 100% 소화해서 저자가 전달하고자 했던 의도와 느낌을 우리말로 잘 옮길 수 있을까 하는 걱정이 앞섰습니다. 잘 짜인 스토리 구성과 나름대로의 긴장감, 어렵지 않은 문장 덕분에 단번에 읽을 수 있었지만 섬세한 감정 묘사와 함께 영적인 존재를 아울러야 하는, 꽤 깊이 있는 내용 때문에 내 부족한 감수성을 한탄하지 않을 수 없었습니다. 이 책이 청소년들을 위한 권장도서이자 성인들을 위한 우화로써 일본에서 큰 반향을 일으킨 것은 이러한 깊은 메시지 때문이겠지요.

　롤 플레잉 게임(RPG, Role Playing Game)을 연상시키는 줄거리가 어른들에게는 자칫 유치하게 느껴질 수도 있지만 게임이나 라이트노벨에 익숙한 청소년들에게는 오히려 흥미롭고 친숙하게 다가갈 것이라는 생각이 들었습니다. 쳇바퀴 같은 일상과 경쟁을 강요당하는 사회 속에서 특히 청소년들의 자신감과 자존감은 바닥에 떨어질 대로 떨어져 있는 상태입니다. 자신이 진정 원하는 바가 무언지 모른 채 지내는 청소년들이라면, 작품 속 주인공들이 용사가 되어 가는 과정에서 얻는 깨달음과 삶의 지혜를 함께 경험하면서 깊이 공감할 것입니다. 그리고 이것은 어려운 시기를 헤쳐 나가는 데 분명 큰 무기가 될 것입니다.

등장인물들이 나누는 진솔하고 생생한 대화, 탁월한 심리 묘사를 접하며 '역시 훌륭한 각본가가 쓴 책은 다르네.' 하는 경탄을 금치 못하면서도 한편으로는 이 깊은 메시지를 제대로 전달해야 한다는 압박감에 마음이 무거웠습니다. 하지만 번역을 하는 동안 미나모토의 존재와 라오시의 일곱 가지 가르침은 나에게도 큰 위로와 힘이 되어 주었습니다. 독자의 마음을 움직이고 용기를 북돋기 위해 여러 가지 스토리가 하나의 기둥으로 모아지고 등장인물들이 유기적으로 움직이고 있음을 실감할 수 있었습니다.

어른은 어른대로, 청소년은 청소년대로 그 눈높이에 맞게 마음의 울림을 느낄 수 있습니다. 물론 작품에는 잠재의식의 개념, 영적인 존재처럼 아직 어린 독자들이 이해하기 어려운 부분도 등장하지요. 하지만 마음이 순수한 청소년들이기에 그러한 것을 더욱 자연스럽게 받아들일 수 있지 않을까요? 신을 믿는 독자라면 미나모토의 존재에서 자신이 추구하는 구원자를 떠올릴지도 모르겠네요.

이 작품은 최근 열풍을 일으키고 있는 아들러 심리학과 성공 철학의 바이블로 불리는 『나폴레온 힐의 성공의 법칙』의 정수를, 상상력을 활용해 묘사한 책이라고 해도 과언이 아닙니다. 책을 읽고 번역하면서 나 또한 한 단계 성장한 것 같은 기분이 들었습니다.

누구나 '나를 싫어하면 어쩌지, 미움을 받으면 어쩌지.' 하는 두려움보다 '사랑받는 기쁨과 행복'이 넘치는 삶을 원합니다. 누구에게도 이해받지 못하는 것 같다고 고민하는 독자가 있다면 이 책을 통해 그런 행복을 맛볼 수 있었으면 좋겠습니다.

인간은 누구나 한 가지씩 재능을 타고나기 마련입니다. 그런데 학교와 사회는 우리도 모르는 사이에 그 재능의 문을 닫게 합니다. '나는 안 돼. 튀면 안 돼. 주변 사람들에게 맞춰야 해.'라고 생각하는 사이에 나를 사랑하는 것조차 부정하게 되는 것이지요.

책이 출간되면 나는 가장 먼저 고등학생 아들과 아들의 친구들에게 추천할 생각입니다. 그리고 이 책을 읽은 아이들이 마음속 깊은 곳에서 들리는 부정적인 소리에 휘둘리거나 감정의 주도권을 빼앗기지 말았으면 합니다. 스스로 뿜어내는 주파수에 귀를 기울이고 그것을 더욱 풍성하게 만드는 데 주력해야겠지요. 그리고 무엇을 하는가보다 어떤 마음가짐으로 해야 하는지가 더 중요함을 깨달았으면 좋겠습니다. 사실 이것은 누구보다 나 자신에게 들려주고 싶은 말이기도 합니다.

이 작품에서 다루는 일곱 가지 가르침은 결론적으로 하나의 가르침으로 정리될 수 있습니다. 그것은 '나 자신이 완전한 존재임을 자각하는 것'입니다. 삶의 문제를 돈이나 지위를 획득함으로써 해결하는 것이 아니라 자신의 현재 모습을 받아들이고 사랑하고 때로 용서하면서 풀어나가는 것이지요. 뿔뿔이 흩어진 자아를 하나로 모으거나, 나는 충분히 사랑받을 자격이 있는 존재임을 깨닫는 것처럼 이러한 마음의 해방이 우리의 미래를 열어 줄 것이라고 믿습니다.

"눈앞에 펼쳐진 현실은 내가 일으키는 주파수가 만들어 낸 것이다!"

이 문장은 두고두고 내 삶의 키워드로 삼고자 합니다. 독자들도 나처럼 이 책에서 자신만의 키워드를 발견할 수 있었으면 좋겠습니다.

정은지

겁 많은 사람도 용사가 될 수 있는
일곱 가지 가르침

펴낸날	**초판 1쇄 2017년 1월 25일**

지은이	**오우키 시즈카**
옮긴이	**정은지**
펴낸이	**심만수**
펴낸곳	**(주)살림출판사**
출판등록	**1989년 11월 1일 제9-210호**

주소	**경기도 파주시 광인사길 30**
전화	**031-955-1350** 　팩스　**031-624-1356**
홈페이지	**http://www.sallimbooks.com**
이메일	**book@sallimbooks.com**

ISBN	978-89-522-3569-5　43830

살림Friends는 (주)살림출판사의 청소년 브랜드입니다.

※ 값은 뒤표지에 있습니다.
※ 잘못 만들어진 책은 구입하신 서점에서 바꾸어 드립니다.

이 도서의 국립중앙도서관 출판시도서목록(CIP)은 서지정보유통지원시스템 홈페이지
(http://seoji.nl.go.kr)와 국가자료공동목록시스템(http://www.nl.go.kr/kolisnet)에서
이용하실 수 있습니다.(CIP제어번호: CIP2016032647)

책임편집·교정교열 **최진우**